질풍가

사우 新무협 판타지 소설

FANTASTIC ORIENTAL HEROES

질풍가 5

사우 新무협 판타지 소설

초판 1쇄 찍은 날 § 2008년 10월 2일
초판 1쇄 펴낸 날 § 2008년 10월 13일

지은이 § 사우
펴낸이 § 서경석

편집장 § 문혜영
편집책임 § 서지현
편집 § 문정흠

펴낸곳 § 도서출판 청어람
등록번호 § 제1081-1-89호
등록일자 § 1999. 5. 31
어람번호 § 제2-1573호

주소 § 경기도 부천시 원미구 심곡동 163-2 서경B/D 3F (우) 420-010
전화 § 032-656-4452팩스 § 032-656-4453
http://www.chungeoram.com
E-mail § eoram99@chollian.net

ⓒ 사우, 2007

ISBN 978-89-251-1463-7 04810
ISBN 978-89-251-0931-2 (세트)

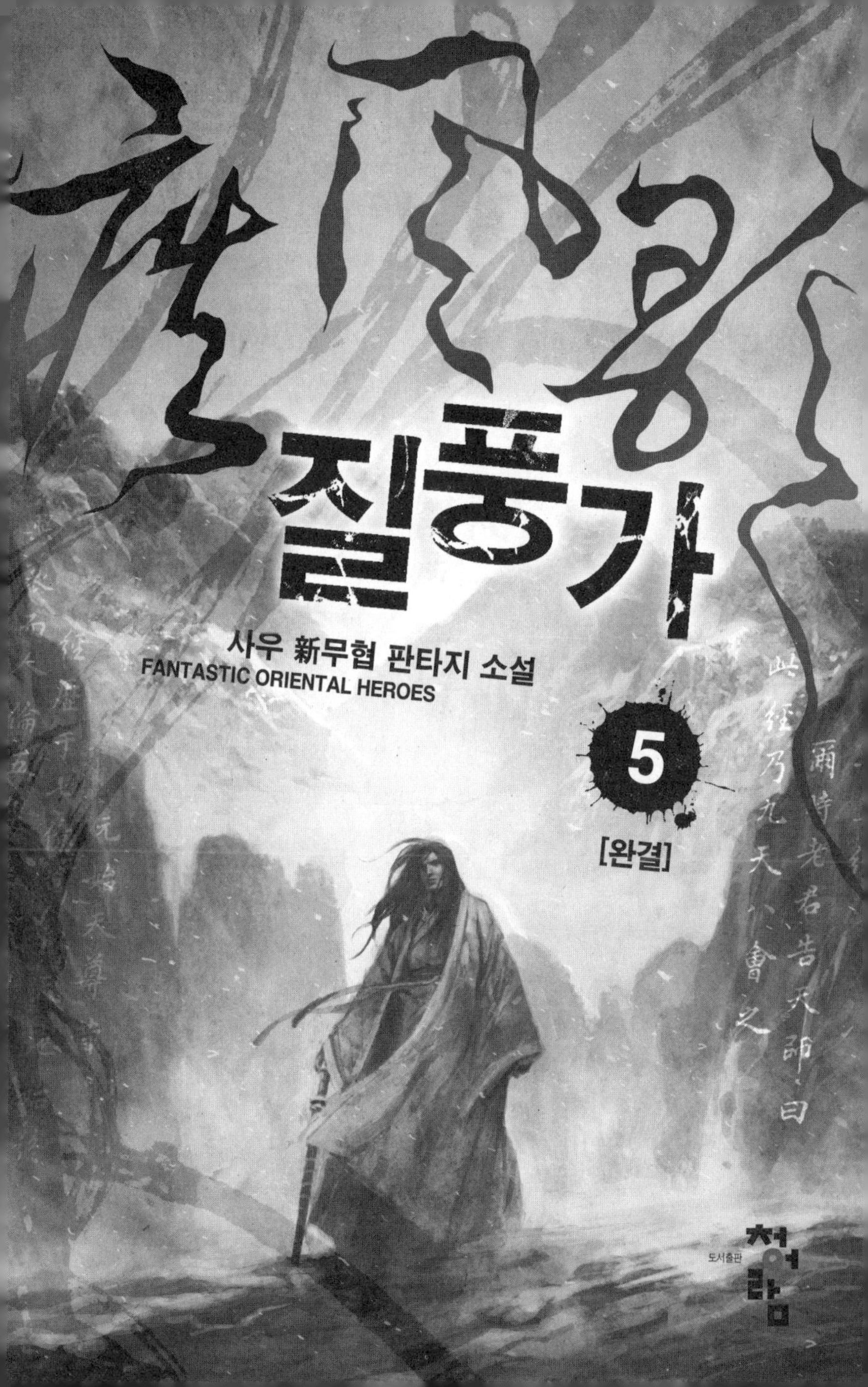
질풍가
사우 新무협 판타지 소설
FANTASTIC ORIENTAL HEROES
5
[완결]
도서출판 청어람

目次

疾風歌

第二十九章　녹림성회는 마무리로 치닫고

질풍가

"와아아아!"

사방에서 열화와도 같은 뜨거운 함성 소리가 터져 나왔다. 그 함성과 함께 뿜어져 나오는 것은 녹림도들의 거친 열기였다.

"천호채 승!"

단상 위에는 이제 약관을 넘긴 듯한 호리호리한 사내 하나가 거친 숨결을 흘리며 위태롭게 서 있고 그 앞에는 칠 척 장신의 거한 하나가 쓰러져 있었다.

쓰러져 있는 거한은 거산채에서도 다섯 손가락 안에 드는 고수 거패(巨覇) 마웅강이었다.

그런 마웅강을 이제 약관을 넘긴 천호채의 소채주 번일악이 시종일관 불리한 상황 속에서도 포기하지 않고 종국에 역전을 일궈낸 것이다.

녹림도들은 새로운 호걸의 출현에 환호했다.

무공도 무공이었지만 그보다는 굴하지 않는 그 패기가 녹림도들의 피를 끓게 만들었다.

그러나 아쉽게도 이어진 네 번째 비무에서 천호채는 거산채에게 패하며 탈락의 고배를 마셨다. 탈락은 했지만 녹림도들은 천호채에 열화와 같은 함성을 보내는 것을 아끼지 않았다.

"계속해서 진행하겠소. 다음 비무는 염왕채와 소벽채요!"

이번 성회의 주관을 맡은 낭아도(狼牙刀) 여후량이 소란스러운 장내를 진정시키며 크게 외쳤다.

여후량은 전대 녹림십객 중 일인으로, 이번 성회 때문에 특별히 은거를 깨고 나온 것이었다. 배분으로만 따지자면 녹림대제보다 여후량이 높았다.

여후량의 주관 아래 녹림성회는 빠르게 진행되었다.

녹림십팔채에 도전하는 세 개의 산채를 정하는 힘겨루기에서 별다른 이변은 일어나지 않았다.

잔혼독마와 음부귀마가 돌아온 쌍악채와 삼악종이 이끄는 석산채, 그리고 염산채는 파죽지세로 다른 산채들을 떨어뜨리며 승승장구했다.

유일한 이변이라면 강북 산서에 위치한 작은 산채인 염왕채가 다른 산채들을 모조리 떨어뜨리며 올라간 것이다. 심지어 강력한 후보로 거론되던 거산채마저 수월히 떨어뜨렸다.

"어떤가?"

염왕채가 승리하는 모습을 지켜보던 적무악이 설무위에게 물었다.

염왕채는 연달아 세 번을 이기며 수월히 올라갔다. 비무에 나온 개개인의 무위는 하나같이 절정의 완숙이나 초절정에 이른 자들이었다.

고작해야 변방 소규모 산채인 염왕채에 저러한 고수들이 즐비해 있다는 것은 말이 되지 않았다. 거대 문파에도 저러한 고수는 흔하지 않았다.

제천회.

그들이 아니고서야 있을 수 없는 일이었다.

"제천혈은 아니오."

"그래 보이네. 아마도 다른 자들을 포섭했겠지. 이길 자신은 있나?"

"재미있는 농담이구려."

"우하하. 내 농도 쓸 만하지 않나? 어쨌든 이제 조금 있으면 결정이 나겠군."

적무악이 우두둑거리며 목을 비틀었다.

이제 승부의 분수령은 어느 쪽이 세 산채 중 더 많은 자리를 차지하느냐에 달려 있었다. 무엇보다 중요한 것은 대진운이었다. 만에 하나라도 아군끼리 만나게 된다면 커다란 낭패가 아닐 수 없었다.

"자, 이제 한 시진 후에 있을 최종 대진표를 발표하겠소!"

여후량이 커다란 목소리로 맞붙게 될 두 산채를 호명했다.

공정성을 기하기 위해서 안이 보이지 않는 흑철로 만든 상자 안에서 접힌 양피지를 꺼내 호명하는 방식이었다.

"석산채와 염산채, 그리고 쌍악채와 염왕채요."

여후량이 산채를 호명하는 것과 동시에 누가 먼저랄 것도 없이 각 산채에 속한 이들의 얼굴이 일그러졌다. 최악의 대진 결과가 나온 것이다.

"난감하게 되었군."

적무악이 굳어진 얼굴로 말했다.

하나 적무악과는 다르게 설무위는 태평하기 그지없는 모습이었다. 오히려 입가에 미소까지 머금고 있었다.

"무엇이 난감하다는 거요? 내가 보기엔 하늘이 적 형을 돕는 듯 싶은데."

"무슨 말인가?"

"말 그대로요. 최선의 대진표가 나오지 않았소?"

"그게……."

적무악은 영문을 모르겠다는 표정으로 설무위에게 고개를 돌렸다.

"우하하하! 그렇군. 이게 최선의 대진 결과였군."

그렇게 설무위를 보고 있던 적무악이 어느 순간 커다란 대소가 터뜨렸다.

중요한 것은 어느 쪽의 두 산채가 올라가느냐였지, 우승을 차지하느냐가 아니었다. 최악이 아니라 최선의 결과가 나온 것이다.

"약속이나 잊지 마시오, 적 형."

"이를 말인가?"

적무악은 호탕하게 웃었다.

녹림대제와의 비무. 그것이 설무위가 내건 조건이었다. 조건을 들은 녹림대제는 껄껄 웃으며 그 자리에서 승낙했다.

"그럼 이틀 후에 보세나. 술은 미리 준비해 놓도록 하지."

적무악은 자리에서 일어났다.

더 이상 비무를 보고 있을 필요가 없어서였다. 설무위라면 상대가 누가 나오든 이겨줄 것이라는 믿음이 있기에 가능한 일이었다.

"우우우우!"

"뭐 하는 짓이냐! 때려치워라!"

석산채에 이어 염왕채가 비무를 포기하는 것과 동시에 사방에서 야유가 터져 나왔다.

한 번도 아니고 노골적으로 두 산채가 비무를 포기하자 녹림도들이 들고일어난 것이다. 산채의 채주나 그 측근이라면 모를까, 일반 녹림도들이 이번 성회가 다른 때와는 다르다는 것을 눈치 채지 못하고 있었다.

두 산채가 비무를 포기함에 따라 쌍악채와 염산채는 자동적으로 녹림십팔채에 도전할 권리를 가지게 되었다.

"놀랍군. 쌍악채가 아니라 염왕채였다니."

적무악을 대신해서 자리를 지키고 있던 철환대도 원후명이 나지막한 탄성을 흘렸다.

잔혼독마나 음부귀마는 녹림십객보다도 강하다고 평가받는 자들, 그럼에도 쌍악채가 아닌 염왕채를 내세웠다는 것은 잔혼독마나 음부귀마보다 강한 이들이 염왕채에 속해 있다는 것을 의미했다.

"별다른 비무가 없었기에 양측 모두가 동의한다면 지금 바로 시작하겠소."

여후량은 양측 진영의 동의를 얻은 뒤 바로 비무를 진행시켰다.

"그럼 양측 첫 번째 출전자는 나와주시오."

여후량의 호명에 석산채와 염왕채의 첫 번째 출전자들이 걸어나왔다.

염왕채에서 나온 것은 지금까지 한 번도 모습을 드러내지 않았던 중년 거한이었다. 그에 맞서 설무위 일행 중에는 종리무외가 걸어나갔다.

"이제야 해볼 만하겠군."

중년 거한은 잇몸이 보일 정도로 비릿한 미소를 지으며 철퇴를 한차례 크게 휘둘렀다.

얼핏 본다면 하는 행동이나 차림새 모두 녹림도로 오해할 수도 있겠지만 실제는 그렇지 않다는 것을 종리무외는 잘 알고 있었다.

거령신권(巨靈神拳).

이것이 강호인들이 중년 거한을 부르는 말이었다.

정체를 숨기기 위해서 더벅머리로 얼굴을 가리고 철퇴를 들고 있지만 하오문의 소문주인 구미요호(九美妖狐) 소예랑의 이목까지 속일 수는 없었다.

"해볼 만하다라······."

순간적으로 종리무외의 눈에 섬뜩한 한광이 어리고 지나갔다.

"죽고 난 후에는 아무리 후회해도 소용없는 짓이지."

종리무외가 지체없이 신형을 날렸다.

쐐애액—

묵광이 번뜩이며 복마검법(伏魔劍法)의 한 초식이 펼쳐졌다.

본시 이러한 비무에서는 선공을 하지 않고 기수식을 취하는 것이 일반적이었지만 종리무외는 그렇게 하지 않았다. 그리고 그것이 거령신권과 종리무외의 승패를 갈랐다.

서걱—

종리무외의 검이 그대로 거령신권의 목을 가르고 지나갔다.

거령신권은 철퇴를 들어 막았지만 검기는 그런 철퇴마저 갈라 버렸다.

장내가 적막에 휩싸였다. 사상자가 발생한 이유도 있지만 그보다는 단 일초에 비무가 끝나 버렸기 때문이었다.

거령신권이 방심한 이유도 있었지만 그보다는 신분을 숨기기 위해 철퇴를 쓴 것이 결정적이었다. 묵광을 막은 것이 철퇴가 아니라 그의 두 주먹이었다면 전혀 다른 결과가 나왔을 수도 있었다.

"이노옴!"

거령신권이 죽자 염왕채에서 흑의를 걸친 노인이 벌떡 일어나며 노호성을 터뜨렸다.

콰아앙—!

흑의노인은 곧장 단상으로 날아오르며 종리무외에게 일권을 날렸다.

워낙에 급작스러운 공격인지라 종리무외는 급히 몸을 뒤틀며 흑의노인의 공세를 간신히 피했다. 흑의노인은 물러나는 종리무외를 따라붙으며 재차 강맹한 권력을 퍼부었다.

퍼펑—

더 이상 물러날 곳이 없자, 종리무외는 어쩔 수 없이 권력을 받아쳤지만 충격을 이기지 못하고 비틀거리며 몇 걸음 뒤로 밀려났다.

"무슨 짓이오!"

여후량이 고함을 터뜨렸다.

그제야 사방에서 경계를 서고 있던 녹림총채의 무인들이 흑의노인을 에워쌌다. 흑의노인도 그들이 나서자 더는 함부로 행동하지 못했다.

"제자가 죽는 바람에 순간적으로 화를 이기지 못해서 그런 것이니 너그러이 이해해 주시오."

흑의노인은 분을 삼키기 위해 이를 악물었다.

마음 같아서는 단숨에 놈을 요절내고 싶었지만 그렇게 할 수는 없었다. 주변을 둘러싸고 있는 녹림도들이 두려워서가 아니라 성회에 미칠 파장 때문이었다.

"이번만은 넘어가겠소. 그리고 살초를 사용한 종리 형제는 앞으로 더 이상 출전할 수 없소."

여후량은 종리무외을 매섭게 추궁했다.

어디까지나 녹림성회는 녹림도들끼리 결속력을 다지자는 취지가 강했기에 살초를 쓰는 것은 금기시되는 일이었다. 그것을 어긴 이상, 제재를 받는 것은 불가피한 일이었다.

"거령신마예요. 그가 살아 있을 줄은 몰랐군요."

곰보가 난 얼굴의 인피면구를 뒤집어쓴 소예랑이 나지막한 목소리로 말했다.

장내에 긴장감이 감돌았다.

거령신마라면 전대의 마두로, 천하십대고수와도 차이가 없다고 알려진 고수 중의 고수였다. 설무위를 제외하고는 이 자리에 있는 그 누구도 거령천마보다 강하다고 자부할 수 없었다. 그것은 풍도백이라고 해서 크게 다르지 않았다.

"저 노마가 살아 있을 줄이야… 어렵게 되었군. 다른 이들은 차라리 나가지 않는 것이 좋겠네."

"오홍, 우리를 너무 무시하는군요."

"충고하는 걸세."

풍도백이 진심 어린 표정으로 말했다.

그 모습에 염미화도 더는 반박하지 못했다. 자신들을 무시해서가 아니라 걱정이 되어서 하는 말이라는 것을 느낀 것이다.

"나도 그렇게 생각하오."

"하지만……."

"무슨 말인지는 아오. 출전까지 막지는 않겠소. 단, 어렵다고 생각되면 돌아오시오. 나는 누구도 죽는 것을 원치 않으니."

"오홍, 동생. 이 누나를 걱정해 주는 거야?"

"그렇소."

설무위가 순순히 그렇다고 대답하자 오히려 할 말을 잃은 것은 염미화였다.

강호인에게 목숨보다 소중한 것이 있다면 그것은 자존심이었다. 그 자존심에 상처를 입히면서까지 염미화를 막기는 싫었다.

이렇게 되자 괴면추노의 부상이 못내 아쉬웠다. 아무래도 염미화보다는 괴면추노의 무공이 더 강했기 때문이다.

두 번째 비무자로 염왕채에서 나온 것은 호리한 체구의 오척 단신의 사내였다. 이제 불혹 정도 되어 보이는 사내는 어딘지 모르게 음산한 분위기를 풍기고 있었다.

"시작하시오!"

여후량의 외침에 사내는 곧장 염미화에게 쇄도해 들었다.

기형검을 쓰는 사내의 공격은 상당히 매서웠다. 더욱이 쾌검과 환검을 적절히 섞어 쓰는지라 염미화는 이내 궁지에 몰렸다.

그러나 염미화는 이따금씩 날카로운 반격을 하며 기형검을 쓰는 사내의 간담을 서늘하게 만들었다.

그 상태에서 염미화는 이십여 초를 견디다가 포기를 선언했다. 목숨을 걸고 싸운다면 패하지 않을 것이라는 생각도 들었지만 설무위의 말을 잊지 않은 것이다.

"미안해요."

"허허, 그런 말 하지 말게. 최선을 다했으니 그것으로 족하지 않은가? 뒤는 내가 맡도록 하지."

풍도백이 염미화의 등을 한차례 두드려 준 후 단상 위로 향했다.

염왕채에서 나온 것은 놀랍게도 거령신마였다. 그것을 본 설무위 일행의 표정이 굳어졌다. 거령신마가 나왔다는 것은 적어도 네 번째와 다섯 번째에 나올 이가 거령신마보다 강하다는 소리이기 때문이다.

대체 제천회의 저력은 어디까지인가?

지금 제천회는 장강이북에서 여러 문파들과 전쟁을 벌이고 있다. 그러한 상황에서 이러한 전력을 밖으로 돌릴 수 있다는 것만으로도 제천회는 천하제일세라 불릴 만했다.

풍도백과 거령신마가 나오자 들끓었던 열기가 싸늘하게 가라앉았다.

거령신마라면 몰라도 당금 강호에서 활동하고 있는 풍도백을 몰라볼 이는 존재하지 않았다. 풍도백이 녹림도라는 것을 믿을 사람은 이 자리에 아무도 없었다.

"풍가 자네가 녹림도인 줄은 몰랐군."

여후량 역시도 이번 성회가 다른 때와는 다르다는 것을 느끼고 있었기에 추궁하기보다는 그저 굳은 표정으로 언급만 하였다.

"그럼 저자는 녹림도인가?"

"그래도 네놈보다는 녹림도에 어울리지."

거령신마가 코웃음을 치며 대꾸했다.

아끼던 제자가 죽었기에 거령신마는 분노가 극에 달한 상황이었다.

"녹림성회에 참가한 이상 이제 두 분은 녹림도라는 것을 잊지 마시오. 성회가 끝난 뒤 총채의 명을 따르지 않는다면 녹림은 그대들을 공적으로 지목하고 추살대를 파견할 것이오."

"알겠소."

"받아들이지."

풍도백과 거령신마가 별다른 반박 없이 여후량의 말을 순순히 받아들였다.

그제야 두 사람을 향해 밀려들던 녹림도들의 싸늘한 눈초리가 거두어졌다. 어찌 되었거나 두 사람이 인정을 한 순간부터 그들은 녹림도였다.

"그럼 시작하시오!"

여후량의 외침에 선공을 취한 것은 거령신마였다.

거령신마는 말이 끝나기가 무섭게 쇄도해 들며 몰아쳐 갔다. 전대 거마답게 거령신마의 내공은 심후하기 이를 데 없이 풍도백으로서도 섣불리 정면으로 마주치지 못했다.

순식간에 십여 초의 공방이 오고 갔다.

보법을 적극적으로 활용하며 십절무흔지를 사용하는 풍도백의 공격에 거령신마는 거리를 좁히며 거령신권을 사용하여 압박했다. 수십여 초가 더 지나는 동안에도 여전히 전세는 팽팽했다.

거령신마나 풍도백은 섣불리 절초를 사용하지 못하고 있었다. 아무래도 주위의 이목이 부담이 되었기 때문이다.

그렇게 다시 수십여 초가 지난 시점이었다.

"그만! 이번 비무는 여기에서 멈추겠소. 무승부로 처리할 터이니 다음 비무자들은 나와주시오!"

돌연 여후량이 단상으로 나와 두 사람의 싸움을 멈추며 외쳤다.

거령신미와 풍도백, 두 사람 모두 당혹감을 감추지 못했다. 적지 않은 시간이 지났다고는 하지만 비무를 멈출 정도는 아니었다.

"이런 경우가 어디 있는가!"

거령신마는 대노하며 여후량을 노려보았다.

"사상자가 발생했기에 오랜 시간 승부가 나지 않을 경우 비무를 중단시키는 것이오. 그러니 들어들 가시오."

"그게 무슨……."

어이가 없는 것은 풍도백 역시 마찬가지였다. 아니, 오히려 그 정도가 더 심했다.

거령신마와는 달리 풍도백은 상대가 누구든 간에 반드시 이겨주어야 했다. 애초 모든 계획은 그런 가정하에 세워졌다. 이렇게 된 이상 설무위가 이긴다고 할지라도 석산채를 떨어질 가능성이 높았다.

"이익……."

거령신마도 분을 삭이지 못하고 매섭게 풍도백을 노려보았다.

그러나 이미 비무가 중지된 상태였기에 세차게 발을 구른 후 진영으로 되돌아갔다.

"미안하게 되었네. 설마 비무를 중간에서 멈출 것이라고는 생각지 않았네. 이럴 줄 알았다면 처음부터 전력을 다했을 것을……."

진영으로 돌아온 풍도백이 고개를 들지 못했다.

"그가 배신자였군요."

그 순간 소예랑이 차가운 목소리로 말했다.

"무어라 했소?"

"누군가 제천회에 포섭되었다는 정보가 있었어요. 지금으로 봐서는 여후량이 확실해 보이는군요."

"그럴 리 없소."

원후명이 단호히 고개를 저었다.

철저한 검증을 통한 후, 녹림십객을 비롯한 녹림의 원로들이 대부분 동의해야만 성회의 주관을 맡을 수 있다. 여후량은 그 검정을 통과한 사람이었다.

"포섭이 되었는지 협박을 받았는지는 모르겠지만 지금으로서는 확실해 보이는군요. 거령신마와 무영투신. 어느 쪽이 무게가 있는지는 저들도 알고 있을 터이니까요."

"……."

원후명은 아무런 말도 하지 못했다.

전세가 팽팽했다고는 하지만 비무를 멈출 정도는 아니었다. 여후량 정도 되는 무인이 그것을 모를 리 없었다.

"이제 어쩌실 거죠?"

"다섯 번째까지 비기게 되면 어떻게 되오?"

"산채에서는 지금까지 나오지 않은 사람들 중에서 한 명을 내보내야 되요."

소예랑이 대답해 주었다.

"그것도 녹림의 율법이오?"

"그런 것은 아니지만 오래전부터 그렇게 행해왔다고 알고 있어요."

"알겠소."

잠시 생각하던 설무위가 무덤덤하게 대답했다.

다른 일행들과는 달리 설무위는 그렇게까지 긴장하고 있는 모습이 아니었다.

"오홍, 동생. 무슨 대안이라도 있는 거야?"

"없소."

"그런데 이리 태평해?"

"아직 다섯 번의 비무가 모두 끝난 것은 아니지 않소?"

"아니라고? 그럼 설마 저 아이라도 내보내자는 거야?"

염미화가 높아진 언성으로 한편에 있는 사마경아를 가리켰다.

사마경아를 네 번째로 내세우기는 했지만 실상 네 번째 비무는 포기한 상태였다. 무위와는 별개로 사마경아는 지능이 어린아이 수준인지라 이런 자리에서 나서기에는 애매한 면이 있었다.

더욱이 세 번째 상대로 나온 이가 거령신마였다. 거령신마보다 강한 이가 나오기라도 한다면 자칫 위험에 빠질 수도 있었다.

"나는 그저 비무가 모두 끝난 것이 아니라고 말한 것뿐이오."

설무위는 언성을 높이는 염미화를 보며 그저 담담히 미소를 머금을 뿐이었다.

그 미소를 본 일행은 묘한 안도감이 드는 것을 느낄 수 있었다. 설무위라고 해도 딱히 다른 방법이 있는 것도 아니건만 참으로 기이한 일이 아닐 수 없었다.

"다음 비무자는 나와주시오!"

여후량은 계속해서 석산채 측에서 아무도 나오지 않자 크게 외쳤다.

이미 염왕채에서는 네 번째 비무자가 나와서 대기하고 있었다. 청동가면을 쓴 육 척 장신의 사내였는데 그것을 제외한다면 이렇다 할 특이한 점을 찾기는 어려웠다.

"출전자가 다른 것 같네만?"

여후량이 단상 위로 올라온 설무위를 보며 말했다.

명단에 적혀 있는 이름은 사마경아였다.

사마경아는 이미 차기 유령마후로 불리며 이미 알려질 대로 알려진 무인이다. 아직 그녀의 지능이 여덟 살 어린아이보다 못하다는 것까지 소문이 퍼지지는 않았지만 어찌 되었거나 이 자리에서 사마경아가 누구인지를 몰라볼 이는 존재하지 않았다.

"네 번째 비무는 포기요. 내가 다섯 번째 출전자외다."

설무위가 단상의 한가운데서 대답했다.

"알겠소. 그럼 염왕채에서도 다섯 번째 비무자가 나와주시오."

여후량은 비무 포기로 인한 염왕채 승리를 선언하며 곧장 다섯 번째 비무를 진행시켰다.

"들어가시게나."

여후량의 외침에 흑포를 걸친 노인이 걸어나오며 청동가면을 쓴 사내의 어깨를 한차례 쳤다. 그러자 묵묵히 서 있던 청동가면사내가 느릿한 걸음으로 염왕채 진영으로 되돌아갔다.

흑포노인은 과연 다섯 번째 비무자로 나올 정도로 막강한 기세를 뿜어내고 있었다.

"노부는 무적초자라고 한다."

흑포노인이 자신의 신분을 밝혔다.

흑포노인의 신분을 밝히자 풍도백이나 거령신마가 나왔을 때처럼 웅성거리며 소란이 일었다. 그러나 그들이 나왔을 때와는 다른 웅성거림이었다.

무적초자.

구주십팔객 중 일인이자 그들 중 가장 강하다고 평가받는 무인이었다. 사실 그가 십여 년 전에 활동을 돌연 중단하지만 않았다면 능히 천하십삼대고수에 들었을 만한 그런 무인이었다.

무엇보다 무적초자는 한때였지만 녹림에 몸을 담은 적이 있던 무인이다. 그런 이유 때문에 녹림도들은 무적초자가 다시 녹림에 돌아왔다며 함성을 멈추지 않았다.

"오홍, 그들의 패가 무적초자였군요."

"그럴 리 없어요. 무적초자로는 부족해요. 저들이 그 정도 정보력도 없을 리 없어요."

소예랑이 단호히 고개를 저었다.

설무위가 그동안 행적을 숨기고 다녔던 것도 아니고 감숙에서부터 호남 동부까지 그간의 행적이 고스란히 드러나 있었다.

그동안 설무위가 부딪친 무인들만 해도 고수가 아닌 이들이 없었다.

제아무리 운이 따른다고 하더라도 실력이 뒷받침되지 않고 그들 모두를 꺾는다는 것은 있을 수 없는 일이었다. 그런 상황에서 확실한 패로 무적초자를 내밀었다는 것은 어불성설이었다.

"소문주의 말이 맞네. 그들의 패는 무적초자가 아닐세."

그 순간 나선 것은 풍도백이었다.

"오홍, 그럼 누군가요?"

"바로 저자였을 걸세."

풍도백이 가리킨 것은 돌아 들어가는 청동가면을 쓴 사내였다.

"오홍, 그게 무슨 소리인가요?"

"대체 누구인지 모르겠지만 대단하군. 나이도 그리 많아 보이지 않거늘……."

풍도백은 진심으로 감탄했다.

청동가면을 쓰고 있기에 정확한 나이까지는 모르겠지만 그렇다고 하여도 그리 많게 느껴지지는 않았다.

"내가 세 번째로 나왔을 때 염왕채 진영에서 아쉬워하는 모
습이 역력하였는데, 이제 보니 그럴 만한 이유가 있었어. 대체
어디서 저런 자가……."

풍도백은 청동가면사내에게서 시선을 떼지 못했다.

그것은 풍도백만이 아니었다. 무적초자가 다섯 번째 비무자
로 나와 있음에도 설무위의 시선 역시 뒤돌아 걸어가는 청동
가면사내에게 향해 있었다.

하나 설무위가 청동가면사내에게서 시선을 떼지 못하는 것
은 풍도백과는 다른 이유에서였다. 왠지 모르게 청동가면사내
가 낯설지 않게 느껴진 이유에서였다.

"네가 설무위라는 아해냐?"

"영감이 입이 거칠군."

설무위는 시선을 거두며 무적초자를 향해 고개를 돌렸다.

"허허……."

무적초자가 기가 막히다는 듯 헛웃음을 흘렸다.

그러나 그 외에 별다른 행동을 취하지는 않았다. 오히려 마
치 비무를 전혀 할 생각이 없는 양 한 걸음 뒤로 물러섰다.

"비무를 포기라도 하겠다는 건가?"

"허허, 포기라… 어차피 내가 이기든 지든 우리가 이기는 것
은 당연하기에 그저 네 목숨을 부지해 주겠다는 것이다."

세 번째 비무가 비기는 순간 염왕채 진영에서는 승리를 확
신했다.

구태여 다섯 번째 비무를 하지 않더라도 이제 그들이 이기는 것은 기정사실이라 할 수 있었다. 어차피 석산채에서는 여섯 번째 비무로 나설 수 있는 사람이래 보아야 기껏해야 부상을 입은 괴면추노가 전부였다.

무적초자의 입장에서도 설무위와 비무를 하는 것은 내키지 않는 일이었다. 소문이 무성하다고는 하지만 아직 상대는 강호초출의 애송이였다. 이겨도 본전이오, 지면 씻을 수 없는 수치였다.

"두렵나 보군."

"이놈이……!"

무적초자의 눈에서 불길이 일었다.

그는 강호초출의 애송이가 아니다. 이 비무가 그에게 있어 얼마만큼의 손해가 될 것인지는 잘 알고 있었다. 그러나 날수마희조차 설무위의 도발에 넘어간 상황에서 그라고 해서 다를 리 없었다.

신룡음(新龍音).

상대의 마음을 뒤흔드는 술법의 위력이 또다시 발휘되고 있는 것이다.

"녹림의 형제들이여!"

설무위는 금방이라도 달려들 것 같은 무적초자를 무시하며 사방을 향해 큰 소리로 외쳤다.

"보시다시피 우리는 다섯 명밖에 없소."

장내에는 적어도 칠팔백에 달하는 이들이 모여 있었지만 그들 모두는 마치 설무위가 자신에게 말하는 것인 양 분명하게 그 음성을 들을 수 있었다.

"그런 이유로 본인이 이 비무에서 이긴다면 곧장 여섯 번째 비무까지 치러야 하는데 어떻게 생각하시오? 저들 역시 지금까지 나왔던 사람들 중에 누굴 내보내도 무방하오."

"와와와!"

"좋다. 한번 해봐라!"

녹림도들이 일제히 환호성을 터뜨렸다.

"모두 조용히!"

그 순간 여후량이 단상 위로 올라오며 관중들을 진정시켰다.

"율법을 어기려 들지 말게나. 비무자가 또다시 비무에 나설 수는 없으니."

"율법? 비무자가 재차 비무에 서지 못하는 것은 분명 녹림의 율법이오. 그러나 그것이 다섯 번이 다 치러진 상황이라면 다른 것으로 알고 있소."

"흐음……."

여후량은 딱히 반박을 하지 못했다.

설무위의 말처럼 지금처럼 다섯 번의 비무가 모두 치러진 상황이라면 한 번 비무에 나섰던 이라도 다시 비무자가 되지 못한다는 규정은 없었다. 그저 암묵적으로 그렇게 하고 있을 뿐이었다.

"어떻게 하겠소? 내가 여섯 번째 비무자로 나설 수 없다면 석산채는 모든 것을 포기하고 이대로 물러가리다!"

설무위는 여후량이 아닌 사방에 있는 녹림도들을 향해 외쳤다.

"그런 규정이 없다면 인정해 줘야지."

"옳소. 그냥도 아니고 비무를 하고 쉬지 않고 또다시 한다는 것인데 그 정도도 인정해 주지 않고서야 어디 녹림도라 할 수 있겠소?"

여기저기서 옹호하는 소리가 계속해서 터져 나왔다.

설무위가 보인 그 호쾌함이 녹림도들의 가슴에 불을 지핀 것이다.

"그의 말이 맞구려."

그 순간 나선 것은 여후량과 함께 성회를 주관하게 된 나머지 두 사람이었다.

그들은 각기 비응혈조(飛鷹血爪)와 사비쌍검(射飛雙劍)이라 불리는 자들로, 여후량과 마찬가지로 전대 녹림십객들이었다. 여후량만큼은 아니더라도 그들 역시 성회에 어느 정도 주관할 자격이 있었다.

"율법이 아닌 것은 사실이니, 더 이상 석산채에서 나올 사람이 없다면 그렇게 해도 큰 지장은 없을 것 같소."

"맞소."

"흐음……."

여후량도 딱히 그들의 말에 반박하지 못했다.

"알겠소. 그러나 대신에 염왕채에도 같은 권리를 주겠소. 염왕채가 원한다면 염왕채에서도 나섰던 사람이 다시 나설 수 있다는 뜻이오. 그리고 다섯 번째 비무를 석산채에서 승리한다면 곧바로 여섯 번째 비무를 시작하겠소."

"동의하오."

"나도 동의하외다."

비응혈조와 사비쌍검이 동의하자 일이 일사천리로 진행되었다.

"어디서 운 좋게 피라미 몇 놈을 이겼다고 보이는 것이 없나 보구나. 내가 네놈이 두려워서 피한다고 생각했던 것이냐?"

무적초자가 살기를 내뿜으며 걸음을 내딛었다.

이렇게 된 이상 이기든 지든 한차례 싸움을 피할 길이 없게 되었다. 설령 패하더라도 최대한 상대의 힘을 빼놓아야 했다.

"고작 그 실력으로 말인가?"

"이노오옴!"

무적초자가 더 이상 참지 못하고 일권을 내질렀다.

쿠아앙―

매서운 권풍이 몰아쳤다.

과연 구주십팔객 중 가장 강하다고 평가받는 이의 공격다웠다. 사방을 점하며 몰아치는 권풍은 매섭다 못해 소름이 끼칠 정도로 위력적이었다.

그러나 그런 권풍조차 설무위가 일으킨 바람에 흔적도 없이 사라졌다.

신전수 제일식 일진광풍(一陣狂風).

한줄기 격타음과 함께 무적초자가 피를 토하며 주르륵 밀려났다.

선공은 했지만 전력을 기울인 것이 아닌 그저 수준이 어느 정도나 되는지 알아보기 위한 공격이었다. 하나 무적초자는 거령신권과 마찬가지로 그 대가를 뼈저리게 치러야 했다.

승기를 잡은 설무위는 마치 이대로 비무를 끝내려는 듯 거세게 몰아쳤다.

퍼펑—

다시 한차례의 격타음과 함께 무적초자는 단상을 나뒹굴었다. 머리는 봉두난발이 되었고 입가에서는 피가 흘러내렸다. 실로 꼴사나운 모습이 아닐 수 없었다.

"우아악! 이놈!"

무적초자는 봉두난발된 머리를 그대로 둔 채 그의 성명절기 풍뢰마풍권(風雷魔風拳)을 펼쳤다. 그를 구주십팔객으로 만들어주었던 무공이다.

콰콰쾅—!

거센 충돌과 함께 피분수를 뿜어내며 또다시 밀려난 이는 무적초자였다. 승기까지 내어준 상태에서 평정심마저 잃은 무적초자의 공격이 통할 리 만무했다.

본시 이렇게까지 평정심을 잃을 무적초자가 아니건만 원상의 경지에 이르며 한층 더 발전한 신룡음은 무적초자의 이성을 완전히 무너뜨렸다.

"그것이 전부인가?"

"오냐. 어디 이것마저 받아내나 보겠다."

무적초자의 전신에서 소용돌이와 같은 기세가 피어올랐다.

"죽어라!"

무적초자가 신형을 비틀며 두 주먹을 내질렀다.

풍뢰하벽(風雷下劈).

풍뢰마풍권의 절초 중 하나로, 무적초자가 반드시 상대를 죽이고자 할 때 사용하는 초식이었다.

쿠아앙—

매서운 바람이 몰아쳤다.

대기를 찢으며 날아드는 바람은 뇌전이 몰아치는 듯한 느낌을 들 정도로 강맹했다.

그러나 그런 강맹한 공세에도 설무위는 조금도 물러설 생각을 하지 않았다. 오히려 이 순간을 기다렸다는 듯이 신형을 앞으로 날리며 손을 내뻗었다.

신전수 제육식 신전불퇴(神電不退).

벼락은 무적초자만이 뿜어낼 수 있는 것이 아니었다.

콰콰콰—

엄청난 충돌음과 함께 대지가 진동을 일으켰다. 그 진동과 함께 허공으로 튕겨져 나간 것은 무적초자였다. 그렇게 허공으로 튕겨져 나간 무적초자가 땅으로 떨어지는 데에는 그리 오랜 시간이 걸리지 않았다.

"쿨, 쿨럭······."

무적초자는 비틀거리며 간신히 자리에서 일어났다.

그런 무적초자의 앞가슴은 뼈가 보일 정도로 심하게 짓이겨져 있었다.

"이, 이게······."

무적초자는 이 사실을 믿을 수 없었다.

패했다는 사실보다도 이렇게 허무하게 졌다는 사실이 믿어지지가 않는 것이다. 차라리 모든 것을 펼쳐 보였다면 이리 원통하지는 않았을 것이리라.

"네, 네놈도 살아남지는 못할······."

무적초자는 마지막 말을 끝맺지 못한 채 그대로 절명했다.

"석, 석산채가 다섯 번째 비무에서 승리하였소!"

여후량이 한참 후에야 단상에 올라와 더듬거리며 외쳤다.

이렇게 빨리 승패가 갈릴 것이라고는 생각하지 못한 모습이었다. 그것은 장내에 있던 다른 사람들 역시 마찬가지였다.

"그러나 살초를 사용했으니 종리무외와 마찬가지로 더 이상 비무에는 출전할 수 없소."

여후량은 얼굴 표정을 바로하며 종리무외에게 했던 것처럼 징계를 내렸다.

그러나 다소 억지스러운 부분이 있는 징계였다. 종리무외와는 다르게 살초를 사용한 것은 무적초자가 먼저였다. 설무위는 그저 그 공격을 받아쳤을 뿐이었다.

"살초는 그가 먼저 썼소. 그러니 나는 그러한 처분을 받을 하등의 이유가 없소."

"그렇다."

"지금 편드는 것도 아니고 무얼 하자는 것이냐?"

녹림도들이 흉험한 기세로 외쳤다.

그들 역시 이번 성회가 평소와는 다르다는 정도는 이제 느끼고 있었다. 그러나 어찌 되었든 성회는 녹림도들의 것이었다. 여후량 개인이 마음대로 쥐락펴락할 수 있는 것이 아니라는 뜻이다.

"염왕채에는 그리 사람이 없는가!"

설무위는 내공을 실어 사자후를 내질렀다.

그 외침에 모두가 숨을 죽였다. 그것은 도발이자 또한 제천회에게 보내는 경고이기도 하였다.

"재미있군."

그 순간 염왕채에서 누군가 단상 위로 올라왔다.

문사풍의 대나무 장작처럼 마른 장년인이었다. 장년인은 들고 있는 섭선으로 얼굴을 반쯤 가린 채 설무위를 바라보았다.

"당신이 내 두 번째 비무 상대인가?"

"그럴 리가 있겠나? 나는 어디까지나 대변인일 뿐이라네."

"무형혈인공이라… 이제 보니 숭무련의 그놈도 제천회의 끄나풀이었군."

설무위는 장년인의 말을 들은 척도 하지 않으며 중얼거렸다.

그러자 순간적으로 장년인의 눈에 살기가 감돌았다. 그가 무형혈인공을 익힌 것은 사실이었다. 그러나 그 성취가 숭무련의 군사로 잠입했던 사마현과는 비교가 안 될 정도로 높았다.

지금껏 강호를 활보하며 그가 무공을 익혔다는 것을 누구도 알아차리지 못했다.

"여후량 대협께선 이 일에 대해 어떻게 할 생각이신지?"

"재고의 여지가 없소. 그에게는 더 이상 출전 자격이 없소."

여후량이 단호하게 말했다.

그러자 사방에서 원성이 쏟아졌다. 그 원성을 끊은 것은 장작개비처럼 마른 장년인이었다.

"아니외다. 저자의 말처럼 살초를 먼저 쓴 것은 본 염왕채이니 그렇게 하지 않으셔도 되오."

장년인의 말이 끝나자 이번에는 염왕채를 환호하는 발언이 터져 나왔다.

"단, 우리에게도 조건이 있소."

"조건이라 하심은?"

"무인으로서 자존심이 있으니 어찌 차륜전을 펼쳤다는 오명을 뒤집어쓰겠소? 그러니 이 비무를 내일로 미루었으면 하오."

"그건……."

여후량이 난감하다는 듯 선뜻 대답을 하지 못했다.

이것은 아무리 성회를 주관하는 여후량이라 해도 함부로 결정할 수 있는 사안이 아니었다.

"어찌하면 좋겠소?"

여후량은 성회를 함께 주관하는 다른 두 사람에게 물었다.

"크게 무리는 없다는 생각이 드오."

"나도 그렇소."

"두 분의 생각이 그렇다면 알겠소이다. 하면 모두의 동의하에 염왕채의 조건을 받아들이는 것으로 하겠소. 비무는 내일 계속될 터이니 모두 오늘은 이만 돌아들 가시오!"

여후량이 관중들에게 외쳤다.

녹림도들도 아쉽기는 했지만 어느 정도 수긍하는 분위기였다. 무인으로서의 자존심을 내거는 데야 그들로서도 달리 할 말이 있을 리 없었다.

"나는 지금도 충분하니 그럴 필요 없소."

그 순간 설무위는 단상을 내려가려 하는 장년인을 보며 말했다. 도발이라도 하는 듯한 모습이었다.

"그것은 우리가 판단하는 것이니 당신이 신경 쓸 필요 없소. 결정이 났으니 우리는 이만 돌아가겠소."

장년인은 그 도발에 응하지 않았다.

그것을 본 설무위의 눈가에 극히 찰나간에 불과했지만 아쉬움이 떠올랐다 사라졌다.

설무위가 도발은 한 것은 다른 이유에서가 아니었다.

무슨 이유 때문인지는 모르겠지만 어느 순간을 기점으로 염왕채 진영의 분위기가 돌변했다. 그전까지만 하더라도 염왕채에서는 청동가면사내를 내보내려 하고 있었다.

왠지 꺼림칙한 느낌을 지울 수가 없었다. 이런 느낌이 들 때면 항시 좋지 않은 일이 일어났다.

그러나 이미 비무는 내일로 미루어졌기에 어쩔 수 없이 단상을 내려왔다. 그렇게 녹림성회는 예상치 못한 결과로 인해 하루가 더 연기가 되었다.

*　　　*　　　*

호남 천자산(天子山).

사패 중 하나이자 호남의 패자인 사자림의 총단이 세워져 있는 곳이었다.

총단이라고는 하지만 풍운보 적기추풍대의 기습으로 인해 반 폐허가 되다시피 한 관계로 총단으로서의 역할은 유명무실 해진 지 오래였다.

사자림주는 다른 곳도 아닌 그곳에서 배수진을 쳤다.

그것은 친우에 대한 예우이자 또한 사자림주로서의 자존심 이었다.

"물러나지 마라!"

철혈사자단을 이끌고 있는 사자철권(獅子鐵拳)이 포효를 내 질렀다.

풍운보에 적기추풍대가 있다면 사자림에는 철혈사자단이 있었다. 이미 수많은 전투로 살아 있는 인원이 절반밖에는 되 지 않았지만 그들은 용맹스럽기 그지없었다.

거기에 사자림주 또한 전면에 나서니 구주십팔객 중 이 인 의 힘은 과연 막강했다.

"적당히 하는 게 어떤가?"

풍운보 무인들을 주살하는 사자철권을 막아선 것은 총호법인 사망도(死亡刀) 하후궁이었다. 이미 두 사람은 며칠 전부터 수차례 싸워온 상태였다.

"하가 이놈, 오늘이 네 제삿날이 될 것이다."

"내가 할 말을 하는구나."

사자철권이 쇄도해 오자 하후궁은 조금도 지체없이 도를 빼들고 맞서갔다.

카카캉─

두 사람의 실력은 백중지세였다. 그들이 뿜어내는 기파가 주변을 휩쓸었다. 어느 누구도 감히 그들 주변으로 범접하지 못했다.

사자림의 전력이 처짐에도 전체적인 전세는 비등비등했다. 그 가장 큰 이유는 사자림주의 존재 때문이었다.

풍운보에서는 사망도 하후궁 이외에 이렇다 할 고수가 나서지 않고 있었다. 아니, 못하고 있다는 편이 정확한 표현일 터였다.

음살도를 시작으로 섬전창, 대력응조수, 노도권 등 무수한 고수들이 죽었고 칠대빈객 중에서 가장 강하다는 몽혼검 이약은 배신하였다.

물론 은혈검을 비롯하여 독심야효 소리벽, 화화녀 염미인 등 적지 않은 고수들이 남아 있었지만 그들은 분명 사자림주에 비해 처지는 자들이었다. 이 상태대로라면 이 싸움이 언제 끝날지는 아무도 예측할 수 없었다.

휘이잉—

그 시각 열혈패제는 전장과는 멀리 떨어진 구릉에서 무표정한 모습으로 싸우는 모습을 지켜보고 있었다.

풍운보가 궁지에 몰려 배수진까지 친 사자림을 무너뜨리지 못하는 가장 큰 이유는 사자림 무인들이 죽음을 각오하고 싸워서도, 그렇다고 사자림주가 전면에 나서고 있어서도 아니었다.

열혈패제!

바로 그가 나서지 않고 있기 때문이었다.

"패제이시여……."

패제의 옆에는 귀안자가 시립해 있었다.

귀안자는 하후궁과 함께 오늘날의 풍운보를 있게 한 일등공신이었다. 그가 아니었다면 지금의 풍운보는 존재하지 않았을지도 몰랐다.

"사실임은 확인되었나?"

"면목이 없습니다."

귀안자는 고개를 들지 못했다.

며칠 전 날아든 한 장의 전서. 그 전서에는 경천동지할 내용이 적혀져 있었다.

날수마희의 죽음.

도저히 있을 수 없는 일이 일어난 것이다. 그 순간부터 열혈패제는 입을 닫았다. 비보가 사실인지 확인해 보라는 것이 마지막 말이었다.

"누구인가?"

"설무위라는 놈입니다."

"……."

열혈패제는 잠시 동안 침묵했다.

"맹룡을 죽인 놈이라지?"

"그렇습니다."

"지금 어디에 있나?"

"형산에 있는 것으로 파악되었습니다."

"녹림이 놈들을 받아주었나?"

"그런 것 같습니다."

"그렇단 말이지……."

순간적으로 열혈패제의 눈에 섬뜩하리 만큼 소름 끼치는 살광이 뿜어졌다.

패제가 전방을 주시하고 있었기에 귀안자는 그것을 보지 못했지만 만약에 보았다면 자신이 대답한 것을 크게 후회했을지도 몰랐다.

"녹림을 친다."

"주공?"

"내 결정은 변하지 않는다. 사자림을 멸문시키고 녹림을 친다."

"하지만 저희가 제천회에 약속한 것은 사천입니다. 그리고 녹림은 본시 제천회가 맡기로 되어 있었습니다."

"녹림을 치고 돌아올 때까지 버틸 병력은 남는다."

"……."

"귀안자, 내 아내가 죽었다. 내게 천하만큼 중요한 것이 그녀였다."

"명을… 받듭니다."

귀안자가 고개를 숙인 채 이를 악물며 대답했다.

이제 전체적인 계획을 전면 수정해야 했다. 녹림을 칠 생각이 없던 것은 아니었지만 그것은 사천까지 정리되고 난 이후의 일이었다.

설마하니 날수마회에 대한 애정이 이 정도일 것이라고는 생각지 못한 것이 실수라면 실수였다. 이 일이 차후 어떤 결과를 가져올지에 대해서는 아무도 알 수 없었다.

"사자림주에게 간다."

마침내 열혈패제가 발걸음을 떼었다.

휘이잉—

사방은 쥐 죽은 듯이 고요했다. 아니, 고요하다 못해 적막할 정도였다. 그 적막함을 만든 것은 당대의 풍운보주 열혈패제였다.

"쿨럭……."

적막감을 깨뜨린 것은 사자림주가 피분수를 토하며 쓰러지는 소리였다.

열혈패제.

그는 과연 패제라 불릴 자격이 있었다. 사자림주는 불과 이 각도 버티지 못하고 열혈패제의 손에 쓰러졌다.

두 사람의 격돌은 실로 경천동지할 만큼 대단했다. 패를 추구하는 무인인지라 격하게 부딪쳤고 그럴 때마다 대지가 진동을 일으켰다.

사자림주는 믿기 힘들다는 듯 죽어가는 눈으로 열혈패제를 바라보았다.

구주십팔객 중에서도 무적초자와 함께 가장 강하다고 평가받는 사자림주였다. 그런 그가 고작해야 이각도 버티지 못한 것이다.

"쿨, 쿨럭… 세상을 속이고 있었군."

"드러내지 않았을 뿐이다."

"그, 그런가……."

사자림주는 허망하다는 눈빛으로 주위를 돌아보았다.

어느새 주위에 살아남은 사자림 무인이라고는 그밖에 없었다.

열혈패제가 나서는 순간 전세는 바뀌었다. 풍운보 무인들은 마치 맹수라도 된 듯 자신의 안위를 돌보지 않고 거칠게 사자림 무인들을 몰아쳤다.

그러나 사자림 무인들은 단 한 명도 도망치지 않았다. 그들은 모두 총단을 등진 채 장렬히 전사했다. 사자철권 역시 십여 명의 풍룡대 무인과 함께 동귀어진을 하며 생을 마감했다.

"강, 강호는 강호인들의 것이다. 결코 그대들의 뜻대로 되지는 않을 것이다."

"강호인들의 것이라……."

열혈패제는 천천히 사자림주에게로 다가갔다.

"그건 너희 패배자들의 생각일 뿐이다."

열혈패제는 그대로 사자림주의 머리통을 발로 밟아 으깨어 버렸다.

콰직—

뇌수가 터져 나오며 역한 비린내가 풍겼다.

열혈패제는 주위에 있는 풍운보 무인들을 훑어보았다. 풍운 보 무인들은 모두 전신에 피칠을 한 채 가쁜 숨을 몰아쉬고 있 었다.

"쉬고 싶으냐?"

"……."

그 누구도 숨소리조차 내지 않았다. 열혈패제의 전신에서 뿜어지는 패도적인 기운이 그들을 자극하고 있었기 때문이다.

"녹림을 친다."

열혈패제가 걸음을 옮겼다.

형산이 있는 방향이었다. 풍운보 무인들이 병장기를 든 채 그 뒤를 따랐다. 모두가 손끝 하나 움직일 수 없는 상황에서도 그들은 움직였다.

발을 질질 끌다시피 해서 걸어가는 이가 태반이었지만 사기 만큼은 최고조에 달해 있었다.

疾風歌

第三十章

녹림대제는 죽고,
설무위는 사형과 재회하다

질풍가

어둠이 찾아왔다.

짙은 어둠이 찾아온 형산의 밤은 을씨년스러우면서 또한 황량했다.

"무슨 속셈인지 모르겠군."

적무악이 말하자 다른 사람들 마찬가지라는 듯 고개를 끄덕였다.

제천회에서 비무를 하루 미룬 이유가 무엇일까?

그들이 정말로 차륜전을 펼쳤다는 오명을 뒤집어쓰기 싫어서 그랬을까?

그럴 리 없었다. 그것은 지금까지 제천회가 한 짓들과 너무나 상반된 행동이었다.

"오홍, 소문주는 아는 것이 있나요?"

"저도 모르겠어요."

"너무 심각하게 생각하지 말게. 어차피 우리가 이기면 그만이 아닌가?"

풍도백이 걱정하지 말라는 듯한 표정으로 말했다.

"그렇지 않은가?"

"노인장도 많이 뻔뻔해졌구려."

"허허, 자네와 다니려면 이 정도는 되어야 할 것 같아서 말일세."

"알겠소. 그 일에 대해서는 걱정하지 마시오. 그보다……."

설무위의 시선이 일순간 소예랑에게 향했다.

"하실 말씀이 있으면 하세요."

"청동가면사내. 그가 누구인지 알아봐 주시오. 그렇게 해준다면 후일 하오문의 부탁 한 가지를 들어주겠소."

"우리에게는 남는 장사군요."

소예랑이 야릇한 미소를 머금었다.

부탁에 대한 여타 조건을 내걸지 않았으니 어떻게 사용하느냐에 따라 그 가치는 달라지게 마련이었다.

"근데 왜 그렇게까지 그에게 신경을 쓰는 것이지요? 이번 비무 때문은 아닌 듯한데요?"

"어딘지 모르게 낯설지가 않아서요."

"그것뿐인가요?"

"그렇소."

"재미있는 분이군요."

소예랑이 미소를 머금었다.

참으로 신기한 사람이었다. 두려움없이 풍운보나 제천회를 적으로 삼는 것도 그렇거니와, 눈앞의 이익에 연연하지 않는다.

그렇다고 세력에 관심이 있는 것도 아니었으니 소예랑의 입장에서야 그저 감탄스러울 뿐이었다.

그 순간이었다.

"급보입니다!"

하오문 문도 하나가 문을 박차고 들어오며 급하게 소예랑에게 양피지를 건넸다.

"무슨 일이기에 이리 부산을 떠느냐?"

소예랑은 마땅치 않다는 듯 하오문도를 나무랐다.

"이것을 보십시오."

"이게……."

양피지를 받아 들고 읽어 내려가던 소예랑의 두 손이 부들부들 떨렸다.

"제, 제천회가 미쳤군요. 미치지 않고서야 이럴 수 없어요."

"오홍, 무슨 소리예요?"

"그들이 강시를 보유하고 있다고 해요. 그것도 한두 구가 아니라 무려 수백여 구나."

"그게 사실인가?"

풍도백이 벌떡 자리에서 일어났다.

강시라니? 제천회가 무엇이 아쉬워 그런 짓을 벌였단 말인가?

그러지 않아도 이미 천하의 삼분지 일을 수중에 넣은 그들이었다. 구태여 무림공적이 되면서까지 강시를 사용할 이유는 없었다.

"신룡군이 그 사실을 개방에 알렸어요. 그리고 불과 삼 일도 지나지 않아 제천회는 그 사실을 증명이라도 하듯 강시를 대대적으로 투입하여 개방 총단과 종남파를 일시에 무너뜨렸어요."

"아무리 강시라 하더라도 개방과 종남이 그렇게 쉽게……."

풍도백이 믿을 수 없다는 듯 고개를 내젓다 입을 다물었다.

단순히 강시만이라면 모르겠지만 제천회에는 무수한 고수들이 포진해 있었다. 그 대표적인 이가 바로 독왕과 무정도였다.

그들이 전면에 나섰다면 개방이나 종남이 아니라 그보다 더한 문파라 하여도 같은 결과가 나왔을 것이리라.

"강시의 종류는 파악되었는가?"

"독강시예요."

"독왕이 관련되었겠군."

강시는 아무나 만들 수 있는 것이 아니었다. 그중에서 독강시라면 당금 천하에서 만들 수 있는 이는 오직 한 명, 독왕뿐이었다.

"독강시뿐이던가?"

"현재까지는 그래요."

"제천회 무인들이 전부 그 사실을 알고 있었을 것이라고는 생각지 않네. 그들 중 일부가 강시 때문에 이탈하지는 않겠는가?"

"그렇지는 않을 거예요. 지금에 와서 이탈해 보았자 그것을 믿어주지도 않거니와, 설령 믿어준다 할지라도 강호를 영원히 등지거나 아니면 선봉에 나서 제천회와 싸워야 하는데 누가 그러겠어요."

소예랑이 고개를 내저었다.

"강시의 위력은 어느 정도나 된다던가?"

"아직 정확히 파악된 것은 아니나 절정고수라도 쉬이 상대할 수 없다고 해요. 그리고 더 큰 문제는……."

"제천회 무인들이겠지. 그렇지 않소?"

설무위가 소예랑의 말을 끊으며 말했다.

절정고수만 되더라도 강시를 상대하는 데에 불가능한 것은 아니었다. 문제는 그런 강시와 절정고수 한 명이 협공을 한다면 속수무책이라는 사실이었다.

절정고수 한 명을 배출하기 위해서는 대문파라 할지라도 상당한 기간과 노력이 필요하다. 구파일방이라 할지라도 절정고수의 수는 수십여 명 남짓이었다.

"지금 이러고 있을 상황이 아니에요. 어서 이곳에 있는 제천회 놈들을 공적으로 지목하여 당장에라도 놈들의 목을 따버려야 해요."

"우하하, 이제야 속 시원히 놈들을 이곳에서 쫓아낼 수 있겠
구려."

적무악의 입에서 대소가 터져 나왔다.

지금 상황이야말로 적무악이 기다리던 것이었다. 힘이 없어
서 저들을 어쩌지 못한 것이 아니라 녹림의 율법에 얽매여 있
었을 뿐이다.

"놈들이 도망치기 전에 시작합시다."

"적 형의 말은 틀린 것 같소. 그들은 도망친 것이 아니라 오
히려 그 반대인 듯하니."

그 순간 설무위가 굳은 표정으로 말했다.

"설 소제, 그게 무슨 소린가?"

"말 그대로요. 저들이 선수를 쳤다는 소리요."

설무위는 멀리서부터 희미하게 느껴지는 기의 파동을 감지
할 수 있었다. 그 파동은 무척이나 빠른 속도로 가까워지고 있
었다.

"이런 개잡놈들이!"

적무악의 눈에서 불길이 일었다.

비록 실력이 모자라 느끼지는 못하더라도 말에 담긴 의미조
차 모를 그가 아니었다.

"가세나."

적무악이 도를 빼 든 채 문을 박차고 나갔다.

화르르르—

어느새 사방에서는 불길이 일고 있었다.

생각했던 것 이상으로 상황은 좋지 않았다. 여기저기서 비명 소리가 난무하고 곳곳에서 병장기 부딪치는 소리가 울려 퍼졌다.

싸움이 일어나기 시작한 것이 일각도 되지 않는다는 점을 감안할 때 적들의 공세가 그만큼 빠르다는 것을 의미하고 있었다.

"어디서 이런 자들이……."

전장으로 향한 적무악은 눈살을 찌푸렸다.

녹림도들이 변변한 저항조차 하지 못하고 흑의인들에게 학살을 당하고 있었다. 그들 중에는 녹림총채의 무인들도 적지 않았다.

총단의 무인들이라면 구파일방의 이대제자들과 겨루어도 손색이 없는 이들이었다. 그런 이들조차 십수 합도 버티지 못한다는 것은 흑의인들의 무공이 그만큼 뛰어나다는 것을 의미했다.

거기에 이번 반란의 핵심 인물인 오태산채의 채주 금도신과 그들에게 포섭된 녹림도들까지 가세하여 상황이 더욱 좋지 않게 흘러가고 있었다.

단순히 반란이라고 생각했거늘, 그것이 아닌 듯싶었다.

금도신은 마치 녹림을 장악하는 것이 목적이 아니라 무너뜨리는 것이 목적인 듯 무차별적으로 녹림도들을 주살하고 있었다.

"이 배반자들! 단 한 놈도 살려두지 않을 것이다!"

적무악이 전장으로 뛰어들었다.

그는 흑의인 하나를 일도로 양단시켜 버리며 그대로 핏물을 뒤집어쓴 채 곧장 오태산채 녹림도들이 모여 있는 곳으로 신형을 날렸다.

"금도신은 어디 있느냐! 이 적무악이 여기 있다!"

적무악의 도가 거칠게 적도들을 베어갔다.

"적무악이다!"

"파풍도가 이곳에 있다!"

적무악의 외침에 오태산 녹림도들이 고함을 질렀다.

금도신, 아니, 제천회는 이번 일을 벌임에 있어 두 명을 우선 척결 대상으로 삼았다. 그 첫 번째가 녹림대제요, 두 번째가 파풍도 적무악이었다.

녹림의 힘은 모이지 않으면 아무 의미도 없었다. 집결되지 않은 녹림은 그저 산적 나부랭이일 뿐이었다. 그러기 위해서는 반드시 그 두 명을 죽여야 했다.

"알아서 나타나 주다니, 일이 쉬워졌군."

금도신이 몸을 날려 적무악의 앞을 막아섰다.

금도신은 비릿한 미소를 머금은 채 여유있게 뒷짐까지 지고 있었다.

"금도신, 네 이놈! 너는 넘지 말아야 할 선을 넘었다!"

적무악의 두 눈에서 시퍼런 불길이 뿜어져 나왔다.

호탕한 웃음을 잃지 않는 적무악이었지만 지금 이 순간만큼은 그 누구보다 분노하고 있었다.

"녹림의 공적이라… 녹림이 사라져 버릴 텐데 공적이 있을 리 있겠나?"

"겨우 네 까짓 게 말이냐?"

"후후, 아직도 상황 파악을 하지 못하고 있군."

금도신이 한 손을 들었다.

그러자 대여섯 명이 금도신의 뒤에서 신형을 솟구치며 적무악을 둘러쌌다.

잔혼독마와 음부귀마, 혈조귀수, 거기에 천하오대검객 중일인인 광풍검과 전대의 거마 망산귀도까지. 하나하나 고수가 아닌 이가 없었다.

"주제 파악은 네놈들이 못하는구나."

그 순간 적무악의 옆에도 몇 명의 인영이 내려섰다.

종리무외와 삼악종, 그리고 풍도백 등이었다. 풍도백을 알아본 금도신의 표정이 조금은 굳어졌다. 다른 이들은 몰라도 풍도백만큼은 결코 만만한 상대가 아니었다.

그에 질세라 오태산 측에서도 다시 장내에 몇 명의 인영이 가세했다.

"풍가 이놈, 그렇지 않아도 네놈을 찾아다니고 있었다."

그중 가장 앞에 서 있는 것은 거령신마였다. 그 뒤로 비무에서 염미화를 패퇴시켰던 기형검을 쓰는 음산한 인상의 사내와 야릇한 미소를 머금고 있는 중년 미부가 있었다.

실로 일촉즉발의 상황이었다.

양측은 팽팽한 대치 상태로 서로를 노려보고 있었다. 누구한 명이라도 움직이는 순간 목숨을 내건 싸움이 시작될 터였다.

파파팍—

가장 먼저 움직인 것은 거령신마였다.

제자의 죽음을 잊지 못한 듯 거령신마는 살기를 내뿜으며 쇄도해 들었다.

퍼펑—

충돌음이 터지는 것과 동시에 나머지 인영들 역시 모조리 병장기를 뽑아 든 채 뛰어들었다.

혼전이었다. 고죽파파가 음부귀마에게 살초를 뿌리자 이내 잔혼독마의 독장이 고죽파파를 향해 날아들었고 그것을 본 사마경아가 가세하자 혈조귀수와 망산귀도가 그 뒤를 노렸다.

"그대가 내 차지로군."

종리무외가 마주한 상대는 광풍검이었다.

"요행히 명성을 얻었다고 보이는 게 없나 보구나."

광풍검은 검끝을 종리무외에게 겨누었다.

얼마 전까지만 하더라도 종리무외는 후기지수에 불과했다. 거령신권을 일 초에 죽였다 한들 그것은 거령신권이 방심했기 때문이지, 종리무외의 무공이 그 정도까지 되는 것은 아니었다. 적어도 광풍검은 그렇게 생각했다.

쐐애액—

종리무외는 아무 말 없이 검을 뺐었고 광풍검 역시 그에 맞서 그의 성명절기 백팔식광풍쾌검(百八式狂風快劍)을 펼쳤다.

두 사람 모두 쾌검을 사용하기에 순식간에 수십여 초가 오 갔다. 모르는 사람이 보았다면 검을 펼쳤는지조차 모를 정도 로 지독하게 빠른 공격이었다.

"비켜라!"

적무악은 도를 휘두르며 곧장 금도신에게 향했다.

그러나 기형검을 쓰는 음산한 인상의 사내와 야릇한 미소를 머금고 있는 중년 미부가 어느새 적무악을 막아서고 있었다.

그들이 끝이 아니었다.

어느새 금도신 주변에는 십여 명의 흑의인이 호위하듯 둘러 싸 있었다. 비로 제천회 무인들이었다.

"너희 따위가 나를 막느냐!"

적무악은 도기를 흩뿌리며 금도신을 향해 신형을 날렸지만 기형검을 쓰는 사내와 중년 미부는 적무악을 놓아줄 생각이 없는 듯 끈질기게 따라붙으며 공격을 가해왔다.

적무악은 쉽게 싸움이 끝나지 않을 듯하자 주위를 둘러보았 다.

전체적인 전세는 아직 열세였지만 그나마 풍도백이나 종리 무외 등이 활약을 해주어 어느 정도 반격의 기틀을 마련할 수 있었다. 만약 그들이 아니었다면 상황은 악화일로로 치달았을 것이리라.

도무지 이해할 수 없는 일이었다.

형산에 모인 녹림도는 물경 수천에 달했다. 그중에는 내공조차 익히지 않은 이들이 태반이기는 했지만 그래도 그 수와 녹림총채의 무인들을 다한다면 엄청난 전력이었다.

혹의인들이 강한 것은 사실이지만 고작 수백으로 그 전력을 상대할 정도는 아니었다.

적무악은 이내 그 이유를 알 수 있었다.

어찌 된 영문인지 모르겠지만 녹림대제를 비롯한 녹림의 주요 고수들이 단 한 명도 모습을 보이고 있지 않았다. 녹림십객 역시 마찬가지였다. 그러나 적무악은 크게 신경 쓰지 않았다.

녹림대제가 누구이던가?

천하십대고수 중 일인이자 녹림의 절대자였다. 그런 녹림대제를 누가 어찌할 수 있겠는가?

하나 마음 한구석에 불안감이 드는 것은 어쩔 수 없는 일이었다.

"설 소제는 어디에 있소?"

적무악은 급히 염미화에게 전음을 날렸다.

"저희도 모르겠어요. 곧 온다는 말만 남기고 갑자기 어디론가 사라졌어요."

"하필 이럴 때……."

"곧 올 터이니 너무 걱정하지 마세요."

염미화는 마지막 전음을 끝으로 괴면추노를 돕기 위해 신형을 날렸다.

"후후, 이제야 눈치를 챈 것 같구나. 너무 걱정하지 말아라. 네놈 역시 곧 대제의 뒤를 따를 것이니."

적무악이 전음을 날리는 것을 본 금도신이 비릿하게 웃으며
말했다.

"그게 무슨 소리냐?"

적무악이 두 눈을 부라리며 반문했다.

"이미 알아들었을 텐데? 대제가 지옥에서 네놈을 먼저 기다
리고 있을 것이라고 말했다. 네놈 사부와 같이 말이다. 크하하
하!"

"그 말을 내가 믿을 것 같으냐?"

"믿고 믿지 않고는 네 자유이니 마음대로 하거라."

"이노오옴!"

적무악은 도기를 뿌리며 금도신에게 공격을 피부었다.

금도신도 피하지 않고 마주 부딪쳐 갔다. 그러자 기형검을
쓰는 사내와 중년 미부도 가세했다. 금도신의 무공 역시 적무
악에게 떨어지는 것은 아니지만 합공이라는 확실한 방법이 있
거늘 굳이 무리할 이유가 없었다.

그렇게 금도신과 기형검을 쓰는 사내와 중년 미부, 그리고
금도신은 적무악을 조금씩 궁지에 몰아넣고 있었다.

*　　　*　　　*

녹림총채의 깊숙한 심처.

그곳에서는 조금 전까지만 하더라도 격렬한 싸움이 벌어지
고 있었다.

하나, 지금은 아니었다.

하나의 검이 형형한 안광의 백발노인의 가슴팍을 가르는 것과 동시에 모든 싸움이 멈추었다.

"믿, 믿을 수 없군⋯⋯."

백발노인은 바로 녹림대제 담우악이었다.

담우악은 허망하다는 듯 난자된 자신의 가슴을 바라보았다. 뼈가 갈라져 심장이 훤히 드러나 보이고 있었다. 내공으로 인해 버티고는 있지만 그것은 돌이킬 수 없는 치명상이었다.

겨우 일각 만에 일어난 상황이었다.

녹림대제가 약한 것이 아니다. 그렇다면 그는 천하십대고수에 들지도 못했으리라. 그가 약했다기보다 상대가 워낙 강했기 때문이었다.

청동가면사내.

그가 휘두르는 검에서 뿜어지는 기운은 태산을 짓누를 듯 무거웠으며 또한 천지를 가를 듯 강맹했다. 만독불침에 도검불침, 그야말로 무적자라 해도 과언이 아니었다.

물론 청동가면사내가 제아무리 강하다 한들 천하십대고수인 녹림대제가 고작 일각을 버티지 못할 정도는 아니었다.

청동가면사내와 겨루기 전.

적도들이 침입했다는 보고를 하러 들어온 박투적수(搏鬪赤手) 편마성은 돌연 담우악의 옆구리에 단검을 쑤셔 박으며 기습을 가했다.

편마성이라면 녹림대제가 가장 신임하는 인물 중 하나로,

녹림십객 중 일인이기도 하였다. 그런 편마성의 기습이었기에 녹림대제는 부상을 면치 못했다.

거기에 옆구리에 박힌 단검은 강기를 전문적으로 파괴한다는 금강파비(金剛破匕)였다. 그렇기에 녹림대제가 익힌 파극마강(破極魔罡)을 뚫을 수 있던 것이기도 하였다.

"여기도 있다!"

녹림십객 중 일인인 광혈수(狂血手) 우익이 담우악을 살리기 위해 청동가면사내에게 쇄도했지만 단 일검에 심장이 꿰뚫리며 쓰러졌다.

"다, 당신은……!"

우익은 죽어가며 경악에 찬 눈으로 청동가면사내를 바라보았다.

청동가면사내와 눈이 마주치는 순간 우익은 그가 누구인지 알 수 있었다. 청동가면으로 얼굴을 감추고 있다고 한들 그 눈빛만큼은 숨길 수 없었다.

"어, 어째서 당신이……."

오래전 기루에서 마주쳤던 사내.

사소한 시비로 인해 비무를 하게 되었으나 고작해야 십 초를 버티지 못하여 합마괴 사심악까지 가세하였다. 그래도 수십 초를 넘기지 못했다.

패배하였음에도 우익은 사내에게 감탄을 금치 못했다.

사내는 호탕하기 그지없고 정말 협객이라는 말이 어울리는 광명정대한 무인이었다. 그간 위선자나 고루하기 짝이 없는 정파 무인들을 보아온 우익에게 사내는 하나의 신선한 충격이었다.

우익은 그 사내가 조만간 천하를 떨쳐 울리는 고수가 될 것이라 확신했다.

그런 사내가 지금 제천회의 주구가 되어 있었다. 우익은 죽어가면서도 이 사실이 믿어지지가 않은 듯 눈을 감지 못했다.

"모두 이곳에서 후퇴하라. 적무악이 내 뒤를 이을 것이니 후일을 도모하라!"

녹림대제 담우악이 사자후를 터뜨리며 마지막 남은 모든 내공을 끌어올리며 청동가면사내에게 쇄도했다.

그 모습을 본 녹림십객을 비롯한 녹림의 주요 고수들은 피눈물을 뿌리며 몸을 날렸다. 녹림대제가 스스로를 희생하여 시간을 벌려 한다는 것을 알고 있기에 떠나지 않을 수 없었다.

콰콰쾅—

모든 내공을 끌어올린 담우악의 기세는 무시무시했다.

산천초목이 뒤흔들렸으며 주위에 있는 잡동사니들은 가루가 되어 사라졌다.

하나, 청동가면사내는 너무나 수월히 녹림대제의 공격을 받아넘겼다. 심지어 청동가면사내의 검은 녹림대제가 펼친 권강까지 갈라 버리며 무위로 만들었다.

"이놈들, 이 붕도 상우추가 여기에 있다!"

모두가 후퇴하는 순간 단 한 명의 인영만이 녹림대제와 함께 장내에 남아 추격하려는 제천회 무인들을 막아섰다.

붕도(鵬刀) 상우추.

적무악의 스승이자 녹림대제를 제외한다면 녹림에서 가장 강하다고 평가받는 무인. 어떤 이들은 상우추 역시 무경의 경지에 이르렀을지도 모른다고 평가했다.

그들의 생각은 틀리지 않은 듯싶었다.

상우추의 도에서 뿜어져 나오는 기운은 도기가 아니라 도강이었다.

그러나 그 도강은 완전한 도강이 아니었다. 상우추가 진원진기까지 소모시키며 무리해서까지 펼치는 도강이었다. 이목을 집중시키고 청동가면사내의 발걸음을 조금이라도 막기 위한 수단이었다.

상우추의 생각은 적중했다.

제천회 무인들은 도망친 자들을 처리하는 것보다 상우추를 죽이는 것이 우선이라고 생각했는지 날파리처럼 날아들었다.

콰직—

상우추의 도강에 대여섯 명이 피떡이 되어 날아갔다.

그럼에도 제천회 무인들은 끊임없이 달려들었다. 그중에 절정을 넘어선 무인들은 상우추의 도강을 피하며 요혈을 공격했다.

상우추는 그런 이들을 무시하며 녹림대제를 돕기 위해 신형을 날렸다. 그 대가로 상우추의 몸에 남겨진 것은 십여 개의 상처였다.

"이 친구야, 어쩌려고 남았나?"

상우추의 공세에 청동가면사내의 신경이 분산되자 그나마 숨통이 트인 녹림대제가 안타까운 표정으로 상우추를 바라보았다.

그들은 녹림의 절대자와 호법이기에 앞서 수십여 년을 함께 지내온 지기였다.

"그래도 마지막을 함께해 줄 사람은 있어야 하지 않겠는가?"

"자네의 그 고집은 여전하구먼."

"그래도 우리 둘이면 놈의 팔이라도 한 짝 가져갈 수 있지 않겠는가?"

상우추가 웃자 녹림대제가 그에 질세라 대소를 터뜨렸다.

사방이 적으로 둘러싸인 상황에서도 두 사람은 여유를 잃지 않고 있었다. 그것이 바로 녹림대제와 붕도라는 무인들이었다.

"가세."

녹림대제가 먼저 몸을 날리고 상우추가 그 뒤를 따랐다.

파파파팍—

일행과 떨어져 설무위가 향한 곳은 멀리서도 확연히 느낄 수 있을 정도로 강력한 기운이 뿜어지는 곳이었다. 그 기운을 느낀 순간 설무위의 가슴이 요동쳤다.

강호를 통틀어 그러한 기운을 뿜어낼 수 있는 것은 단 한 명뿐이었다. 그것은 무공의 고하와는 관계없이 기세 자체에 담긴 기질이었다.

'사형, 어째서 그곳에 있는 것입니까?'

설무위는 신법을 극한까지 끌어올렸다.

어디서 이렇게 많은 자들이 나타난 것인지 사방에는 온통 제천회 무인들과 녹림의 반도들뿐이었다.

쾅—

거칠게 문을 박차고 들어온 설무위의 시선이 한곳에 고정되었다. 그곳에서 적색 도강이 백발노인의 목을 베어가고 있었다.

그 옆에 있던 육중한 체구의 노인이 도강을 뿜어내며 도우러 했지만 이미 적색 도강은 백발노인의 목을 베어버린 연후였다.

녹림대제.

천하십대고수 중 일인이자 무경의 경지에 오른 무인치고는 너무나 허망한 최후였다.

"사형!"

설무위는 크게 외쳤다.

녹림대제의 죽음에도 설무위의 시선은 오직 청동가면사내에게 고정되어 있었다. 그러자 청동가면사내 역시도 고개를 돌려 설무위를 바라보았다.

붕도 상우추가 모든 내공을 짜내어 마지막 공격을 퍼부었지만 청동가면사내는 그 자리에서 움직이지도 않고 상우추의 공격을 막아내었다. 상우추는 반탄력에 의해 피분수를 뿜으며 나가떨어졌다.

"어째서 사형이 이곳에 있는 것입니까?"

설무위는 청동가면사내가 사형 한운천이라고 확신했다.

단천구검.

천하에 그 무공을 펼칠 수 있는 것은 설무위를 제외한다면 오직 사형뿐이었다. 더욱이 적색의 검강은 그 짐작이 틀리지 않았음을 확인시켜 주었다.

오래전 수없이 비무를 치르며 상대했던 적색의 검기는 어느새 검강으로 화해 있었지만 그 선명한 색은 도저히 잊을 수가 없었다.

"사형, 접니다."

"……."

설무위의 말에도 청동가면사내는 묵묵부답이었다.

오히려 생사대적이라도 만난 듯 내공을 끌어올리며 검끝을 설무위에게 겨누었다.

그 기세가 얼마나 살벌하였으면 순간적으로 청동가면사내가 사형이 아니라는 생각이 들 정도였다. 그러나 사내가 펼치려고 하고 있는 초식은 단천구검의 제일식 단천일섬(斷天一閃)이었다.

극쾌의 쾌검.

그 정점에 달해 있는 것이 바로 단천일섬이었다.

"그 용기는 가상하다면 주제도 모르는 부나방 같은 놈이군. 놈을 죽여라."

혈독마 야율광이 음산한 목소리로 명령을 내렸다.

그는 독왕의 사제로 독왕을 제외한다면 당가의 전대 문주와 함께 용독술로 천하에 견줄 자가 없다는 이였다.

그가 뿌린 독에 녹림의 무인들이 중독당하지 않았다면 제아무리 청동가면사내가 강했다고 한들 녹림십객을 비롯한 호법들이 그렇게 쉽게 무너지지는 않았을 것이리라.

파파팍—

야율광의 명령에 제천회 무인들이 사방에서 일제히 쇄도해 들었다.

"다가오는 자는 누구를 막론하고 죽일 것이다!"

설무위는 포효했다.

강호에 나와 이처럼 분노한 적은 처음이었다. 어떻게 사형이 자신을 향해 검을 겨눌 수 있단 말인가?

신전수 제삼식 광풍만파(狂風萬波).

분노는 기운으로 화해 전면에서 쇄도하는 제천회 무인들을 덮쳤다.

콰직—

광풍의 바람이 휩쓸고 지나간 곳은 실로 참혹했다. 그곳에 남아 있는 것이라고는 오직 피륙뿐이었다.

분노가 극에 달한 상황이었기에 설무위는 추호도 손속에 사정을 두지 않았다. 제천회 무인들이 다시 달려들었지만 그들 역시도 개죽음을 면치 못했다.

"이, 이게……."

야율광은 이 사실이 믿어지지 않는다는 듯 넋을 잃고 그 모습을 쳐다보았다.

이곳에 있는 제천회 무인들은 하나하나가 절정고수가 아닌 이가 없었다. 그렇지 않았다면 녹림십객이나 호법들이 아무리 독에 중독당했다고 한들 그리 속절없이 죽임을 당하지는 않았으리라. 그런 이들이 변변한 저항조차 하지 못하고 목숨을 잃고 있었다.

"뭐, 뭐하고 있느냐. 어서 놈을 죽여라!"

야율광은 급하게 다시 청동가면사내를 향해 명령을 내렸다.

평상시였다면 그가 독을 살포하거나 독장을 날렸겠지만 상대의 무위는 그가 감당할 수 있는 성질의 것이 아니었다. 설령 운이 좋아 상대를 중독시키더라도 일수에 치명상을 입을 수도 있었다.

"……."

그러나 청동가면사내는 야율광의 명령에도 검끝만을 겨눈 채 움직이지 않고 있었다. 아니, 정확히 말하자면 무언가 모르게 머뭇거리고 있다고 해야 하는 편이 옳았다.

"이익!"

야율광은 품속에서 무엇인가를 꺼내 흔들었다.

그것은 보기에도 섬뜩한 검붉은 수실이 달려 있는 괴이하게 생긴 방울이었다.

딸랑딸랑―

방울이 울리자 청동가면사내가 괴성을 터뜨리며 설무위에게 달려들었다.

콰아아아앙―

청동가면사내의 검에서 적색 검광이 솟구치며 대기가 흔들릴 정도의 기파가 뻗어 나왔다. 그 강맹한 기운에 설무위가 주춤 한 걸음 뒤로 물러섰다.

"흥, 그래야지."

그제야 야율광이 한숨을 내쉬며 마음을 놓았다.

청동가면사내가 공격하기로 마음 이상 천하십대고수라 할지라도 살아남을 수 없었다. 그러나 야율광은 그것이 자신의 생명을 단축시키는 행동임을 알지 못했다.

"이놈! 무슨 짓을 한 것이냐!"

설무위가 대노하며 외쳤다.

무엇인가 이상하다고는 생각했다. 그것이 지금 야율광의 행동으로 확신으로 바뀌었다. 어찌 된 영문인지는 모르겠지만 사형은 이지가 제압당한 듯싶었다.

쐐애액―

청동가면사내가 쇄도해 들었지만 설무위는 그 공격을 피해내며 야율광을 향해 공격을 날렸다. 야율광은 기겁을 하며 나려타곤의 수법으로 땅바닥을 나뒹굴었다.

그 모습에 설무위는 재차 살수를 날리려 하였지만 더 이상은 무리였다.

어느새 청동가면사내가 후미에서 검강으로 공격을 가해오고 있어 어쩔 수 없이 공격의 방향을 틀어야만 했다.

퍼펑—

지축이 뒤흔들릴 정도의 충돌음이 터져 나왔다.

신전수의 기운은 적색의 검강에도 조금도 밀리지 않고 있었다. 그러나 수강이 아닌 이상 언제까지고 검강을 막아낼 수 있는 것은 아니었다.

중첩의 원리.

지금 그것이 가능한 것은 설무위가 신전수의 기운을 수차례 중첩시켜 펼치기 때문이었다. 내공의 소모가 심한 것은 두말할 필요도 없었다.

"고작 그 모습을 보여주려고 산을 내려간 것이오?"

설무위는 이를 악물며 외쳤다.

조금 전까지만 하더라도 그저 짐작에 불과할 뿐이었지만 이제는 확신할 수 있었다. 청동가면사내는 자신의 사형인 한운천이 확실했다.

청동가면사내는 단천구검을 흉내만 내는 정도가 아니라 오의 그 자체를 깨닫고 있었다. 설무위조차 그 정도 경지는 아니었다.

단천구검 제오식 단홍참뢰(斷虹斬雷).

벼락과도 같이 내리꽂히는 검의 기운은 강맹하다 못해 파괴

적이었다. 설무위가 몽혼검 이약을 패퇴시킨 것과 같은 초식이었지만 위력만은 판이했다.

"우웩……."

무려 삼 장여를 밀려 나간 설무위는 검붉은 울혈을 토해내었다.

쿠아앙—

적색 검강은 쉬지 않고 몰아쳤다.

검강을 장시간 펼치는 것은 단순히 무경의 경지에 올랐다고 해서 가능한 것이 아니었다. 내공이 심후하면서 또한 지극히 정심해야지만 가능한 일이었다.

"좋소. 어디 한번 어울려 봅시다. 오랜만에 말이오."

설무위는 폐부 깊숙한 곳에 쌓여 있던 답답함을 한차례 대소로 떨쳐 내며 부딪쳐 갔다.

더 이상 물러섬은 없었다.

사형의 무공은 오래전에 무경의 경지에 이르러 대충 상대해서 어찌할 수 있는 수준이 아니었다. 아니, 전력을 다해 부딪쳐 가더라도 승리를 장담할 수 없었다.

콰쾅—

설무위가 전력을 기울이자 수세에 몰리던 것과는 다른 결과가 나왔다.

용호상박(龍虎相搏).

적색 검강이 무서운 것은 사실이었지만 설무위에게는 유영비가 있었다. 천기문의 진정한 신전수도, 그렇다고 해서 단천구검도 아닌 바로 유영비였다.

"하하하!"

설무위는 시원한 대소를 터뜨렸다.

장소가 이런 곳이라는 사실이 못내 아쉬웠지만 가슴 한구석
이 후련했다.

바람과도 같이 휘몰아치는 설무위의 공세에 청동가면사내
가 일순간 중심을 잃고 비틀거렸다. 그 기회를 놓치지 않고 신
전수가 사내의 가슴팍에 격중했다.

그러나 청동가면사내는 아무렇지도 않은 듯 역공을 가해왔
다.

"호신강기?"

설무위의 표정이 굳어졌다.

불식간에 호신강기라는 말이 튀어나오기는 했지만 호신강
기라고는 볼 수 없었다.

건곤신공의 묘용 중 하나가 일정 수준에 이르면 외부의 충
격으로부터 전신을 보호하는 것이라고는 하지만 지금은 그 정
도가 아니라 충격을 전혀 입지 않은 모습이었다.

금강불괴.

지금으로서는 그렇게 생각할 수밖에 없는 일이었다. 그러나
금강불괴는 전설에서나 등장하는 것이었다. 오래전 십만마교
의 교주가 금강불괴에 이르렀다고는 하지만 그것은 어디까지
나 소문에 불과할 뿐이었다.

그러나 설무위는 조금도 위축되지 않았다.

오히려 더욱더 거세게 몰아치며 청동가면사내를 압박했다. 설령 금강불괴에 이르렀다고 한들 내부에까지 타격을 전혀 입지 않는 것은 아니었다.

콰쾅—

공전절후의 혈투.

주위가 풍비박산이 났다. 전각이 흔들려 무너져 내리고 주위에 있던 이들이 기파에 휩쓸려 튕겨져 나갔다.

오직 혈독마와 비무대 위에서 설무위와 신경전을 주고받았던 대나무 장작처럼 마른 중년인만이 어느 정도 떨어진 거리에서 두 사람을 지켜보고 있었다.

그러던 어느 순간이었다.

치열하게 공수를 주고받던 설무위가 조금씩 밀리는 듯한 모습을 보이기 시작하더니 한차례 충돌과 함께 신형을 비틀거렸다. 청동가면사내는 그것을 놓치지 않고 검강을 휘두르며 쇄도했다.

절체절명의 위기였다. 누가 보더라도 그렇게밖에 보이지 않는 상황이었다.

그러나 그 위기 속에서도 설무위의 표정은 너무나 태연했다. 고개를 숙이고 있었기에 누구도 그 모습을 보지 못했지만 그 모습을 보았다면 지금 설무위가 결코 위기에 빠진 것이 아니라는 사실을 알아차렸을 터였다.

검강이 지척에 이르는 순간, 설무위의 신형이 늘어나는 것처럼 보이며 좌측으로 움직였다. 단 한 걸음에 한해서라면 그 어떤 보법보다도 빠른 일원보가 펼쳐진 것이다. 그리고 일원보가 펼쳐진 곳에 있는 것은 바로 야율광이었다.

우직―

기괴한 소리와 함께 돌연 야율광이 비틀거리며 뒤로 물러났다. 그런 야율광의 한 손은 완전히 짓뭉개져 있었다. 급작스럽게 날아든 기운을 막은 대가였다.

신전수 제사식 신전무형(神電無形).

설무위가 밀린 것은 실력이 부족해서가 아니라 야율광을 공격하기 위해서였다.

어찌 사형이 정상적인 상태가 아니라는 것을 잊을 수 있을까? 그것을 드러내지 않은 것은 지금과 같은 기회를 잡기 위함이었다.

"잊지 마라. 그것은 시작에 불과하다. 이제부터 내 눈에 뜨이는 제천회 놈들은 단 한 놈도 살려두지 않을 것이다."

설무위는 야율광을 노려보았다.

눈에서 뿜어 나오는 살기만으로도 사람을 죽일 수 있다면 아마 이런 살기이리라.

"이런 개 같은 놈이……."

야율광은 욱신거리는 통증에 이를 갈았다.

지척에 이르렀을 때야 느낄 수 있었기에 미리 방비하지 못했고, 그렇기에 한 손을 잃었다.

그것도 야율광이었기에 그 정도라도 막아낼 수 있었던 것이지, 일반 무인들이었다면 자신이 왜 죽었는지조차 모르고 즉사했을 터였다.

"오냐, 어디 뒈져 봐라."

야율광은 품 안에 있던 독을 무차별적으로 살포했다. 청동가면사내가 지척에 있건만 전혀 신경 쓰지 않는 듯한 모습이었다.

설무위는 호흡을 멈추며 급하게 물러섰다. 건공신공을 운용한다면 독 따위야 무서울 리 없지만 만에 하나 모르는 일이었다.

놀라운 것은 청동가면사내가 조금도 독을 꺼려하지 않는다는 사실이었다. 해독약을 미리 복용하였다고 하기에는 혈독마가 뿌려대는 독의 수가 너무 많았다.

금강불괴에 만독불침.

그 모두를 이룬 무인을 가리켜 무적자라고도 칭한다. 그래서 강호인들이 오래전 십만마교의 교주를 가리켜 무적자라고도 지칭했었다.

물론 그러한 무인이 십만마교의 교주만 있었던 것은 아니었다.

광마.

광뢰진기와 십오천무 중에서도 가장 익히기 어렵다는 일격휴(一擊休), 달리 생사권(生死拳)이라 부르는 두 가지 무공을 익혀 강호를 두려움에 떨게 만들었던 자.

그러한 무인들은 무경의 경지에 극한까지 다다르며 자연적으로 금강불괴와 만독불침의 신체를 이룬다. 그들 앞에 수적 우위는 무의미했다.

"대단하구려. 과연 사형이오."

설무위는 진정으로 감탄했다.

사형이기에 이룰 수 있는 경지. 아직 불혹도 되지 않는 나이를 생각한다면 감탄하지 않을 수 없었다.

"그러나 사형, 나 역시 만만한 것은 아니라오."

설무위의 두 눈이 적색으로 물들었다.

천기심공을 육성 이상 끌어올리게 되면 일어나는 현상. 가슴을 지지는 듯한 통증은 없어졌지만 눈이 적색으로 물드는 것만은 바뀌지 않았다.

"그리고 보니 내 말투가 바뀌었다고 탓하지조차 않는구려. 예전에는 사형에게 항상 공대를 사용했었는데. 기억나시오? 그때 비무에서 나는 이 술법을 사용하였는데 사형에게 속절없이 패했지요."

설무위의 신형이 두 개로 나뉘어졌다.

천원이분술(天元二分術).

사형의 말에 현혹되어 등 뒤를 돌아보다 주먹에 얻어맞고 대(大) 자로 뻗었다. 그리하여 이분술을 제대로 펼쳐 보지도 못하고 비무에서 패했다. 그러나 지금은 다를 것이다.

그 순간이었다.

문을 박차며 몇 명의 인영이 들어섰다. 그 선두에 있는 이는 바로 적무악이었다.

"스승님!"

적무악은 곧장 벽에 몸을 기대고 간신히 서 있는 봉도 상우추를 향해 달려갔다.

"크흑."

"대제이시여."

적무악의 뒤에 있던 이들은 바로 이곳에서 몸을 날려 빠져나갔던 녹림십객과 호법들이었다. 그들은 목이 잘린 녹림대제의 시체를 보며 통탄을 금치 못했다.

"지금은 슬픔에 잠겨 있을 때가 아니네. 어서 이곳을 빠져나가야 하네."

풍도백이 일행을 재촉했다.

녹림십객과 호법들이 온 덕분에 어느 정도 여유가 생겨 그곳에 있던 적도들을 물리쳤다고는 하지만 그것은 잠시 물러나게 만든 것에 불과했다.

"노인장의 말은 틀렸소. 이곳에서 도망쳐야 할 자들은 바로 저들이오."

적무악이 들어오는 순간 설무위의 신형은 원상태로 돌아와 있었지만 천기심공만큼은 극성까지 운기되고 있는 상황이었다.

콰아앙—

이제 장내의 상황이 오히려 불리하게 변했음에도 청동가면 사내는 신경조차 쓰지 않는다는 듯한 모습으로 설무위를 향해 쇄도했다.

"검강?"

그 모습을 본 적무악이나 일행의 눈에 경악이 어렸다.

검강을 펼친다는 것은 무경의 경지에 이르렀다고 밖에는 생각할 수 없었다.

"네놈이구나!"

적무악의 눈에 핏발이 섰다.

이곳에서 녹림대제와 그의 스승을 이렇게 만들 수 있는 자는 저자뿐이었다.

"아니 된다. 네 상대가 아니다."

붕도 상우추가 뛰쳐나가려고 하는 적무악의 손을 잡았다.

녹림대제와 자신의 합공을 무력화시킨 자이다. 적무악으로서는 감당할 수 없었다. 힘도 들어 있지 않는 손길이었지만 그 손길에 담긴 마음을 알았기에 적무악으로서는 차마 그 손을 뿌리칠 수 없었다.

콰쾅—

충돌이 일며 설무위가 밀려 나갔다.

무공만으로 따진다면 분명 설무위는 청동가면사내보다 처졌다.

그러나 설무위에게는 무공만이 있는 것이 아니었다. 설무위의 신형이 다시 두 개로 나뉘며 청동가면사내를 압박해 들어갔다.

"이형환위!"

그것을 본 혈독마가 자신도 모르게 커다란 외침을 토했다.

금강불괴와 만독불침이 오래전 맥이 끊긴 전설이라면, 이형환위는 현존하는 전설 중 하나였다.

두 개로 나뉘어진 설무위의 신형이 무차별적으로 청동가면 사내를 공격했다. 사방에서 쏟아지는 신전수의 기운은 청동가면 사내조차 막기가 버거울 정도였다.

"사형, 그것이 전부요? 예전과 크게 달라진 것이 없지 않소?"

금강불괴와 만독불침이 대단하다 한들 그것은 어디까지나 하나의 성취였지, 그것만으로 결과가 판가름나는 것은 아니었다.

"그 가면은 또 무어요? 너무 꼴 같지 않지 않소?"

싸우는 와중 말을 하기란 쉽지 않다.

불규칙한 호흡은 곧 내기의 흐름에 방해를 가져왔고 아무래도 전력을 기울일 수 없었다. 그럼에도 설무위는 끊임없이 말하고 있었다. 그런 설무위의 눈에서는 피눈물이 흘러내리고 있었다.

이지를 잃어버린 상태.

설무위로서는 사형의 상태를 그렇게 밖에는 생각할 수 없었다.

독왕(毒王).

그가 가지고 있던 귀물 혈귀혼고.

이 순간 그 귀물이 떠오르는 것은 그저 우연이 아닐 터였다.

"독왕은 지금 어디에 있느냐?"

청동가면사내를 상대하던 설무위의 신형 중 하나가 떨어져 나오며 야율광의 목덜미를 잡아채 갔다.

단순히 이형환위라고 생각했건만 그것은 이형환위가 아니라 마치 두 명의 사람인 듯싶었다. 야율광은 대경실색하며 급하게 물러났지만 설무위의 신형은 너무나도 쾌속했다.

"피하시오!"

콰광—

누군가 야율광의 앞에 내려서며 신전수의 기운을 막았다.

문사풍의 대나무 장작처럼 마른 장년인이었다. 설무위가 느낀 것처럼 그는 무형혈인공을 익히고 있었고, 무위 역시 초절정에 이르러 있었다.

야율광은 무공보다는 독술에 능하다.

물론 초절정의 초입에 이르러 있었지만 설무위의 상대가 되기는 요원하다. 초절정에 오를 수 있었던 것도 무공보다는 독술의 영향이 컸다.

그러나 대나무 장작처럼 마른 장년인은 달랐다.

적어도 설무위의 공격을 십수 합은 견딜 정도는 되었다. 그 정도라면 충분히 청동가면사내가 달려올 수 있는 시간을 벌 수 있었다. 설무위는 어쩔 수 없이 공격의 방향을 틀었다.

장내에 있던 모든 이들은 그 광경을 보며 입을 다물지 못했다. 설무위가 강하다는 것은 그들도 인지하고 있었다. 그러나 저 정도라고는 생각지 못했다.

상대가 누구이던가?

녹림대제와 붕도 상우추의 합공을 물리치고 녹림대제마저 죽인 이였다.

"이만 갑시다!"

대나무 장작처럼 장년인이 급하게 후퇴 명령을 내렸다.

"아직 명령을 다 완수하지 못했지 않은가?"

야율광이 원독에 찬 눈으로 설무위를 바라보았다.

이대로 물러나기에는 너무 원통했다. 무슨 방법을 쓰더라도 설무위를 죽이고 싶은 것이 야율광의 심정이었다. 지혈을 했음에도 짓뭉개진 한쪽 팔의 경련이 멈추질 않고 있었다.

"시간이 너무 지체되었소. 산 중턱에 있는 녹림도들이 몰려든다면 이곳에서 뼈를 묻어야 할 수도 있소."

"으드득……."

"갑시다!"

대나무 장작처럼 마른 장년인이 먼저 몸을 날렸다.

어차피 녹림대제를 죽인 이상 목적했던 바를 이룬 것이나 마찬가지였다. 적무악을 죽이는 것은 그들 소관이 아니었다. 금도신이 맡은 일이었으니 그에 따른 책임은 금도신이 져야 했다.

"이곳이 네놈들 마음대로 왔다가 갈 수 있는 곳인지 알았더냐?"

적무악이 대노하며 그들을 막아섰다.

그러나 금도신을 비롯한 반도들과 광풍검 등이 장내에 속속

들이 도착하면서 그들을 쫓기는커녕 몸조차 추스르기도 쉽지
않았다.

"놈들을 막고 집결지로 오너라."

야율광은 청동가면사내에게 명령을 내리고 장내를 빠져나
갔다.

청동가면사내는 명령에 따라 퇴로를 막아섰다.

난공불락(難攻不落).

단 일인에 불과했지만 어느 누구도 그 철벽을 뚫을 수 없었
다.

그사이 녹림의 반도들과 제천회 무인들은 속속들이 퇴각하
고 있었다.

콰아아앙—

적무악을 비롯해서 풍도백, 종리무외 등이 어떻게 해서든
놈들을 추격하려 했지만 청동가면사내의 방해로 뜻을 이룰 수
없었다.

그렇게 제천회 무인들이 퇴각하자 청동가면사내 역시도 몸
을 돌려 신형을 날리려 하였다.

"그렇게 쉽게 보내줄 것 같은가?"

풍도백이 십절무흔지를 펼쳐 청동가면사내를 막아섰다. 그
러나 청동가면사내는 날아드는 지풍을 무시하고 그대로 신형
을 날렸다.

퍼퍽—

지풍이 등에 적중했지만 청동가면사내는 조금도 충격을 받

지 않는 듯 속도가 줄지 않았다.

"뭐 하는가?"

풍도백이 급히 설무위를 바라보았다.

이 자리에서 청동가면사내를 막을 수 있는 유일한 사람이 바로 설무위였다.

하나, 무엇 때문인지 설무위가 머뭇거리는 사이 청동가면사내는 일행의 시야에서 멀어져 갔다.

휘이잉—

제천회 무인들이 퇴각하고 난 후 장내에는 적막감만이 감돌았다.

녹림십객 중 살아남은 이는 철환대도 원후명을 비롯하여 단 세 명에 불과했고, 호법들 역시 대다수가 죽임을 당했다. 반면 제천회 무인들 중에서 핵심 인물이라고 할 수 있는 자들은 대다수가 살아 탈출하였다.

장내에 있는 살아남은 녹림의 무인들의 얼굴에는 비통함이 가시질 않았다. 그들은 피눈물을 흘리며 녹림대제와 동료들의 시신을 수습했다.

"설 소제."

적무악이 싸늘한 눈빛으로 설무위를 불렀다.

"자네는 그자를 사형이라 불렀네. 내 말이 맞는가? 어찌 된 영문인지 자세히 설명해야 할 걸세. 자네가 그자의 퇴로를 차단하지 않은 것도. 그렇지 않을 시에는 자네나 나 둘 중 한 명은 오늘 이곳에서 죽어야 할 것이니."

적무악은 당장에라도 손을 쓰려는 듯한 모습으로 설무위를
노려보았다.

　"너무하는군."

　종리무외가 그런 적무악의 앞을 가로막았다.

　"우리가 돕지 않았다면 이 자리에 있는 사람들 중에서 단 한
명도 살아남지 못했을 것이라는 점을 잊지 마시오."

　"지금 나는 설 소제에게 말하고 있다."

　"청동가면사내를 상대한 것은 그요. 이곳에서 저 친구가 그
를 막지 않았다면 누가 그를 막을 수 있었겠소?"

　"누가 그러나? 이 자리에서 설 소제만이 청동가면사내를 상
대할 수 있다고?"

　적무악의 전신에서 돌연 상상할 수도 없는 패도적인 기세가
뿜어져 나왔다.

　그와 함께 적무악의 도에서 뿜어져 나온 것은 도강이었다.

　청동가면사내만큼 위협적인 것은 아닐지라도 도강을 펼칠
줄 안다는 것만으로도 적무악의 무위는 의심할 여지가 없었
다. 그러나 종리무외는 조금도 주눅 들지 않은 표정으로 검을
빼 들며 맞섰다.

　"경지에 이르지 못하고 펼치는 도강 따위는 나조차 두렵지
않다!"

　종리무외가 검을 뽑으며 외쳤다.

　그의 말은 틀리지 않았다. 적무악의 도강은 도강이었으되
또한 도강이 아니었다. 그것은 본신 무공이 무경의 경지에 올

라 펼치는 도강이 아니라 적무악이 익힌 도법에 기인한 것이었다.

"그만들 하세요."

"오홍, 진정하세요. 지금 우리가 이럴 때인가요?"

하오문의 소문주인 구미요호 소예랑과 염미화가 급히 두 사람을 말렸다.

제천회 무인들이 후퇴하였다고는 하지만 그것은 패퇴가 아니라 그야말로 후퇴일 뿐이었다.

"적 형."

그 순간 마침내 닫혀 있던 설무위의 입이 열렸다. 장내에 있던 모두의 시선이 설무위에게 향했다.

"나에게 물었소? 그가 내 사형이냐고?"

"그렇네."

"그렇다면 대답해 주겠소."

설무위가 천천히 말을 이었다.

다시 말이 이어지는 데 걸리는 시간은 그리 길지 않았지만 듣는 사람들에게는 억겁처럼 긴 시간이었다.

"적 형은 제대로 들었소. 그는 내 사형이오."

쿵―

장내가 충격으로 빠져들었다.

설무위에게 사형이 있다는 이야기는 몇 차례 들었지만 설마 하니 제천회에 속했을 것이라고 그 누가 생각할 수 있었겠는가?

설무위가 차마 청동가면사내를 막지 못했던 이유. 그 이유가 만천하에 드러난 것이다.

"이보게, 하지만 한 형은……."

종리무외는 무슨 말인가를 하려다가 입을 다물었다.

이 자리에서 누구보다 한운천에 대해 잘 알고 있는 사람이 있다면 그것은 설무위였다.

십 년이라는 시간을 함께해 온 사형제.

그들 사이에 다른 사람이 끼어들 수 있는 자리는 존재하지 않았다.

"자네 사형의 손에 대제께서 죽고 내 스승님께서 부상을 입었네. 이제 나는 그 빚을 자네에게 받으려 하네."

"거부하지 않겠소."

설무위는 적무악의 시선을 피하지 않았다.

어찌 되었거나 사형이 저지른 일, 오해가 있기는 했지만 지금으로서는 오해를 풀어줄 수 없었다. 그렇다면 해결할 수 있는 방법은 단 하나뿐이었다.

"쿨, 쿨럭. 너는 잠시 물러서 있거라."

그 순간 나선 것은 붕도 상우추였다.

"스승님!"

"어느 것이 중요한지도 모른단 말이냐! 어서 물러나 있거라!"

"휴우… 알겠습니다."

상우추의 호통에 적무악은 마지못한 표정으로 고개를 숙이고 물러났다. 세상 두려울 것이 없는 적무악이었지만 스승인 붕도 상우추만은 어려워했다.

"자네는 누군가?"

"설무위라 하오."

"그렇군. 자네가 내 제자가 말한 그 친구로구먼."

붕도 상우추가 파리한 안색으로 희미한 미소를 머금었다.

제천회 놈들이 날뛰는 꼴이 보고 싶지 않아 성회에 참가하지 않아 설무위를 만나는 것은 처음이지만 말만큼은 숱하게 들었다.

그러나 들었던 이야기와 실제 만나본 것과는 많은 차이가 있었다.

"대단하이. 자네나 자네 사형이나."

"무슨 말이 하고 싶으신 것이오?"

"자네들만 한 무인을 두 명이나 키워낼 곳이 있으리라고는 생각지 못했네. 쿨럭."

말을 하는 도중에서 상우추는 계속해서 잔기침을 하고 있었다.

청동가면사내와의 격돌. 그것이 상우추에게 가져온 대가는 작지 않았다.

"어느 무공인지조차 모르겠더군. 그러나 자네가 사용하는 무공 중 하나만은 알 수 있었네. 분천연환수. 자네는 부 노사와는 어떤 관계인가?"

"……."

설무위는 상우추의 두 눈을 직시했다.

부 노사가 누구를 말하는 것인지는 모르려야 모를 수가 없었다.

"어떻게 사부를 아시오?"

"허허, 그랬구면. 하긴 부 노사를 제외한다면 분천연환수를 누가 또 펼칠 수 있을까. 그리고 자네들과 같은 이들을 길러낼 수 있을까."

"나는 어떻게 사부를 아는지를 물었소."

"설 소제!"

적무악이 대노하며 소리를 질렀다.

그렇지 않아도 지금 설무위에게 감정이 좋지 않은 상황인지라 말이 곱게 나갈 리 없었다.

"그분은 내 스승님이시네."

"적 형은 나서지 마시오. 지금 나는 적 형이 아니라 내 사부를 아는 붕도 상우추라는 사람과 이야기를 하고 있으니."

설무위의 전신에서 기세가 뿜어져 나왔다.

그 기세는 도강을 펼친 적무악을 압도하는 것이었다. 그러나 적무악 역시 조금도 굴하지 않고 내공을 운기하여 그 기세에 맞섰다.

"너는 물러나 있으라 하지 않았느냐!"

"하지만……."

"설 문주의 말처럼 이것은 나와 설 문주의 일이다."

상우추는 단호하게 말하며 적무악을 뒤로 물러나게 했다.

"나는 오래전 그분과 겨루었던 적이 있네. 허허, 사실 그분에게 가르침을 받았다고 하는 편이 옳겠지. 그로 인하여 내가 도강까지 펼칠 수 있는 것이고."

"내가 펼친 무공이 분천연환수라 확신하시오?"

"조금 다른 듯도 하더군. 그러나 그 근본이 분천연환수라는데에 내 목숨을 걸 자신이 있네."

"……."

설무위는 아무런 말을 하지 않았다.

사부와 직접 손을 맞대보았던 무인, 그가 목숨까지 걸고 있음에야 더 이상 무슨 말이 필요할까?

"이 무공은 신전수요."

"알겠네. 앞으로 그렇게 알도록 하지."

"사부에 대해 더 들을 수 있겠소?"

"허허, 제자인 자네가 나보다 더 잘 알지 않겠나. 내가 아는 자네 사부는 극강한 무인이었다는 사실, 그 하나뿐이라네."

"녹림대제 역시 사부와 겨루었소?"

"물론일세. 내가 부 노사에게 한 수 가르침을 받을 수 있었던 것도 그 이유 때문이었으니."

상우추가 대답을 마친 뒤 설무위를 바라보았다.

"자, 그럼 이제 내가 물을 차례인 것 같은데 어떤가?"

"대답할 수 있는 한도 내에서 대답하겠소."

"그렇게 하게나. 허면 묻겠네. 자네 사형은 제천회에 포섭되었나?"

"아니오."

설무위는 단호히 고개를 내저었다.

"그럼 어째서 제천회 놈들과 행동을 같이하는가?"

"그것은 나도 모르겠소."

"혹시……."

"그 이상 말하지 마시오."

풍도백이 무슨 말인가를 하려는 찰나, 설무위가 그 말을 끊었다.

혈귀혼고.

설무위가 짐작하고 있듯이 그것은 다른 일행들 역시 마찬가지였다.

"지금은 숨길 상황이 아니네."

풍도백이 진중한 표정으로 말했다.

"숨기는 것이 아니라 그럴 리가 없으니 하는 말이오."

"만에 하나라는 것도 있네."

"노인장!"

설무위의 두 눈에서 불길이 일었다.

그 불길을 본 풍도백도 더는 말을 잇지 못했다. 설무위의 말처럼 확실한 것은 아무것도 없었다. 심지어 청동가면사내가 설무위의 사형이 맞는지조차 알 수 없는 일이었다.

'사형…….'

설무위는 침통한 표정으로 청동가면사내가 떠나간 빈자리를 바라보았다.

부인은 했지만 아무래도 사형은 혈귀혼고에 의해 조종되고 있을 가능성이 컸다. 아직도 뇌리에서 적색 검강이 그의 목을 노리고 날아드는 광경이 잊혀지지가 않았다.

　'제천회, 그 누구도 용서하지 않으리라.'

　설무위는 마음속에는 한기가 몰아쳤다.

　독왕 따위가 어떻게 감히 사형을 어찌할 수 있을까!

　사형과 낭인왕은 다르다. 낭인왕 같은 무인이 서넛 있다 하더라도 사형을 이길 수는 없었다.

　암수.

　지금으로서는 그렇게 생각할 수밖에 없었다.

　"적 형, 나는 이제 가야겠소."

　"어디를 간단 말인가?"

　상황이 어찌 돌아가는지 어느 정도 파악한 적무악이 조금은 누그러진 표정으로 반문했다.

　"제천회의 총단. 그곳으로 가 제천회주를 만날 것이오."

　"제천회주가 자네를 만나준다던가?"

　"막는 자가 있다면 그들은 대가를 치러야 할 것이오. 바로 그들의 목숨으로."

　설무위의 눈에서 한광이 솟구쳤다.

　그것은 곧 살기로 화해 기세로 뻗쳐 나갔다. 장내에 있는 모두가 몸서리를 쳤다.

　"나도 같이 가도 되겠나?"

　"적 형은 이곳에 남아야 하지 않겠소."

"이번에 그들을 상대하며 뼈저리게 느낀 것이 있네. 그것은 절정고수가 아니라면 차라리 싸움에 끼어들지 않으니만 못하다는 것일세."

적무악이 침통한 표정으로 말했다.

아직 정확히 파악된 것은 아니지만 이번 제천회와의 혈투에서 녹림도들은 무려 천여 명 이상이 죽임을 당했다. 그들 중에서 절반 이상은 변변한 저항조차 해보지 못하였다.

그들 중 대다수가 도움이 되기는커녕 아군의 운신에 방해가 되어 도리어 피해가 가중되었다.

"이곳 정리는 어쩔 생각이오?"

"그리 오래 걸리지 않을 걸세."

"편한 대로 하시오."

설무위도 거절하지 않았다.

그가 그렇듯 적무악 역시 복수할 자격이 있었다. 핏값은 피로 받아내야만 하는 것이 바로 강호의 율법이었다.

"한 가지만 더 물어봐도 되겠나?"

상우추가 다시 입을 열었다.

"말씀하십시오."

종전과는 다르게 설무위가 공대를 하였다.

이제 사부를 아는 봉도 상우추가 아니라 적무악의 스승 봉우추로 대한다는 의미였다.

"부 노사께서는 어찌 되셨나?"

"오래전… 돌아가셨습니다."

"그랬구먼. 우리는 언제나 그분을 부 노사라 불렀지. 살아 계실 것이라 생각했거늘, 그분이 떠나셨을 줄이야……."

상우추는 아쉬움을 금치 못하며 탄식을 터뜨렸다.

부평초가 얼마나 강한 무인이었는지 알고 있기에 그 아쉬움은 더했다.

"다시 만나게 되면… 자네 사형이라는 사람을 꺾을 수 있겠나?"

"……."

그 질문에 설무위는 대답하지 못했다.

단천구검, 무공에 있어서 천고의 기재인 사형이 익히고 있는 희대의 절기. 그 두 가지가 어우러진 결과가 바로 장내에 펼쳐진 상황이었다.

모든 무공에는 성취가 있다. 만약 사형이 단천구검의 후반부 중 이식 이상을 익혔다면 천원이분술을 펼친다 하더라도 승산은 희박했다.

'신전만리라면…….'

설무위는 눈을 감고 사형과의 싸움을 머릿속으로 그려보았다.

술법의 위력이 극대화되는 것은 무공이 받쳐 주었을 때의 일이다. 그리고 그 정점에 있는 것이 신전수였다.

"적어도 패하지는 않을 것이오."

"그렇군."

상우추도 더는 물어보지 않았다.

그 정도 대답만으로도 충분했다. 이제 남은 것은 당사자들의 싸움이 아니라 그 주변 사람들의 힘이었다.

"신룡군을 만나고 무정도를 만나야겠소."

"최선을 다해 종적을 찾아볼게요."

구미요호 소예랑이 고개를 끄덕이며 대답했다.

이제 하오문 역시도 한 배를 탄 입장이었다. 제천회와 풍운보가 천하를 지배한다면 단 한 명의 하오문도도 살아남지 못할 터였다.

"무정도가 내 사형의 일에 관여했다면 그 역시 죽음을 면치 못할 것이오."

설무위가 나지막하지만 힘이 실려 있는 목소리로 말했다.

무려 두 명의 천하십삼대고수였던 이들을 꺾으며 천하십대고수로 올라선 무인. 당금 천하에 그의 죽음을 논할 수 있는 이가 몇이나 될 것인가?

그러나 적어도 설무위라면 논할 수 있었다.

"갑시다."

설무위는 발걸음을 뗴었다.

이제 목표는 제천회였다. 그러나 그러기 위해서는 먼저 그 길을 틀어막고 있는 풍운보 먼저 상대해야 할 터였다.

북풍혈로(北風血路).

후일 강호인들은 설무위가 장강이북까지 올라간 길을 그렇게 불렀다.

                    *   *   *

"형산 인근과 하남에서 전서가 왔습니다."

문성 사마중문은 공손히 전서를 제천회주에게 받쳤다.

얼마 전까지만 하더라도 대세를 주관하는 것은 그였다. 그러나 연이은 실패로 인해 그는 일선에서 물러나 전선을 지휘하는 것이 아닌 참모의 역할로 돌아왔다.

태사의에 앉아 중원 대륙의 전도를 보고 있는 제천회주는 전서를 거들떠도 보지 않았다. 그러자 문성 사마중문은 조심스럽게 전서를 읽어 내려갔다.

"하남의 일은 무사히 성공적으로 마무리되었습니다. 그리고 녹림대제를 죽이는 데는 성공했다고 합니다. 다만 파풍도 적무악은 놓친 듯합니다."

사마중문은 계속해서 전서를 읽었다.

전서에 있는 내용은 상당히 많았다. 녹림의 일에서부터 시작하여 안휘, 하남의 일까지. 대부분이 승전보였고 그것은 곧 제천회가 천하를 장악해 가고 있다는 것을 의미했다.

"이것이 전부입니다."

"……."

사마중문의 보고가 끝났음에도 제천회주는 여전히 말없이 중원 대륙의 전도를 보고만 있을 뿐이었다.

"섬서는 어찌 되었나?"

마침내 제천회주의 입이 열었다.

녹림대제는 죽고, 설무위는 사형과 재회하다 95

기이한 것은 이전과 목소리가 다르다는 것이었다. 이전의 목소리가 사내도 그렇다고 여인의 목소리도 아닌 내시의 목소리 같았다면 지금 석실에 울려 퍼지는 것은 위엄있는 사내의 목소리였다.

그렇다고 해서 제천회주가 목소리를 변조시키는 것 같지도 않았고 다른 사람 같지도 않았으니 도무지 알 수 없는 일이었다.

"종남은 얼마 전에 제천혈에 의해서 멸문한 상황이고, 청룡단이 선전하여 화산을 밀어붙이고 있습니다."

사마중문이 조금은 난감해하며 대답했다.

청룡단의 선전.

그것은 사마중문으로서도 생각지 못한 일이었다. 청룡단만으로 섬서 동북부 문파들의 연합과 화산을 그렇게까지 몰아붙일 것이라고 그 누가 생각할 수 있었겠는가?

그러나 그렇다고 해도 거기까지였다. 지원 병력이 그 뒤를 받쳐 주지 않는다면 그들에게 그곳은 사지가 될 터였다.

"청룡단은 아직 정황을 모르고 있나 보군."

"그렇습니다. 하지만 조만간 알게 될 터이니 아마도 변심하지 않을까 싶습니다."

사마중문이 조심스럽게 말했다.

그가 말하는 정황이라면 바로 독강시를 뜻하는 것이었다. 사단의 다른 단주라면 몰라도 청룡단주 한백만큼은 강시를 사용하고 나서도 명령을 받을 것이라고는 생각할 수 없었다.

"물론 그렇다고 하더라도 천하에 그들을 믿어줄 곳은 없을 터이니 심려하지 않으셔도 됩니다."

"아까운 장수를 하나 잃었군."

그 말을 끝으로 제천회주는 다시 한참 동안 말문을 열지 않았다.

"중문."

"하명하시지요."

사마중문이 한차례 몸을 떨었다.

그가 제천회의 문상을 맡게 된 이후에 회주가 그의 이름을 부르는 것은 처음이었다.

"위영."

"부르셨습니까."

제천회주가 다시 한차례 이름을 부르자 이번에는 무성이 대답했다.

제천회 무인들은 모두가 무성이 말을 하지 못한다고 생각했다. 그도 그럴 것이, 단 한차례도 입을 여는 법이 없었기 때문이다.

"본좌는 알고 싶었다. 그들이 어째서 본좌의 부름을 거부했는지. 자유롭게라고? 그런 자들이 문파에 소속되어 있고 이권을 차지하기 위해 싸움을 벌인단 말이냐?"

"그들은 배은망덕한 불충한 무리들일 뿐이옵니다."

사마중문이 석고대죄라도 하듯 몸을 낮추며 고개를 조아렸다. 무성 역시 별반 다르지 않게 무릎을 꿇으며 머리를 바닥에 대었다.

"이제 그 첫 죄를 묻겠다. 소림과 무당. 그들의 천년 역사에 종지부를 찍을 것이다."

제천회주가 자리에서 일어났다.

"성은이 망극하옵나이다."

"신, 충심으로 전하의 명을 받드옵니다."

제천회주가 자리에서 몸을 일으키자 문무쌍성은 그대로 오체투지하며 머리를 땅에 박았다. 그것은 마치 제천회주가 천자라도 되는 듯한 모습이었다.

疾風歌

第三十一章　부프o혈로

질풍가

천하가 술렁였다.

그 중심에 있는 것은 제천회였고, 그 이면에는 강시가 존재하였다.

제천회는 제천혈과 독강시를 보내 종남파에 멸문에 가까운 피해를 주었고 개방 총단을 함락시켰다. 개방 총단이 있는 개봉이라면 소림이 있는 숭산과 고작해야 열흘거리도 되지 않았다.

그나마 소림과 천하제일세가라고까지 불리는 남궁세가의 지원이 아니었다면 수복하지도 못하였을 터였다.

강호제패(江湖制霸).

그것은 더 이상 실현 불가능한 일만도 아니었다.

소림과 무당에서 연판장을 돌려 제천회를 강호공적으로 규명하고 뜻을 모았지만 그러기에는 이미 입은 피해가 너무 컸다.

제천회의 신속한 움직임에 이미 제천회에 의해 멸문한 문파가 한둘이 아니었고 그런 상황에서 전대의 거마나 사, 마도의 무인들이 속속들이 제천회에 합류하고 있었다.

거기에 녹림의 몰락과 천하십대고수 중 일인인 녹림대제의 죽음은 다시 한 번 제천회의 힘을 천하에 각인시켜 주는 것이었다.

호남성 상음(湘陰) 인근.

그곳에서는 이백여 명의 무리가 백여 명의 인원을 포위한 채 공격을 펼치고 있었다.

"크악!"

"물러나지 마라!"

그러나 일방적으로 학살을 당하는 것은 오히려 포위 공격을 하고 있는 이백여 명에 달하는 무리였다.

일각 동안 죽임을 당한 인원이 절반을 넘어서자 견디다 못한 한 명이 몸을 뺐다. 그러자 그것을 필두로 나머지 인원들 역시 몸을 돌려 도망치기 시작했다.

"더러운 놈들."

철환대도 원후명이 침을 내뱉었다.

설무위 일행은 녹림총채를 나와 곧장 도망치는 제천회 무인들과 녹림의 반도들을 추격했다.

그러나 반도의 수괴 금도신이 야비하게도 곳곳에 자신의 수하들을 매복시켜 길을 막았기에 발걸음이 느려질 수밖에 없었다.

금도신이 자신의 수하들을 방패막으로 내세운 것이었다.

거기에 장사 인근에 주둔하고 있던 풍운보 무인들까지 대대적으로 가세하여 공격을 퍼부었다. 주력 부대는 사자림을 멸문시키기 위해 천자산으로 향했다고 하지만 장사에 남아 있는 인원 역시 적지 않았다. 그로 인해 설무위 일행의 추격 속도는 더더욱 늦어지고 있었다.

"적 형."

설무위는 얼굴에 튄 피를 닦으며 적무악을 불렀다.

"왜 그러는가?"

"적 형의 수하들을 이쯤에서 그만 돌려보내야 할 것 같소."

"알겠네."

적무악이 침중히 고개를 끄덕였다.

녹림총채를 떠나오며 전력을 보강시키기 위해 직속 정예 부대를 데려왔지만 지금에 와서 그들이 짐이 되고 있었다. 전투에는 도움이 되었지만 기동력에 있어 따라주지를 못하니 그런 것이다.

"돌아들 갈 채비를 하라!"

녹림 무인들은 차마 내키지 않는지 미적거렸다.

그들은 누구보다 싸우고 싶어했다. 배신자들의 가슴에 칼을 꽂고 싶었고 동료의 피 값을 받아내고 싶었다.

"그들을 돌려보내는 것에 대해 잘 생각해 봐야 할 걸세."

풍도백이 진중이 말했다.

일행 개개인의 무위가 뛰어난 것은 사실이지만 적도들은 그 수가 적지 않았다. 거기에 청동가면사내의 무력을 생각한다면 추격을 하려다 되레 추격을 당하는 상황이 올 수도 있었다.

"풍 어르신의 말이 맞아요. 지금 그들을 보내면 안 될 듯싶군요."

그 순간 두 사람의 말에 끼어든 것은 저 멀리서 다급히 달려온 소예랑이었다.

그녀는 일행과 함께 움직이고는 있지만 전투에는 참여하고 있지 않았다. 그녀의 가치는 무력이 아니라 정보에 있었으니 당연한 일이었다.

"무슨 말이오?"

"급보가 왔어요. 풍운보의 선봉대가 이리로 향하고 있다고 해요."

"정확하게 설명해 주겠나?"

풍도백이 물었다.

일행을 이끄는 것은 설무위였지만 상황을 판단하고 그에 따른 적절한 조치를 하는 것은 연륜과 경험이 풍부한 풍도백이었다.

"풍운보가 기어코 사자림을 멸문시켰다고 해요. 생존자는 전무. 사자림 무인들을 그들의 총단과 함께 산화했어요. 그다음 풍운보는 공격의 방향을 이쪽으로 틀었어요."

"사천의 문파들이 그것을 지켜만 보고 있지는 않았을 터인데?"

"풍운보는 주력 부대를 둘로 나누었어요. 당가와 아미, 청성이 된 사천 문파들을 막기 위해 장가계(張家界)로 병력을 보내는 한편 풍운보주가 직접 정예들을 대거 이끌고 이곳으로 향해 오고 있어요."

"목표가 녹림이 아닌 우리라는 소리군."

이제 상황은 명백했다.

열혈패제는 모든 것에 우선하여 날수마희를 죽인 대가를 치르게 하려는 것이다.

모두의 안색이 굳어졌다. 제아무리 철석간담을 지니고 있다 손 치더라도 상대가 풍운보이니만큼 긴장하지 않을 수 없는 것이다.

"일문의 문주가 하는 짓치고는 치졸하군."

그 순간 흘러나온 것은 설무위의 비웃음 소리였다.

"우하하! 내가 이래서 자네를 좋아한다니까."

적무악이 굳어진 어깨를 풀며 대소를 터뜨렸다.

조금 전과는 달리 적무악의 행동에서는 여유로움이 묻어 나오고 있었다. 그리고 그것은 다른 일행들 역시 마찬가지였다. 설무위의 말 한마디에 그들은 자신감을 되찾은 것이다.

"풍운보에 남은 초절정고수가 얼마나 되오? 그리고 그중 이리로 오고 있는 자는?"

"드러나지 않은 전력을 포함한다면 스무 명 가까이 되는 것으로 파악되고 있어요. 그들 중 이곳으로 향하는 이들은 절반 가량 되고요."

"겨우 스무 명이라… 그것도 절반으로 나눴다면 볼 것도 없겠군. 내가 풍운보주와 다섯 명을 맡겠소. 노인장과 적 형이 나머지를 맡고 무외, 자네가 이들과 함께 그들의 주력 부대를 격퇴하면 되겠군."

"우하하! 적네, 너무 적어. 다섯도 적은데 둘이 다섯을 맡으라는 것은 너무하는 처사가 아닌가?"

"오홍, 우리보고 떨거지나 맡으라는 건가요?"

누가 먼저랄 것도 없이 일행 모두가 입을 열어 중구난방으로 떠들어대었다.

오직 구미요호 소예랑만이 기가 차다는 모습으로 지켜보고 있을 뿐이었다.

비록 날수마회를 비롯해서 적지 않은 초절정고수들이 목숨을 잃었다고는 하지만 그렇다 하더라도 풍운보의 저력은 무시무시했다. 거기에 만약 녹림의 반도들과 제천회의 잔당들이 합류한다면 상황은 돌이킬 수 없는 지경에 이를 수도 있었다.

"제가 한마디 할게요."

소예랑이 그 분위기에 찬물을 끼얹었다.

그녀 역시도 굳이 그러고 싶은 것은 아니었지만 누군가는 해야 할 일이었다.

"초절정고수가 전부가 아녜요. 이곳으로 향하고 있는 풍운보 주력 부대는 무려 이천이에요. 더욱이 어디까지나 주력 부대가 이천이라는 것이지, 실제 병력은 오천에 달하고 있어요."

"오천이라… 굉장한 전력이긴 하군. 그러나 오천이면 어떻고, 오만이면 어떻단 말이오?"

설무위의 말은 광오했다.

아니, 광오하다 못해 미친 것이 아닌가 하는 생각이 들 정도였다. 그러나 소예랑은 제외한 어느 누구도 그렇게 생각하지 않은 듯싶었다.

"내가 천 명은 맡을 수 있네."

종리무외가 설무위의 말을 받았다. 그 뒤를 이어 다른 이들이 질세라 줄줄이 입을 열었다.

"우하하, 그럼 나도 천 명은 맡아야겠군."

"오홍, 저와 큰 오라버니면 삼백 정도는 가뿐해요."

"끙, 미친놈들과 함께 다니니 이제 나도 미쳐 가는 것 같군. 알았다. 나도 천 명을 맡지."

마지막으로 풍도백이 투덜거리며 말을 마쳤다.

말을 하는 모두의 전신에서는 폭발적인 기세가 뿜어져 나오고 있었다.

오천이다. 지금껏 어떤 문파도 그러한 병력을 움직인 적은 없었다. 저 제천회조차 수천을 움직이는 것은 쉽지 않았다. 그럼에도 어느 누구도 물러설 생각은 하지 않았다.

"하오문이 지금이라도 빠지겠다면 말리지 않겠소."

"……"

이제 소예랑이 선택을 할 차례였다.

"어찌시겠소?"

"후, 알겠어요. 최선을 다해 지원할게요. 대체 어쩌실 생각이지요?"

"뻔한 것을 묻다니, 구미요호답지 않은 말이구려."

"무엇이 뻔하다는 것이지요? 설마 정말로 이대로 부딪치자는 것은 아니겠지요?"

"각개격파. 우리에게 다른 방법이 있겠소?"

"그렇군요. 제가 쓸데없는 말을 물어보았군요."

소예랑은 한차례 피식 실소를 흘렸다.

너무나도 간단한 방법이었기에 오히려 생각하지 못하고 있었다.

각개격파(各個擊破).

누구나 생각할 수 있지만 실제로 사용하기에는 쉽지 않은 방법이었다.

상대보다 뛰어난 기동력과 정보력이 뒷받침되어야 하기 때문이었다. 지금 설무위 일행은 그 모든 것을 갖춘 상황이었다.

"신룡군은 어디쯤 왔소?"

"아마도 칠 주야 안에는 만나실 수 있을 거예요."

"그 정도라면 풍운보의 선발대는 무너뜨릴 수 있겠구려. 풍운보의 선발대를 치고 그들의 주력 부대가 오기 전에 녹림의 반도들을 처리할 것이오."

"최선을 다하겠어요. 하오문의 사활을 걸고."

소예랑의 눈빛이 지금까지와는 다르게 빛났다.

종전까지 방관자였다면 이제는 하오문 역시도 이들과 운명을 함께하는 관계로 변한 것이다.

*　　　　*　　　　*

"단주님!"

제천회 청룡단 부단주들 중 하나인 혈웅 이장명이 침통한 표정으로 고개를 숙였다.

"무슨 일인가?"

무정도 한백이 특유의 무덤덤한 표정으로 이장명을 바라보았다.

"그들이 마침내 일을 저질렀습니다."

"혈웅, 똑바로 말해보게."

지척에 있던 다른 부단주인 섬전도(閃電刀) 곽상이 눈살을 찌푸리며 말했다. 탈혼도객(奪魂刀客) 장웅도 멀리서 휴식을 취하고 있다가 다가왔다.

주위에 있는 청룡단 무인들은 하나같이 전신에 피칠을 하고 있었다.

무유검가와 사벽권문을 무너뜨린 청룡단 무인들은 함정을 파고 화산의 주력 부대에 전멸에 가까운 피해를 주며 패퇴시켰다.

거기에 천하십삼대고수 중 일인이었던 검제의 죽음.

그것은 화산파의 몰락을 가져왔고 기세를 몰아 청룡단 무인들은 역공을 가해 화산파의 본산까지 공세를 펼쳐 몰아붙이고 있었다.

이제 조금만 더 몰아친다면 십만마교를 제외하고는 그 누구도 발을 디디지 못했다는 그들의 본산까지 진격할 수 있었다.

"그 더러운 놈들이 강시를 사용했다고 합니다."

"강시라니?"

곽상이 크게 놀라며 반문했다.

"자네는 가만히 있게."

장웅이 나서며 곽상을 진정시켰다.

지금 이 자리에는 그들만이 있는 것이 아니었다. 이 자리를 주관하는 것은 다른 누구도 아닌 무정도 한백, 이제 천하십대 고수로 불리는 바로 그였다.

"회에서 강시를 만들고 있었나?"

다른 이들과는 달리 한백은 강시라는 말에도 조금의 흔들림도 보이지 않았다. 그저 평상시처럼 무덤덤하게 도에 묻은 피를 닦아내고 있을 뿐이었다.

"그랬던 듯싶습니다."

"독왕이겠군."

"예. 독강시가 주력으로 파악되었습니다. 찢어 죽일 놈들 같으니……"

혈웅 이장명이 이를 갈았다.

제천회가 강시를 사용한 것은 벌써 달포 전의 일이었지만 아직 청룡단은 그 사실에 대해 모르고 있었다. 지금까지 모든 정보를 제천회로부터 받고 있었으니 어쩔 수 없는 일이었다.

"그래서 저항이 이렇게 심한 것이었어. 어째 이상하다 싶더 니……."

곽상 역시 분노를 금치 못하고 욕설을 내뱉었다.

예전과는 다르게 전투가 시작되면 화산이나 섬서 무인들은 죽기 살기로 덤벼들었다. 이제야 청룡단 무인들은 그 이유를 알 수 있었다.

"사지였는가……."

한백이 나지막한 목소리로 중얼거렸다.

백전백승(百戰百勝).

청룡단은 지금까지 모든 전투에서 이겨왔다.

하북에서 팽가와 진주언가를 상대할 때도 그랬고, 개방과 황보세가를 상대할 때도 마찬가지였다.

그러나 그런 세가들과 화산파는 다르다.

화산 본산을 공략하면서 청룡단만으로 공격하는 것은 불가 능에 가까운 일이었다. 그런 상황에서도 청룡단은 화산파를 그들의 본산까지 밀어붙인 상황이었다.

하나 거기까지였다.

화산 본산에 칩거하고 있는 노고수들.

구파일방의 힘은 그들에게 있다고 할 정도로 그들 개개인의 능력은 대단했다.

그렇기 때문에 제천회에서는 백호단을 대대적으로 투입하 기로 하였다. 그러나 이제 백호단이 오지 않으리라는 것은 누구라도 짐작할 수 있는 사실이었다. 그들은… 사지로 내몰린 것이다.

"저희는 이제 어찌해야 합니까?"

이장명이 비통한 표정으로 고개를 숙이며 물었다.

제천회에 버림받은 것은 억울하지 않았다.

억울한 것은 이제 그들이 돌아갈 곳이 없다는 점이었다. 천하 그 어떤 문파도 또한 어떤 강호인도 그들은 반겨주지 않을 터였다.

한백은 자신을 쳐다보고 있는 세 명의 부단주를 바라보았다. 그들 역시 단원들처럼 전신에 피칠을 하고 있었고 자잘한 부상을 입고 있었다.

휘이잉―

한차례 바람이 불며 장내에 적막감이 일었다.

한백은 그 적막감 속에서 주위에 있는 수하들을 바라보았다. 이제 그들은 수하라기보다 피를 나눈 전우라 할 수 있었다.

'친우여, 이젠 다른 선택이 없는 듯하네.'

한백은 힘을 주어 도를 움켜쥐었다.

무인이 된 후에 사랑하는 연인을 위해 살았고, 그 연인이 죽은 뒤 그 인연을 조금이나마 길게 가게 해준 친우를 위해 도를 들었다.

하나 여기까지였다. 목숨을 원한다면 언제든지 내어줄 수 있다. 그러나 더 이상은 그로서도 친우를 위해 도를 들 수 없었다.

"우선은 섬서에서 빠져나간다. 목적지는 삼문협(三門峽)이다. 그곳에서 집결한 후에 태원으로 향한다."

"존명!"

"명을 받듭니다!"

세 명의 부단주가 크게 외쳤다.

삼문협이 어디라는 것을 그들이 모르지 않았다. 바로 제천회 총단으로 향하는 길목이었다. 하나 목적지가 어디든 상관없었다. 한백과 함께라면 그들은 지옥 끝까지도 갈 수 있었다.

"이제부터는 내가 앞장선다. 단 한 명의 낙오자도 용서하지 않겠다. 모두… 살아남아라."

한백이 도를 빼 들었다.

상대의 피를 볼 때만 빼 든다는 무정도, 그 무정도를 한백은 주저없이 뽑아 들었다. 그것이 그가 그의 단원들에게 해줄 수 있는 마지막 배려였다.

"가자!"

한백이 움직이는 것과 동시에 무수한 전투를 치르고서도 아직까지 살아남은 백오십여 명의 청룡단 무인이 그 뒤를 따랐다.

불패신화(不敗神話).

북풍혈로(北風血路)와 함께 또 하나의 전설이 탄생하는 순간이었다.

화르르르—

모든 것이 불타고 있는 그곳.

그곳은 바로 모든 정파 무인들의 지주이자 천 년을 지탱해온 거목 소림이었다.

곤륜부터 시작하여 화산과 무당을 짓밟은 그 강대했던 십만 마교조차 넘지 못했던 정파 최후의 보루 천년소림, 지금 그 소림이 불타고 있었다. 불심각을 비롯하여 장격각을 비롯해서 장문인이 기거하는 거처까지 불타오르고 있지 않은 곳이 없었다.

"한 놈도 살려두지 마라!"

"낄낄낄, 중놈들 피맛이라 그런지 역겹기만 하군."

"해인, 이놈! 어디 있느냐? 이 귀마가 왔다!"

무수한 인영들이 소림을 뒤덮고 있었다.

그들 중에서는 전대의 거마들도 있었고, 전신을 흑의로 감싼 인영들도 있었다. 그리고 그들의 가장 앞에서 소림을 부수고 있는 것은 바로 독강시였다.

제천회!

그들이 아니고서야 그 어떠한 문파가 감히 소림을 침범할 수 있단 말인가?

"아미타불, 소림의 제자들이여! 물러나지 말지어다! 악도들을 퇴치하라!"

소림의 원로승들까지 나와 격전을 벌이고 있음에도 상황은 조금도 나아지지 않았다. 그만큼 제천회의 전력은 막강했다.

물론 이렇듯 소림이 일방적으로 밀리는 데에는 다른 이유도 있었다.

십팔나한을 비롯하여 사대금강과 수백여 명의 병력이 하북과 개방 총단을 지원하기 위해 나가 있는 상황이었다. 제천회는 바로 그 틈을 노리고 쳐들어온 것이었다.

아니, 어쩌면 그 모든 것들이 제천회가 소림을 치기 위한 방편이었을 수도 있었다. 그만큼 소림이 정파무림에서 차지하는 비중은 절대적이었다.

"아미타불, 이 일을 어쩐단 말인가!"

소림의 장문인 원광 대사는 탄식을 금치 못했다.

적도들은 강하고 무자비했다.

오래전 십만마교조차 소림의 벽 앞에 무릎을 꿇었지만 지금은 그 당시와 상황이 달랐다. 남은 무승들이라고 해보아야 오백여 명에 불과했다.

물론 그들이 전부인 것은 아니다.

실제 소림에 주둔하는 승려는 삼천여 명에 가까웠다. 그러나 그들 중 천여 명은 학승이었고, 나머지 천여 명은 무공을 익힌 지 얼마 되지 않아 전력에 도움이 되지 않았다.

적도들이 쳐들어왔다는 소리를 듣고 원광 선사가 가장 처음에 한 일은 바로 그 이천여 명을 피신시키는 일이었다. 그로인해 무승들의 피해는 극심했지만 원광으로서는 선택의 여지가 없었다.

소림이 존재하는 것은 정파무림의 태산북두이기도 했지만 그에 앞서 불법을 전파하기 위함이다. 어떻게 해서든 학승과 미래를 짊어질 젊은 승려들은 살려야 했다.

"이제 믿을 수 있는 것은 사숙뿐이로구나."

원광 대사는 쇄도하는 두 명의 제천회 무인을 선장으로 참살하면서 나지막한 불호성을 읊었다.

망아 성승!

천하십대고수 중 일인이자 제천회주, 무적신창과 함께 수위에 속하는 무인. 성승이라면 저 간악한 적도들에게 일침을 가할 수 있을 터이다.

물론 성승이라 하더라도 숭산 전역을 뒤덮은 적도들을 격퇴할 수는 없다.

그것을 증명이라도 하듯 원광 대사의 손에 들려 있는 것은 장문인을 상징하는 녹옥불장이 아닌 평범한 선장이었다. 녹옥불장은 이미 일대제자 중 한 명에게 주어 피신시켜 준 연후였고, 그것은 곧 원광이 이 자리에서 적도들과 산화할 생각이라는 것을 의미했다.

"아미타불!"

그 순간 십여 명의 노승이 소림의 담을 타고 넘어와 장내에 내려섰다. 그러자 거칠게 소림승들을 몰아붙이던 제천회 무인들이 일순간 주춤했다.

은거하고 있던 소림의 전대 무승들.

그들의 힘은 한 명 한 명이 경천동지할 만큼 대단했다. 전대의 거마들이 서너 명씩 달라붙어도 일패도지를 면치 못했다.

"간악한 자들. 이곳이 어디라고 침범한단 말인가!"

노승 한 명에게서 우레와 같은 외침이 터져 나왔다.

노승은 망아 성승과 같은 해 자 배분의 전대 무승 해명 선사였다. 숭산 깊숙한 곳에 칩거하고 있던 해명 선사는 소림이 있는 곳에서 연기가 나는 곳을 보고 급하게 달려왔다.

쿠앙―

해명 선사가 주먹을 내질렀다. 그와 동시에 일어난 것은 권력이었다.

백보신권(百步神拳)!

소림 칠십이종 절예 중 하나가 펼쳐진 것이다.

콰콰쾅―

제천회 무인 하나를 곤죽 내어버린 권력은 담벼락까지 무너뜨리며 그 신위를 과시했다.

과연 소림의 절기!

그 강대한 힘은 절로 몸서리가 쳐질 정도였다. 혜명 선사만이 아니었다. 나머지 전대 해 자 배분의 무승들에게서도 금강복마권(金剛伏魔圈), 일지선공(一指禪功), 달마십팔수(達摩十八手) 등, 소림 칠십이종절기가 자유롭게 펼쳐졌다.

십여 명의 노승이 전부 가세하자 전세는 팽팽해지는 듯싶었다.

"사숙들께서 오셨구나."

소림 방장 원광 대사는 불호성을 읊으며 나지막한 안도의 한숨을 내쉬었다.

하나 마음 한편으로는 죄스러움이 가득했다.

소림을 떠나 이제 열반에 들기 위해 불도를 행하고 있던 사숙들이다. 그런 분들을 다시 속세로 불러내었으니 어찌 죄스럽지 않을 수 있단 말인가?

더욱이 은거했던 사숙들로 인해 위기를 넘겼다고는 하지만 잠시뿐일 수밖에 없었다. 적도들은 쓰러지면서도 물밀듯이 끊임없이 몰려들고 있었다.

둑을 잠시 틀어막은 것일 뿐, 원천적인 문제까지 해결할 수는 없었다.

콰앙—!

원광 선사의 예측은 정확했다.

전대 무승들의 존재로 틀어막았던 둑이 차츰 무너지고 있었다. 그리고 그 둑에 일격은 가한 것은 바로 권왕 서무극이었다.

격한 충돌음과 함께 전대 무승 중 일인인 해벽 선사가 피분수를 뿜어내며 튕겨져 날아갔다. 날아가는 해벽 선사의 가슴팍은 짓뭉개져 있었다.

"사제!"

근처에 있던 다른 두 명의 노승이 급히 해벽 선사에게 달려왔다.

그러나 이미 해벽 선사의 숨결은 끊어진 연후였다. 상대를

일격에 즉사시키는 무공, 그것이 바로 권왕 서무극의 패천권
이었다.

"어찌 이리 손속이 잔혹하단 말인가!"

해명 선사는 분노하며 서무극에게 쇄도했다.

그 뒤를 해인과 해운 선사가 받쳤다. 홀로 서무극을 감당할
수 없다는 것은 그들도 잘 알고 있었다.

해명의 무공은 망아 성승을 제외한다면 소림에서도 당할 자
가 몇 없었다. 그런 이들이 합공을 하고 있음에도 서무극은 오
히려 그들을 압도했다.

와직—

몇 수도 지나지 않아 돌연 해운의 가슴팍이 으깨지며 그 자
리에서 절명했다.

무형권!

고금십오천무 중 하나이자 권왕 서무극을 천하십대고수로
만들어준 무공이 펼쳐진 것이다.

그렇지 않아도 밀리고 있던 상황에서 해운이 절명하자 해인
역시도 몇 초 버티지 못하고 목숨을 잃었다. 오직 해명만이 가
까스로 버티고 있었지만 그조차 얼마 못 갈 것이 자명했다.

쾅!

그 상황에서 서무극을 막은 것은 하나의 선장이었다.

"제법이군."

서무극은 해명을 뒤로한 채 선장을 날려 자신을 막은 자를
바라보았다.

망아 성승.

그가 아니고서야 그 누가 그의 공세를 이렇듯 수월히 막을 수 있겠는가?

"서 시주께서 먼 걸음을 하셨구려."

망아 성승은 목불인견이나 다름없는 장내의 참혹한 상황을 보고 지그시 눈을 감았다.

소림 본산과는 어느 정도 떨어진 심처에 머무르고 있는 그였기에 지금에서야 도착한 것이다. 만일 그가 자리를 지키고 있었다면 상황이 이렇게까지 일방적으로 흘러가지는 않았을 것이리라.

쿠아앙—

서무극은 일언반구의 대꾸도 없이 그의 성명절기 패천권을 펼쳤다.

강대한 권력이 뿜어져 나왔다. 그의 가장 강력한 무공은 무형권이었지만 그 무형권의 위력이 극대화되는 것은 패천권의 힘에 가려져 있을 때였다.

수차례의 격돌이 있었다.

소림 칠십이종 절기 중에서 무려 다섯 가지나 익혔다는 망아 성승.

그는 과연 천하십대고수라 부르기에 부족함이 없었다. 엄청난 신위로 전대 소림 무승들을 일패도지시킨 서무극이었지만 망아 성승에게만큼은 우위를 점할 수 없었다.

절대고수의 싸움.

무경에 이른 두 무인이 벌이는 경천동지할 싸움에 모두가 숨을 죽이고 지켜보았다.

콰쾅—

엄청난 충돌음과 함께 두 사람의 신형이 튕겨져 날아올랐다. 각기 다섯 보를 물러난 두 사람의 행색은 몰골이 말이 아니었다.

망아 성승의 왼쪽 어깨 어림이 짓뭉개져 있었다. 뼈는 상하지 않았지만 그렇다고 해서 쉬이 볼 수 있는 부상이 아니었다. 무형권이 다시 한 번 펼쳐진 것이다.

그러나 고금십오천무는 서무극만이 익히고 있는 것이 아니었다.

달마신공.

소림 칠십이종절예 중에서도 정점에 서 있는 무공. 그 무공이 빛을 발했고, 권왕은 충돌에 따른 여파로 인해 심각한 내상을 입어야 했다.

"과연 소림인가!"

천하 그 어떠한 무인보다 오만한 서무극이었지만 소림만큼은 인정하지 않을 수 없었다.

천 년을 이어온 힘.

전통은 그만한 저력이 있는 문파에게만 허락되는 것이었다.

"그러나 누구도 나를 막을 수 없다!"

서무극은 기염을 토하며 재차 쇄도했다.

망아 성승 역시도 물러설 곳이 없었기에 부딪쳐 갔다.

본시 소림의 무공은 상대의 무공을 막는 것에서부터 시작한
다. 나한기공(羅漢氣功), 천수여래장(千手如來掌), 연대구품(蓮
臺九品) 등 무수한 무공들이 그러했다.

막으려는 자와 뚫으려는 자.

차츰 두 사람의 대결은 정점에 이르고 있었다. 그러나 아쉽
게도 두 사람은 싸움을 마무리를 짓지 못한 채 미뤄야 했다.

"서 호법은 물러나시오!"

한마디 외침과 함께 일단의 무리들이 장내에 내려섰다. 그
외침 소리에 서무극은 지체없이 뒤로 물러났다.

"아미타불……."

그 모습을 망아 성승의 안색이 침중하게 굳어졌다.

권왕이 제천회에 소속되어 있다는 것도 놀라운 일이건만 그
권왕이 명령을 듣다니.

문주일지라도 봉공을 대하는 것과 빈객이나 호법을 대하는
것은 다르다. 권왕을 그렇게 부릴 수 있다는 것만으로도 제천
회주은 천하십대고수 중 한 자리를 차지할 자격이 있었다.

"오랜만이군, 성승. 그렇지 아니한가?"

놀랍게도 장내에 모습을 드러낸 것은 바로 제천회주였다.
제천회주는 뒷짐을 진 채 입을 열었다. 강호에 한차례도 모습
을 드러내지 않았던 제천회주, 그가 마침내 공식적으로 모습
을 드러내는 순간이었다.

"아미타불, 빈승이 아둔하여 알아듣지 무슨 말인지를 모르
겠습니다."

"이제 짐의 목소리조차 기억이 나지 않는단 말인가!"

제천회주가 대노하며 외쳤다.

지금껏 남자인지 여자인지도 모를 이상한 목소리와는 다르게 위엄이 넘치는 목소리였다. 그것은 결코 노력한다고 해서 만들어지는 그런 위엄이 아니었다.

"설, 설마……."

망아 성승의 몸이 떨리고 있었다.

아주 오래전 망아 성승은 황제의 부름을 받고 황실에 간 적이 있었다. 그때 그곳에서 망아 성승은 황제 외에 누군가를 만난 적이 있었다. 후에 황제가 된 황태손 윤문(允炆)이었다. 제천회주의 목소리는 당시 윤문의 목소리와 너무나 흡사했다.

망아 성승은 세차게 고개를 저었다.

건문제는 분명 연왕이 북경을 함락시키는 와중에 죽었다고 알려져 있었다.

"만인들이 성승이라고 부르는 후안무치하고도 간악한 자여, 그대가 나를 보고도 무릎을 꿇지 않는단 말인가!"

"천자이시여."

제천회주의 호통에 망아 성승은 그 자리에서 무릎을 꿇었다.

애써 부인하려 해도 이제는 인정하지 않을 수 없었다. 무엇보다 그 목소리에 실려 있는 위엄은 어느 누구도 따라할 수 없는 것이었다.

'아미타불, 이 일을 어찌한단 말인가…….'

망아 성승은 이제야 모든 사건의 전말이 이해가 갔다.

제천회가 어찌하여 그렇게 강력한 힘을 보유할 수 있는지에서부터 느닷없이 강호에 나타날 수 있었는지까지.

"이제 그대의 죄를 묻노니! 오늘 숭산에서 누구도 살아갈 수 없을지어다!"

제천회주는 검을 들었다.

천하십대고수 중에서도 수위에 든다고 알려진 제천회주. 지금껏 어느 누구도 그가 무공을 펼치는 것을 보지 못했지만 모든 강호인들은 그를 천하십대고수 중 일인으로 꼽기에 주저함이 없었다.

권왕, 독왕, 무정도 한백, 무성.

기라성 같은 무인들의 그의 휘하에 있었고 강호인이라는 특성상 제천회주가 그들보다 강하지 않았다면 그들을 부릴 수 없었을 터였다.

"반역도들을 주살하라!"

제천회주의 외침에 문무쌍성을 비롯한 제천혈, 권왕 등 제천회 무인들이 일제히 몸을 날려 소림승들을 향해 쇄도해 들었다. 은거해 있던 전대 무승들조차 그들을 막지 못했다. 처참한 살육의 시작이었다.

"아미타불……."

망아 성승은 조용히 자리에서 일어나 말없이 불호성을 읊었다.

"감히 짐에게 대항하겠다는 것이더냐!"

"어찌 잘못된 일을 보고도 그냥 지켜보고만 있을 수 있겠사옵니까."

"그런 자들이 짐이 부르는데 오지 않았단 말인가?"

"본시 황궁과 강호는 서로 간섭하지 않는 것이 불문율이옵니다."

"우습구나, 우스워. 그래서 황궁을 공격할 때 그리 많은 강호인들이 몰려왔더냐?"

"이마타불……."

망아 성승은 아무런 말도 하지 못했다.

구파일방을 비롯하여 오대세가 그 어떠한 문파도 건문제의 부름에 응하지 않았다. 군문에 진출해 있던 하북팽가조차 등을 돌렸다.

그에 비해 영락제를 도운 문파는 적지 않았다.

사패 중 한 곳인 사자림을 비롯하여 무당파, 화산파, 종남파, 숭무련, 천도문 등 연경과 그리 멀지 않은 곳에 위치한 문파들은 대부분 영락제를 옹호했다.

기실 초창기 열세를 면치 못하던 영락제의 군사가 이길 수 있었던 것도, 황궁이 그리 쉽게 무너진 것도 강호인들이 개입하였기에 가능한 일이었다.

그러고 보니 초창기 제천회가 공격한 문파들은 대부분 연왕의 편에 앞장선 문파들이었다.

"혹시 이 모든 일에 부 노사가 관계하였습니까?"

"관계하였다면 어쩔 것인가!"

제천회주는 더욱 분노했다.

부 노사라는 이름은 결코 반역도에 불과한 그들이 내뱉을 수 있는 말이 아니었다.

처절한 난전 속에서 그가 수백여 명의 강호인에게 합공을 받으며 살 수 있던 것이 바로 부 노사 때문이었다. 그로 인해 부 노사는 내공의 절반 이상을 소실했고 심지어 무공조차 온전히 펼칠 수 없는 몸이 되었다.

'부 노사께서는 관여하지 않으신 모양이구나. 세존께서 굽어살피셨음이니……'

제천회주의 반응에 망아 성승은 내심 안도의 한숨을 내쉬었다.

만약 부 노사마저 제천회에 몸담고 있다면 그야말로 상황은 절망적이 되었을지도 몰랐다.

"그만 죽어라! 성승이라는 허울을 뒤집어쓴 간악한 자여!"

제천회주는 검을 휘둘렀다.

쿠아앙―

대지를 뒤흔들 만한 굉음성과 함께 검이 뻗어나갔다. 망아 성승은 공력을 극성으로 운기해서 제천회주의 검에 부딪쳐 갔다.

지금 제천회주의 곁에는 아무도 없었다. 망아 성승은 그것을 기회로 생각했다. 그러나 그것이 얼마나 어리석은 생각인지 얼마 지나지 않아 알 수 있었다.

콰쾅―

한차례 부딪침과 함께 망아 성승이 피분수를 뿜으며 튕겨져 나갔다.

　천하십대고수 중 일인으로 불리는 망아 성승이 고작해야 일 초를 버텨내지 못한 것이다.

　"우웩……!"

　망아 성승은 경악하며 제천회주를 바라보았다.

　"이, 이 무공은……."

　망아 성승이 놀란 것은 그가 일 초조차 버티지 못했다는 사실보다도 제천회주가 펼친 무공 때문이었다.

　구화마검(九禍魔劍).

　그것은 고금십오천무 중 하나이자 실전되었다고 알려진 십만마교의 절학이었다.

　구화마검은 십만마교의 절학 중에서도 가장 강력한 무공이었다. 제천회가 구화마검을 가지고 있다는 것은 고금십오천무에 속하는 나머지 두 개의 절학도 보유하고 있다는 것을 의미했다.

　쿠아앙—

　제천회주의 검에서는 어느덧 묵색의 검강이 뿜어져 나오고 있었다.

　단 한 번의 격돌로 부상을 입은 망아 성승이지만 내공을 극성으로 끌어올리며 달마신공을 펼쳐 재차 부딪쳐 갔다.

　십 수여 합의 격돌.

　한 번 충돌이 날 때마다 망아 성승의 안색은 창백해져 갔고 두 눈에는 핏발이 섰다.

서걱—

그러던 어느 순간 묵색의 검강이 망아 성승의 호신강기를 뚫고 한쪽 팔을 베어버렸다. 묵색의 검강은 거기에서 멈추지 않고 그대로 망아 성승의 목마저 베어버리며 싸움을 종결시켰다.

소림의 멸문이었다.

疾風歌

第三十二章　그것은 누구도 알지 못하는 비사였다

질풍가

"크악!"

마지막 단발마를 끝으로 장내에 살아남은 이는 아무도 존재하지 않았다.

"허억……."

"후욱후욱……."

전투에서 이긴 승자들 역시도 가쁜 숨을 내쉬거나 주저앉아 대(大) 자로 드러누웠다. 전투는 그 정도로 처절하였으며 적군들 중에서 살아서 도망친 이는 반의반도 되지 않을 정도였다.

"지독한 놈들이군."

"놈들로서도 다른 선택이 없었을 테니까."

등을 맞대고 휴식을 취하고 있는 두 무인, 종리무외와 적무악이 거친 숨을 내쉬며 말했다.

본시 녹림에서의 일 때문에 냉랭한 분위기가 감돌던 그들이었지만 사선을 넘나들며 이들에게 그런 마음 따위는 사라진지 오래였다.

"끙, 말년에 이 무슨 고생인지 모르겠군."

풍도백도 그 자리에 주저앉았다.

풍운보 선발대 삼백여 명과 싸운 결과였다. 그 결과 아군 모두가 자잘할 부상을 입었을뿐더러 녹림의 무인들은 스무 명 가까이나 죽임을 당했다.

그러나 적들 역시 이백여 명 이상이 죽었다는 것을 가정했을 때 그 피해는 크다고도 할 수 없었다.

"와줘서 고맙소."

설무위가 한 편에 있는 몽혼검 이약과 적기추풍대, 아니, 일심회 소속 청화단(靑火團) 무인들을 보며 말했다.

그들이 제때에 도착하여 적들의 진영을 무너뜨리지 않았다면 아무리 설무위 일행 개개인의 무위가 강하다고 한들 그 정도의 피해로 풍운보 선발대를 물리칠 수 있었을 리 없다.

"천만의 말씀을. 그렇게 약속한 일이 아니었소?"

몽혼검 이약이 당연하다는 듯이 대답했다.

청화단 무인은 근 오십 명에 달했다.

적기추풍대로 위장하고 있던 이가 삼십여 명이라는 것을 생각한다면 두 배에 달하는 인원이었다. 청화단 무인은 녹림의 최정예라 할 수 있는 적무악의 수하들보다도 강했다. 그런 이

들이 청화단을 제외하고도 세 개 단에 더 존재하니 일심회의
전력은 과연 사패에 버금가는 것이었다.

그러나 일심회는 점조직으로 되어 있어 회주가 사라진 지
금, 청화단 외에 다른 단들이 어떻게 되었는지 아무도 알지 못
했다.

"신룡군은 어찌 되었소?"

"조금 있으면 만날 수 있을 거예요. 아, 마침 저기 오고 있네
요."

소예랑은 한곳을 가리켰다.

언덕 너머에서 일단의 무리들이 다가오고 있었다. 그들 중
가장 앞에 선 이는 얼굴에 상처가 나 있는 노파였다. 그리고
그 옆에 서 있는 선풍도골의 노인이 바로 신룡군이었다.

"할머니!"

"쯧쯧, 이번에는 네가 일을 벌여도 단단히 벌였구나. 그래,
지금 상황이 어떤지는 아느냐?"

노파가 혀를 찼다.

노파는 바로 하오문의 태상 문주로, 소예랑의 친할머니이자
한때 강호에 협명을 날렸던 홍의여협(紅衣女俠)이었다. 그녀는
하오문이라는 출신과는 어울리지 않게 일대 여걸이라고 하기
에 부족함이 없는 무인이었다.

"죄송해요."

소예랑은 고개를 들지 못했다.

하오문이 전폭적인 지원을 해주고 있는 것은 그녀의 독단적

인 선택이었다. 그러나 그녀는 그 선택이 잘못되었다고 생각하지 않았다.

"되었다. 널 탓하기 위해 온 것이 아니니. 처음 뵙겠소. 이 못난 애물단지의 할머니요."

"홍의여협을 뵙습니다."

설무위가 정중히 응대했다.

설무위 역시 일문의 문주이기에 과분한 감이 있었지만 홍의여협이 하오문의 태상 문주가 아닌 소예랑의 할머니로 자신을 소개했기에 그리한 것이다.

"허허, 오랜만이오."

"풍 대협도 계셨군요."

친분이 있던 풍도백이 반갑게 맞이해 주자 홍의여협도 그제야 얼굴 가득 미소를 머금었다.

"이제 우리는 빠져야 할 것 같은데… 어떻소? 오랜만에 담소나 나누는 것이?"

"천하의 풍 대협이 그러자는데 그래야지요."

풍도백이 일행들을 이끌고 발걸음을 옮기자 홍의여협도 소예랑을 비롯한 하오문도들을 데리고 그 뒤를 따랐다. 장내에는 오직 설무위와 신룡군, 그리고 몽혼검 이약만이 남았다.

"청화단주가 우호법을 뵈옵니다."

몽혼검 이약이 공손히 고개를 숙였다.

사실 몽혼검 이약의 무공이라면 신룡군과 비교해도 차이가 없었다. 그러나 무공에 우선하는 것이 바로 호법이라는 자리였다.

"인사는 나중에나 나누세나."

신룡군은 손을 저으며 이약을 물러가게 한 뒤 설무위에게 고개를 돌렸다.

"말로는 많이 들었네만, 이렇게 보는 것은 처음이구면."

"사부를 아십니까?"

"허허, 사부라⋯⋯."

신룡군이 쓴웃음을 지으며 고개를 내저었다.

그제야 신룡군은 설무위가 부평초의 제자라는 것을 확신할 수 있었다. 단도직입적인 성격에서부터 사부라 부르는 것까지 모든 것이 들었던 그대로였다.

"알다마다. 어찌 내가 모를 수가 있겠나? 나 역시 한때 천문에 몸을 담고 있었거늘."

신룡군은 회한에 잠긴 표정으로 말을 받았다.

"천문이라 하심은?"

"자네는 아마 천기문으로 알고 있을 걸세."

쿵!

설무위는 충격에 휩싸여 아무런 말도 하지 못했다.

모든 것을 알고 있다고 생각했건만 실상 아는 것은 아무것도 없던 것이다.

"푸하하!"

설무위의 입에서 앙천광소가 터져 나왔다.

광소는 한참 동안이나 계속되었다. 신룡군이 불안한 눈빛으로 그런 설무위를 쳐다보았다.

"우웩!"

그와 동시에 설무위의 신형이 한차례 비틀거리더니 입에서 검붉은 울혈이 뿜어져 나왔다. 심적 충격을 이겨내지 못한 것이다.

"마음을 추스르게나!"

신룡군이 급하게 설무위의 명문혈에 손을 가져다 대고 진기를 불어넣었다.

"비키시오!"

설무위는 비틀거리는 와중에도 신룡군의 손을 뿌리치며 매서운 눈빛으로 그를 노려보았다.

"사람을 잘못 찾아오신 듯하외다. 천문이라니? 본인은 그런 문파 따위는 들어보지도 못했소이다. 이것은 천기문주로서 하는 말이외다!"

쩌렁쩌렁한 외침.

조금만 늦었더라도 주화입마를 면치 못했겠지만 원상의 경지에 들어선 덕분에 벗어날 수 있었다. 그러나 내상을 입은 것만은 부인할 수 없는 사실이었다.

"이상한 말을 하려거든 돌아가시오."

명백한 축객령이다.

지금 같은 상황에서 일심회의 힘은 중원 그 어느 문파에 비할 바가 아니었다. 그런 상황에서도 설무위는 축객령을 내렸다.

"미안하네. 내가 실언을 했네. 내가 잘못 알고 있었던 듯하네."

"다시 한 번 그런 말을 한다면 그때는 내 손속이 무정타 원망치 마시오."

"알겠네."

신룡군은 침중한 낯빛으로 고개를 끄덕였다.

애초부터가 잘못된 일이었다. 상황이 이리될 줄 알았다면 차라리 모든 것을 가르쳐 주는 편이 나았으리라. 그러나 한운천은 그것을 원하지 않았고, 결국 이런 결과를 초래했다.

"한때 천문이라는 문파의 소속이라 그러셨소?"

"분명 그러했네."

"한때라 함은 지금은 아니라는 것이오?"

설무위는 처음과 달리 말을 높이지 않았다.

그것은 이제는 신룡군이 천기문과는 아무런 연관이 없기 때문이었다.

천문과 천기문은 다르다. 설무위는 그 점을 명확하게 신룡군에게 인지시켜 준 것이었다.

"일심회. 이제 내가 속한 곳이네."

"어째서인지 연유를 물어도 되겠소?"

"자네 사형과 같다고 생각하면 될 것이네."

"크큭……."

설무위는 조소를 흘렸다.

문을 떠난 데에 이유가 있다고 생각하였고 그것이 일심회와 관계되었을 것이라 어느 정도 예상하였다. 그러나 이것은 아니었다.

"사형이 지금 어디에 있는지나 알고 있소?"

"나도 모르겠네. 돌연 연락이 두절되었네. 마지막으로 보낸 전서에 적혀져 있는 내용은 모든 일을 매듭지어 보겠다는 것이었네. 무모한 일이었지."

"모든 일을 매듭짓다니? 대체 일심회가 만들어진 목적은 무엇이오?"

설무위의 전신에서 기세가 피어올랐다.

우우웅—

기세는 사방을 아우르며 주위 공기를 무겁게 가라앉혔다.

설무위의 분노는 극에 달해 있었다. 몽혼검 이약이 긴장된 표정으로 두 사람을 지켜보았다. 지금 상황에서는 두 사람 중 누구도 도울 수 없겠지만 그래도 칼부림이 나는 것만큼은 막아야 했다. 다행히 설무위는 손까지 쓸 생각은 없는 듯싶었다.

"듣는 귀가 많군."

"저는 이만 물러가겠습니다."

몽혼검 이약이 슬며시 자리를 떴다.

그가 일심회 소속인 것은 사실이지만 실상 일심회에 대해 아는 것은 그리 많지 않았다. 다른 삼단의 단주들 역시 마찬가지였다. 그리고 이것은 천문과 관계된 일이지, 일심회와 관계된 일이 아니었다.

"이제 숨겨서 무엇을 하겠나? 본시 나와 낙일신검은 천문의 좌우호법일세. 천문은 대대로 황실을 수호하는 문파로서……."

신룡군은 깊은 한숨을 내쉬며 천문에 대한 비사를 털어놓았다.

본시 천문은 강호의 문파가 아니었다.

황실 수호.

그것이 천문이 만들어진 목적이었다.

천문이 만들어진 것은 지금으로부터 수백여 년 전으로 중원이 테무친의 손에 떨어지기 직전이었다. 그 당시 아직 힘이 없던 천문의 무인들은 피눈물을 흘리며 지하로 숨어들었다.

그렇게 하기를 무려 백수십여 년.

마침내 때가 찾아왔다. 원이 내분에 휩싸인 것이다. 그 기회를 틈타 천문은 주원장이라는 걸출한 영웅과 함께 중원을 수복하였다.

수십여 년이 지나고 어느 정도 명 황실의 기틀이 세워지자 문제가 발생했다.

본시 천문은 음지에서 황실을 수호하기 위해 건립된 곳이니만큼 황실의 기틀이 세워진 이상 다시 음지로 돌아가야 하는 것이 정상이었다.

그러나 백수십여 년 동안 강호라는 곳에서 활동하며 강호인들처럼 살아온 천문의 무인들에게 그것은 속박이나 다름이 없었다.

의견 충돌이 일어났고 충돌은 점점 심해져 서로 적대하는 파벌과 칼부림을 하는 지경에까지 이르렀다. 중립을 지키는 자들도 있었지만 그 수는 몇 되지 않았다.

보다못한 천문의 문주 부평초는 논란을 종식시키기 위해 중재를 하였지만 이미 사태는 걷잡을 수 없는 상황까지 치달아 있었다.

결국 대규모 유혈 사태가 일어났다.

이에 크게 분노한 부평초는 그들을 모조리 제압한 뒤에 금제를 가했다.

제아무리 부평초라 할지라도 홀로 천문 무인 모두를 제압할 수는 없는 일이었다. 그럼에도 그것이 가능했던 이유는 천문의 무인이라면 문주가 펼치는 한 가지 술법에서 자유로울 수 없기 때문이었다.

그 후 그들의 행동을 보며 환멸을 느낀 부평초는 떠나 버렸고 천문의 무인들을 뒤늦게 후회하였지만 부평초의 종적은 어디서도 발견할 수 없었다.

하나, 바로 그때 심각한 상황이 발행했다.

연왕 주체가 반란을 일으킨 것이다. 불과 몇 년도 지나지 않아 연왕은 막강한 군대와 강호인들을 앞세워 황실을 전복시켰다.

천문의 무인들은 피눈물을 흘렸다.

그들은 부평초가 남긴 금제로 인해 본신 무공의 절반도 발휘할 수 없는 상황이었기에 강호인들을 막아내지 못했다.

연왕은 결국 천하의 패권을 차지하고 천문은 다시 음지로 숨어들 수밖에 없었다. 그나마 다행인 것은 건문제만은 살렸다는 사실이었다.

세상은 건문제가 죽은 것으로 알겠지만 사실은 달랐다.

건문제의 시체는 체구가 비슷한 천문의 무인 중 한 사람이었다. 그는 건문제를 위해 스스로 얼굴을 훼손하고 몸을 불태웠다.

물론 그 일을 천문 무인들의 힘만으로 해낸 것은 아니다.

환멸을 느끼고 떠난 부평초였지만 황실의 위기만큼은 넘길 수 없었는지 때맞춰 복귀한 것이다. 그렇지 않았다면 아무리 천문의 무인들이 대단하다고 한들 본신 능력의 절반도 발휘하지 못하는 상황에서 건문제를 살리지는 못했을 터였다.

'사부, 그래서 부상을 입은 것이오?'

설무위의 눈에 아련한 빛이 감돌았다.

이제야 어째서 산을 내려갔던 사부가 심각한 내상을 입고 돌아왔는지 이해할 수 있었다.

"천하에 사부에게 해를 끼칠 만한 사람이 있었소?"

"중원은 넓네. 당시 사자림을 비롯하여 화산파, 종남파 등 무수한 문파들이 연왕을 도왔네. 소림에 성승이 있듯이, 무당과 화산에도 사람은 있더군. 단지 드러내지 않고 있었을 뿐이었네."

신룡군의 말이 사실이라면 실로 놀라운 일이었다.

당시 천하십삼대고수라 불리는 무인들 중에서도 무경에 이르지 못한 무인이 있었거늘, 과연 전통이라는 힘은 무시할 수 없는 것이었다.

무경에 이른 무인 두 명의 합공.

거기에 사자림주를 비롯하여 초절정의 완숙에 이른 무수한 무인들이라면 아무리 부평초라 하여도 무사할 수 없었다. 더욱이 부평초는 그들과 싸우기 전 천문 무인들의 금제를 풀어주기 위해 심력을 소모한 상태였다.

"무당과 화산이라……."

설무위의 눈에 순간적으로 한기가 어렸다.

신룡군이 만약 그것을 보았다면 지금 한 말을 크게 후회했을지도 몰랐다.

"폐하께서는 목숨을 부지하신 후에 강호로 몸을 숨기셨네. 본시 천문은 원나라 때부터 그 거점을 강호에 두고 있었기에 어려운 점이 없었지. 폐하께서는 복수하기를 원하셨네. 그러나 그 복수의 대상이 연왕이 아니었네."

"그럼 누구란 말이오?"

"바로 강호인들이었네. 그들만 아니었다면 제아무리 연왕의 군대가 강력하다 한들 그리 무너졌을 리는 없었으니."

"자기 변명에 불과하구려."

설무위가 한차례 코웃음을 쳤다.

"그럴지도 모르네."

신룡군이 침중한 낯빛으로 대답했다.

"크큭, 어쨌든 그래서 제천회가 만들어진 것이오?"

"그렇다네. 그 이후 천문의 모든 무인들은 폐하의 뜻에 따라 준비를 시작했지. 사실 천문의 무인들은 폐하께서 제위를 다시 찾아오는 것을 포기하셨을 때 안타까워하기도 했지만 내심 다행이라고 여겼네. 더 이상 피를 봐서는 아니 된다는 생각에서였지. 그러나 문제는 그 이후에 일어났네. 폐하께서 도를 지나치시기 시작한 것이지."

"독강시를 말하는 것이오?"

"독강시부터 시작해서 모든 것을 말일세. 사실 독강시를 만들고 있다는 것은 극비리에 붙여져 우리도 안 지 얼마 되지 않았네. 그렇게 총명하고 어진 분이셨거늘……."

신룡군은 한탄을 금치 못했다.

제천회를 세울 당시만 하더라도 건문제는 그저 항명을 따르지 않았던 강호인들에게만 복수할 생각이었다. 그러나 언제부터인지 그 목적이 변질되어 이제는 목적 자체가 무엇인지도 모를 지경이었다.

"어떤 때 보면 폐하는 마치 다른 사람 같았네. 그것을 도저히 볼 수 없었던 몇이 나서서 간청을 드려보았지만 오히려 폐하께서는 그들을 반역도로 몰아붙이시면서 그 자리에서 참형하셨네. 막고 싶었지만 막을 수 없었지."

"궤변이구려."

"사실일세. 이미 폐하를 제대로 보필하지 못했다는 괴로움에 빠져 있던 이들이 대부분이라 그들은 폐하께서 어떤 일을 벌이시더라도 따랐으니. 결국 더는 두고 볼 수 없었던 사람들이 그것을 막기 위해 뜻을 모았지만 우리 힘만으로는 역부족이었네. 그래서 찾아간 것이 바로 문주님이네."

"허튼소리!"

설무위가 일갈을 내질렀다.

"그 누구도 우리가 머물고 있는 곳에 찾아온 적이 없었소. 당신들의 능력 정도로 내 이목을 속였다고? 그 말을 내가 믿을 것 같소?"

삼년상을 치르기 전이라 하더라도 설무위의 능력은 이미 초절정의 완숙에 이르러 있었고, 술법 역시 삼대비술을 제외하고는 대부분 익히고 있는 상황이었다.

설령 무경에 이른 무인이 왔다고 치더라도 기척을 느끼지 못하였을 리는 없었다.

"백초신의. 그 역시도 우리와 뜻을 함께한 사람일세."

"……."

설무위는 아무런 말도 하지 못했다.

사부가 산을 내려갔다 올라온 이후 유일하게 거처에 온 사람이 백초신의였다.

"그럼 일심회는 무엇이오?"

"일심회는 사실 천문의 일부라 할 수 있네. 천문이 주원장을 도와 명을 건국하며 모두가 황실에 들어온 것은 아니라네. 일부는 강호에 남기를 원했지. 그들이 만든 문파가 일심회일세. 우리는 문주님께 일심회의 힘을 빌어 폐하의 야욕을 막아달라고 간청을 하였지. 다른 사람이라면 몰라도 적어도 문주님의 부탁이라면 일심회도 거절할 수 없을 테니까."

"어째서 거절할 수 없다는 것이오?"

"일심회가 천문을 떠나 독립하는 과정에서 문주님께서 힘을 보태주셨네. 사실상 문주님의 도움이 아니었다면 그렇게까지 빠르게 세력을 확장할 수가 있었겠는가?"

"그래서 사형이……."

설무위는 이를 악물었다.

죽어가는 사부였다. 대체 무슨 힘이 있었겠는가? 사부는 어쩔 수 없이 사형을 내세웠을 것이고, 사형은 불가피하게 문을 떠나 일심회로 들어갔을 것이다.

문제는 그 사형이 지금 이지를 상실한 채 제천회의 주구가 되어 싸우고 있다는 사실이었다.

"이제 어쩔 생각이오?"

"천문을 떠나 일심회에 몸을 담는 순간 배신자라는 오명을 뒤집어썼네. 그리고 그 순간부터 나는 천문의 무인이 아니라 강호인이 되었네. 이제 나는 강호인으로서 제천회주를 막을 것이네."

신룡군은 더 이상 제천회주를 건문제라 부르지 않았다.

그것은 곧 한때 모셨던 황제가 아닌 적으로 간주한다는 의미였다.

"일심회의 나머지 사람들은 어디에 있소?"

"나도 모르네. 내가 아는 것은 몽혼검 이약과 파산검(破散劍)뿐이네."

"그럼 어떻게 하면 그들을 만날 수 있소."

"그들이 이제 곧 자네를 찾을 걸세."

"어떻게 확신하오?"

"내가 자네를 찾았기 때문일세."

낙일신검이 목숨을 버려가면서까지 신룡군을 살린 것은 강시의 존재를 알려야 하는 것도 있지만 그보다 설무위와 접촉하여 나머지 일심회 무인들을 불러들이기 위함이었다.

"제천회는 강하네."

"알고 있소."

"자네가 아는 것과 실제 제천회의 저력은 다를 걸세. 천문은 그만한 힘을 지닌 곳이니."

"독왕과 권왕도 천문 소속이오?"

"독왕은 맞지만 권왕은 아니네. 그러나 지금까지 상황을 보자면 등을 돌리지는 않을 걸세. 그들보다 더 경계해야 할 것은 문무쌍성과 강호인들이 제천혈이라고 부르는 제천수호대일세. 그들 개개인의 무공은 초절정에 이르렀을뿐더러 합공에 능해 제천수호대 다섯이면 천하십대고수들과 자웅을 결할 수 있고, 십여 명이면 천하십대고수라 할지라도 죽음을 면치 못할 걸세."

제천수호대.

그들이야말로 천문의 모든 것이라 할 수 있었다.

본시 그들이 그렇게까지 강한 것은 아니었지만 황실을 탈출하는 도중 황실 비고에 있는 모든 영약을 가져 나왔고 그것을 모조리 사용함으로써 강해질 수 있었다. 거기에 광뢰진기와 수많은 무공들이 더해져 그들은 가히 고금최강의 전투 부대가 되었다.

그러나 설무위는 신룡군의 말에 크게 신경 쓰지 않았다.

강하다 해도 그뿐이다. 그들이 강하든 강하지 않든 이미 제천회를 공격하기로 마음먹었고 어떻게 되더라도 그 결정에 변함은 없었다.

"이야기가 끝났는가?"

상황이 정리되는 듯하자 풍도백이 다가왔다.

풍도백을 필두로 모두 설무위에게 모여들었다. 지치고 힘든 몸이었음에도 어느 누구 하나 숨소리조차 내지 않았다.

"노인장, 제천회가 강하다 하오."

"알고 있네."

"적 형, 돌아갈 곳이 없을 것 같소."

"우하하, 어차피 돌아갈 곳이 불타 버렸거늘, 무에 걱정인가?"

"돌아가고 싶은 사람이 있다면 지금 돌아가시오."

설무위는 주위를 둘러보았다.

그 어느 누구도 설무위의 눈을 피하지 않았다. 그들의 눈에는 정광만이 번뜩이고 있을 뿐이었다.

설무위는 시선을 돌렸다. 저 어디엔가 풍운보의 주력 부대가 오고 있으리라. 그들을 물리친다 하여도 그것이 끝이 아니었다.

제천회.

그것은 누구도 알지 못하는 비사였다 147

강북의 모든 문파들을 초토화시키며 강호제패의 야욕을 본격적으로 드러내고 있는 자들. 그들과의 싸움이야말로 진정한 사투가 될 터였다.

＊　　　＊　　　＊

소림이 멸문하였다.

봉문이 아닌 멸문. 그 파장은 강호 전체를 뒤흔들었고 정도 문파들에게는 청천벽력이나 다름없는 일이었다. 거기에 망아성승의 죽음은 사기를 그야말로 바닥에까지 떨어뜨렸다.

천하 각지에 퍼져 있는 소림의 제자들은 피눈물을 흘렸다. 아직 살아 있는 이들이 많았기에 멸문이라고까지는 할 수 없었지만 본산이 불탄 이상 멸문이라는 표현을 써도 과언이 아니었다.

소림이 멸문한 지 십여 일이 지났을 무렵, 또 하나의 사건이 강호를 강타했다.

하북팽가마저 멸문한 것이다.

사실 하북팽가의 멸문은 소림이 무너진 것과 비교하면 그렇게까지 큰 사건도 아니었다. 그러나 그 이면을 들여다본다면 그렇지도 않았다.

소림과는 다르게 하북팽가는 전면전을 벌이고 있었다.

제천회의 대규모 병력이 노출되지 않고 우회하여 본가를 무너뜨리는 것 자체가 불가능하다는 뜻이다.

하나, 제천회에서는 불가능한 일을 해냈다. 대규모 병력이 아닌 소수 정예로 초토화시켜 버린 것이다.

고작해야 서른 명.

그 서른 명에게 하북팽가가 본가가 버티지 못하고 무너져 버렸다.

제천혈, 그들의 위력이었다.

이제 어떠한 문파도 본산이나 총단을 비울 수 없었다. 철저하게 발이 묶인 것이다. 그런 와중에 상당수 문파들이 제천회에게 하나씩 각개격파당하고 있었다.

제천회는 거기에서 그치지 않고 하북팽가를 멸문시킨 후 회군하는 병력을 공격하여 모조리 몰살시켜 버렸다. 심지어 군부에 투신한 하북팽가의 무인들마저 찾아내어 주살해 버렸다.

본시 강호 세가로는 특이하게 팽가는 군부에 투신하는 이들이 적지 않았다. 무림문파로는 유일하게 팽가가 북경에 터를 두고 있을 수 있는 것도 그러한 이유에서였다.

강호인들은 긴장했다.

팽가가 멸문한 것 때문에 긴장한 것이 아니라 군부의 장군들마저 죽었기에 명 황실에서 어떻게 나올지 몰라 긴장한 것이다.

영락제는 본시 호전적인 기질이 강한 군왕이었다.

그런 영락제가 수도인 북경에서 대규모 유혈 사태가 벌어졌거늘, 그냥 두고볼 리 없었다. 그러나 예상과는 달리 명 황실에서는 별다른 조치를 취하지 않았다. 참으로 기이한 일이 아닐 수 없었다.

서걱—

한 번의 칼질과 함께 하나의 목이 잘려 나갔다.

"적이다!"

누군가의 외침에 자고 있던 풍운보 무인들이 병장기를 들고 막사에서 뛰쳐나왔다. 그러나 이미 적지 않은 인원이 도륙을 당한 뒤였다.

"물러난다!"

원후명이 지체없이 후퇴 명령을 내렸다.

명령이 떨어지자 녹림의 무인들은 일말의 머뭇거림도 없이 그대로 몸을 날렸다.

풍운보 무인 십여 명이 급하게 그들을 추격하려 했지만 어디선가 날아온 지풍에 서너 명이 즉사했다. 풍도백의 절기 십절무흔지였다.

"으으……!"

"무영투신이다!"

풍운보 무인들은 더 이상 추격할 엄두도 내지 못했다.

"제기랄."

그 모습을 본 풍운보 호법 중 하나인 혈발악존(血髮惡尊)이 욕설을 내뱉었다.

그가 나선다면 추격을 못할 것도 없지만 어떤 함정이 기다리고 있을지 몰랐다.

이번이 벌써 세 번째였다.

선발대가 전멸에 가까운 피해를 입었다는 소식을 듣고도 혈발악존은 패제에게 오백여 명만 지원해 준다면 놈들의 목을 따버리겠다고 자신만만하게 장담했다.

선발대라 해보아야 사실 능력이 떨어지는 자들이 대부분이었고 주력 부대와는 차이가 있을 수밖에 없었다. 패제의 승낙에 혈발악존은 청죽귀마(靑竹鬼魔)와 함께 발이 빠른 자들 오백여 명을 추렸다.

그 순간 나선 것은 철갑신(鐵鉀身) 백승이었다. 백승은 호법이나 칠대빈객에 들지 못하였지만 그것은 백승의 능력이 부족해서가 아니라 풍운보에 들어온 지 얼마 되지 않았기 때문이다.

백승은 이번 기회를 놓치고 싶지 않았다. 그렇다고 해서 혈발악존처럼 무모하게 오백여 명으로 놈들을 상대하고 싶지도 않았다.

적들에게 죽은 이들만 하더라도 섬전창, 대력웅조수 귀강, 노도권 최웅 등 고수가 아닌 이가 없었다. 철갑신은 그들보다 자신의 능력이 떨어진다고 생각하지는 않았지만 그렇다고 월등히 뛰어나다고 생각지도 않았다.

그랬기에 철갑신은 삼백의 병력과 풍운보 최정예부대라 할 수 있는 운룡대 무인 오십여 명을 요청했다.

지난 싸움에서 백여 명이 사망했고 오십여 명이 사천 문파들을 상대하기 위해 남았으니, 사실상 남은 전부라 할 수 있었다. 내심이야 운룡대보다 한 급수 위인 풍룡대를 요청하고 싶었지만 풍룡대는 오직 패제의 명만 듣기에 다른 선택의 여지가 없었다.

백승이 택한 길은 수로였고, 혈발악존이 택한 길은 익양(益陽)을 우회하는 대로였다.

그렇게 혈발악존이 이끄는 병력이 익양을 지나 악록산으로 향할 무렵 야습이 시작되었다.

응당 적이 악록산에서 요새를 구축하고 있을 것이라 생각했던 혈발악존은 철퇴를 얻어맞았다. 첫 야습에 무려 백여 명의 병력을 잃은 것이다.

공격은 거기에서 그치지 않았다. 계속되는 기습과 야습에 혈발악존은 대부분의 병력을 잃고 이제 남은 인원이래 봐야 이백여 명이 전부였다. 보초를 세워보았지만 원후명이나 적무악 등 초절정고수들이 움직이는 데야 당해낼 재간이 없었다.

"으아아아악!"

혈발악존은 분통을 참지 못하고 죽어 있는 녹림 무인의 머리통을 짓밟아 터뜨려 버렸다.

이번 야습에서도 서른 명이 넘는 인원을 잃었다. 그에 비해 죽은 녹림 무인은 혈발악존이 죽인 두 명을 포함한 서넛이 전부였다.

청죽귀마라도 있었다면 몇 놈이라도 더 잡을 수 있었겠지만 첫 야습에서 파풍도 적무악에게 부상을 입어 아직 운신이 여의치 않아 거처에서 움직이지도 못하고 있었다.

"이런 개 같은 일이!"

지금쯤이면 철갑신 백승이 이끄는 병력이 상륙하여 악록산에 이르렀을 터였다.

사실 혈발악존 역시도 이 병력만으로 적들을 상대하는 것이 버겁다는 사실 정도는 알고 있었다. 그럼에도 자신있게 나설수 있던 것은 그가 나선다면 풍운보 내에서 아직 입지를 굳히지 못한 다른 이들 역시 나설 것이라 생각했기 때문이었다.

그 예상은 틀리지 않았다. 이제 자신들을 상대하기 위해 전력을 분산시켰을 적들의 목을 따버리기만 하면 되는 것이었다.

하나 그것은 혈발악존의 오산이었다.

어찌 된 영문인지는 모르겠지만 적의 전력은 이곳에 집중되어 있었다. 적무악이나 원후명은 물론이요, 삼악종에 심지어 풍도백까지.

철모르고 날뛰는 설무위라는 애송이 놈을 제외한다면 사실상 전부라 해도 과언이 아니었다.

"후퇴한다!"

혈발악존은 더 이상 버틸 수 없다는 판단을 내렸다.

제대로 된 싸움조차 하지 못하고 잃은 병력이 삼분의 이에 달했다. 이제 설령 적들과 정면으로 부딪친다 하려도 승산은 희박했다. 돌아가면 추궁이야 듣겠지만 그렇다 하더라도 이곳에서 개죽음을 당하는 것보다는 나았다.

바로 그 순간이었다.

"크악!"

후미에서 외마디 단발마와 터져 나왔다. 그 단발마를 필두로 후미 진형이 급속도로 무너져 내렸다.

"무슨 일이냐?"

혈발악존은 수하들을 밀치며 후미로 향했다.

후미에서는 학살이 일어나고 있었다. 적무악을 필두로 삼악종과 종리무외가 난입하여 풍운보 무인들을 무차별적으로 죽이고 있었다.

그들뿐만이 아니었다. 오십여 명의 녹림 무인이 그 뒤를 받치며 파죽지세로 공세를 퍼붓고 있었다.

"우하하, 풍운보의 잡졸들아! 오늘 이곳에서 살아 돌아갈 생각을 하지 말아라!"

적무악은 기세를 올리며 공격에 박차를 가했다.

이것은 단순한 기습 따위가 아니었다. 그것은 마침내 녹림의 무인들이 오랜 시간 참고 참았던 울분을 터뜨리는 순간이었다.

'당했다!'

혈발악존의 낯빛이 창백하게 변했다.

한차례 기습이 있었기에 마음을 놓고 있었다. 하나 그것은 돌이킬 수 없는 치명적인 실수가 되었다.

'항상 선봉에 서서 기습하던 파풍도가 보이지 않는 것을 이상히 생각했어야 했는데…….'

혈발악존은 땅을 치며 후회했지만 후회해 본들 소용없는 일이었다.

아직 인원수는 아군이 월등했지만 싸움은 단순히 수로만 할 수 있는 것이 아니었다. 더욱이 지금과 같이 기습을 받아 진영이 완전히 무너진 상황에서는 의미가 없었다.

"산개하여 도망쳐라!"

혈박악존은 몸을 날리며 외쳤다.

이미 그의 신형은 전장에서 십여 장 밖으로 벗어난 상황이었다. 비겁하기 그지없는 행동이었지만 지금 상황에서 더 버텨봐야 개죽음일 뿐이었다.

쿠아앙—

그 순간 혈발악존에게 쇄도한 것은 살을 에일 듯한 거센 징풍이었다.

풍도백의 성명절기 중 또 하나인 단명장이 펼쳐진 것이다.

이미 지척까지 이른 상황인지라 혈발악존은 피하지 못하고 주먹을 내질러 받아쳤다.

퍼펑—

혈발악존이 피를 토하며 비틀거렸다.

애초부터 부딪치려 했다면 모를까, 급작스럽게 공력을 운기한 탓에 손해를 본 것이다.

"우라질……!"

혈발악존은 도망치는 것을 포기했다.

어차피 풍도백이 막아선 이상 도망치는 것은 불가능했다. 상대는 천하에서 가장 빠르다고 알려진 무인이다.

혈발악존이 공력을 극성까지 운기하자 그의 머리가 붉게 물들며 뻣뻣이 곤두섰다. 그가 익힌 무공인 혈염공의 영향이었다.

"쯧쯧, 수하들을 두고 혼자 도망치는 것이 부끄럽지도 않느냐?"

어둠 속에서 십절무혼지로 풍운보 무인들을 공격하던 풍도백이 마침내 모습을 드러냈다.

무혼이라는 말처럼 어둠 속에서 날아드는 그의 무공은 막기가 무척이나 까다로웠다. 이런 난전 속에서 초절정고수라면 모를까, 절정고수들조차 자신이 죽는 것을 모르게 목숨을 잃었다.

"흐흐, 내가 할 소리를 하는군. 그래도 한때나마 명색이 천하십대고수로 불렸거늘, 그런 작자가 기습이나 하는 것은 그럼 부끄럽지 않다는 말이냐?"

"희생을 줄일 수 있다면 그보다 더한 것도 마다할까? 그만 죽거라."

풍도백은 대꾸하기도 귀찮다는 듯 단명장을 펼쳤다.

혈발악존은 십수여 합을 겨루다 더 이상 버티지 못하고 가슴팍이 함몰되는 부상을 입고 나뒹굴었다. 본신 실력이 풍도백에 비해 그렇게까지 떨어지는 것은 아니었지만 처음 입은 내상이 발목을 잡은 것이다.

"너, 너희들도 무사하지는……."

혈발악존은 원독에 찬 눈빛으로 풍도백을 노려보다 숨이 끊어졌다.

　마지막 순간 혈발악존은 수로를 택하지 않은 것을 후회했
다. 그 선택의 차이가 생사를 갈랐다고 생각한 것이다. 그러나
수로를 택한 철갑신 역시 상황은 마찬가지였다.

　"서둘러라! 혈발악존에게 공을 뺏기면 아니 된다!"

　철갑신(鐵鉀身) 백승이 우렁찬 목소리로 외치자 풍운보 무
인들의 이동 속도가 한층 더 빨라졌다.

　수로를 이용해서 장사까지 도착한 풍운보 무인들의 사기는
최고조에 달해 있었다. 장사에 남아 있던 잔류 병력 백여 명이
가세한 것이 그 원인이었다.

　무려 오백여 명이 넘는 대규모 병력이 악록산으로 이동했
다.

　그렇게 풍운보의 철갑신 백승이 이끄는 무리가 악록산 초입
에 들어섰을 무렵이었다.

　콰직—

　후미에 있던 풍운보 무인 두 명의 목이 분질러지는 것과 함
께 광풍이 몰아쳤다.

　"적이다!"

　"적의 기습이다!"

　비명소리가 난무하자 풍운보 무인들이 극심한 혼란에 빠졌
다. 척후병까지 보내놓은 상황에서 예상치 못한 기습이었기에
더욱 그러했다.

신전수 제이식 광풍노도(狂風怒濤).

광풍은 무자비하고 거칠었다.

순식간에 십여 명의 풍운보 무인이 광풍에 휩쓸려 목숨을
잃었다. 그렇게 후미에서 파고들어 온 광풍은 어느새 진영의
정중앙에까지 이르러 있었다.

"당황하지 마라! 적은 겨우 한 놈에 불과하다!"

철갑신 백승이 큰 소리로 외쳤다.

그의 말처럼 풍운보 무인들을 휩쓸며 공격을 한 것은 설무
위 일인이었다.

혹시나 하는 마음에 내공을 끌어올려 주위를 샅샅이 뒤져
보았지만 그 어디에도 인기척은 느껴지지 않았다. 물론 주위
가 혼란스러운지라 장담까지는 하지 못하겠지만 설령 있다고
하더라도 그의 이목을 피할 수 있는 수준의 고수 몇 명이 전부
일 터였다.

"제정신이 아닌 놈이로구나. 마치 제놈이 천하제일인이라
도 되는 줄 아는구나."

백승은 코웃음을 치며 손을 들었다.

당황했던 풍운보 무인들도 적이 한 명이라는 소리에 안정을
되찾고 포위망을 구축했다.

"죽여라!"

백승의 명령에 풍운보 무인들이 일제히 설무위에게 달려들

었다.

오백 대 일.

그 싸움의 시작이었다.

콰콰쾅―

일수가 휘둘러질 때마다 서너 명이 죽임을 당했다. 그것만이 아니었다. 그 여파로 인하여 부상자들 역시 속출하고 있었다.

설무위는 손속에 추호도 사정도 두지 않았다. 신전수의 기운이 일며 사방에 피바람이 몰아쳤다. 광풍이 혈풍으로 변하는 순간이었다.

신전수 제삼식 광풍만파(狂風萬波).

광풍의 숨결이 무자비하고 거칠었다면 혈풍의 숨결은 잔인했다. 팔다리가 끊어져 나가고 내장이 터져 나오는 아비규환의 참상이 이어졌다.

"괴물 같은……!"

철갑신 백승은 치를 떨며 그 모습을 지켜보았다.

벌써 목숨을 잃거나 부상을 입은 수하의 수가 삼십이 넘어갔다.

그러나 그런 피해를 입은 상태에서도 백승은 별다른 걱정을 하지 않았다. 어차피 상대는 고립되어 있었고 제아무리 날고 긴다 할지라도 이곳에서 살아 돌아갈 수 없었다.

무엇보다 이곳에는 운룡대 무인 오십여 명이 존재하고 있지 않던가?

그것을 증명이라도 하듯 운룡대 무인 십여 명이 나서는 순간 그토록 거침없이 날뛰던 신전수의 기운이 일순간 주춤하였다.

풍운보가 자랑하는 최강의 전투 부대 운룡대.

그들의 조직적인 공격에는 설무위라 할지라도 자유로울 수 없었다.

"포위망을 좁혀라!"

백승이 크게 외치자 전체적인 진영이 설무위를 중심으로 원형태로 바뀌었다.

이러한 진영은 외부의 공격에 취약하다는 단점이 있지만 내부의 적을 포위하는 데에는 더할 나위 없이 유용했다. 그러나 설무위가 그것을 지켜보고만 있을 리 없었다.

신전수 제오식 신전료종(神電寮從).

수십 개로 나뉘어진 신전수의 기운이 사방으로 퍼져 날아갔다.

퍼퍼퍼퍽—

일류를 넘어선 무인이라면 모를까, 그렇지 않은 이들은 막을 수 없는 공격이었다. 더욱이 설무위는 운룡대 무인들이 있는 곳을 피해서만 공격을 퍼부었다.

"저, 저게……."

백승은 입을 다물지 못했다.

순식간에 인명 피해가 크게 늘어났다. 그것도 단 일수에 의해서 벌어진 일이었다. 대다수가 부상자이긴 했지만 어찌 되었거나 전투를 하고 있는 시점에서는 그만큼 전력이 제외된 것이었다.

"놈! 최후의 발악이더냐?"

백승이 이를 갈며 재차 공격 명령을 내렸다.

이 한 수로 상대는 스스로 목을 조른 것이었다. 제아무리 내공이 많다 한들 지금과 같은 공격을 몇 차례나 펼칠 수 있을 리 없다. 백승의 예상처럼 설무위의 숨소리는 거칠기 그지없었다.

그러나 백승은 예상하지 못한 것이 하나 있다면 설무위에게는 무공만 있는 것이 아니라는 사실이었다.

"보아라. 이것이 천기문의 술법이다!"

설무위는 내공을 실어 외쳤다.

세상에 천문 따위는 없다. 이제 강호가 기억하는 것은 오직 천기문이 될 터였다.

지축이 흔들리며 땅에서부터 짙은 안개가 뿜어져 나오며 진이 펼쳐졌다.

지운천추술(地雲天錐銖)!

그것은 상고의 진으로, 적게는 십여 장에서 넓게는 수십여 장까지 모든 곳을 운무로 뒤덮는 진이었다. 더욱이 단순히 시야만을 가리는 것이 아니라 기감마저 흐트러뜨려 상대의 기척 또한 쉬이 느낄 수 없게 만들었다.

"뭐, 뭐냐?"

"한 치 앞도 보이지 않는다!"

풍운보 무인들은 혼란에 휩싸였다.

종전과는 비교조차 되지 않는 혼란이었다. 단순히 앞이 보이지 않는다는 사실보다도 함정에 빠졌다는 사실이 그들의 심리를 위축시킨 것이다.

그 누구도 진 안에서 자유로울 수 없었다.

그 안에서 자유로울 수 있는 이는 오직 단 한 명, 설무위뿐이었다.

콰아아앙—

주춤했던 광풍이 다시 몰아쳤다.

종전과는 달리 설무위는 운룡대 무인들만을 집중적으로 노렸다.

순식간에 십여 명에 달하는 운룡대 무인들이 죽임을 당했다. 그러나 그런 와중에서도 운룡대 무인들은 물러나지 않고 오히려 공세를 퍼붓고 있었다.

운룡대 무인들은 절정이라고 하기에는 부족했지만 일류는 넘어섰다고 해도 과언이 아닌 무인들이었다. 제아무리 설무위라 할지라도 그런 자들을 상대하면서 내공의 소모가 없을 리 없었다. 그나마 진의 도움이 아니었다면 지금처럼 몰아치지도 못하였을 것이리라.

운룡대 무인들은 그러한 사실을 정확하게 인지하고 있었고
이제 곧 반격의 기회가 올 것이라 생각했다. 그 상황에서 운룡
대 무인들은 시간을 단축시키기 위해 하나의 패를 빼 들었다.

혈살진.

그들이 풍룡대와 함께 풍운보 최정예부대로 불리는 이유였
다.

"혈살진을 펼친다!"

"놈을 가둔다!"

운룡대 무인들 중 대주 급 무인들이 큰 소리로 외쳤다.

열 명이 한 조를 이루어 두 개 조가 혈살진을 펼쳤다. 유기
적인 움직임과 함께 진이 구성되며 설무위를 압박해 들어갔
다.

하나, 그것은 잘못된 선택이었다.

혈살진은 이미 설무위에게 철저하게 파해된 진이었다. 그것
을 알지 못했던 운룡대 무인들은 혈살진을 철석같이 믿고 있었
다. 하나 그것은 오히려 심장을 찌르는 비수가 되어 돌아왔다.

신전수 제사식 신전무형(神電無形).

무형의 기운은 아무런 기척도 없었다.

고금십오천무 중 하나인 무형권과 비교해도 부족함이 없는
수법. 그 수법에 대주 급 무인 두 명이 처참히 죽임을 당하며
진은 붕괴되기 시작했다.

우직—

순식간에 운룡대 무인 서너 명이 목숨을 잃었다.

진의 주축을 이루던 대주 급 무인이 죽으며 진은 철저하게 붕괴되었다. 차라리 진을 펼치지 않느니만 못한 결과가 나온 것이다.

그 순간이었다.

"쳐라! 단 한 놈도 살려두지 말아라!"

후미에서 먼지구름이 일며 땅속에서 일단의 무리들이 솟아올랐다. 바로 몽혼검 이약을 필두로 한 청화단 무인들이었다.

설무위가 구태여 내공의 소모를 무릅쓰면서까지 운룡대 무인들의 수를 줄여놓으려 한 이유가 바로 지금과 같은 순간 때문이었다.

몽혼검 이약을 중심으로 쐐기 형태로 돌진하자 풍운보 무인들은 변변한 저항조차 하지 못하고 처참하게 주살을 당했다.

기습의 이점도 있었지만 그보다는 설무위를 중심으로 원 형태로 진형을 구축하고 있었기에 외부의 공격에 취약해진 것이 그 원인이었다.

"으헝! 이 개잡놈들. 모조리 죽여버리겠다!"

철갑신 백승은 분노하여 일권을 휘두르며 청화단 무인들에게 쇄도해 들었다.

백승은 과연 홀로 풍운보 무인들을 이끌고 나설 실력이 있었다. 청화단 무인 다섯이 합공을 하고 있음에도 밀리며 고전을 면치 못했다.

"거기까지다!"

그런 백승을 가로막은 것은 바로 몽혼검 이약이었다.

"몽혼검, 이 배신자 놈!"

백승의 눈에서 불길이 일었다.

상황이 이렇게까지 흘러간 데에는 몽혼검 이약의 존재도 적지 않은 역할을 차지했다. 풍운보 무인들의 약점을 누구보다잘 알고 있기 때문이었다.

"시끄럽군. 그만 죽거라!"

이약은 귀찮다는 듯 검을 뺐었다.

철갑신 백승의 무위가 구주십팔객에 비할 정도로 뛰어나다고는 하지만 상대는 구주십팔객 중에서도 수위에 속히는 몽혼검 이약이었다. 백승은 수십 초를 버티지 못하고 목이 잘려 나갔다.

백승의 죽는 것과 동시에 장내의 싸움도 어느 정도 마무리가 되었다. 오백여 명에 달했던 풍운보 무인들 중에서 살아서도망친 자는 백이 채 되질 않았다.

"사상자는?"

"다행히 세 명밖에 없습니다."

설무위의 질문에 몽혼검 이약이 대답했다.

이약은 설무위를 일심회주로서 대했다. 설무위가 받아들이지 않는다 할지라도 이미 그는 일심회주였다. 그것은 다른 청화단 무인들도 마찬가지였다.

"세 명이라······."

주위를 둘러본 설무위의 표정이 굳었다.

몽혼검 이약의 말처럼 사상자는 몇 되지 않았으나 중상을 입은 자가 열이요, 경상을 입은 자는 스물에 달했으니 적은 피해라고도 할 수 없었다.

더욱이 얼마 후면 다시 풍운보 주력 부대와 혈전을 치러야 했으니 사실상 중상자는 전력에서 이탈되었다 해도 과언이 아니었다.

"갑시다."

"존명!"

설무위가 걸음을 옮기자 동료들의 시체를 수습한 청화단 무인들이 그 뒤를 따랐다.

疾風歌

第三十三章　질풍가,
바람의　노래가　울려　퍼지다

질풍가

강호에 폭풍이 몰아쳤다.

장강이북에서 폭풍의 핵이 제천회라면 장강이남에서 폭풍의 핵은 모두의 예상과는 다르게 풍운보가 아니라 한 구절의 노랫소리였다.

무영투신 풍도백을 꺾고 날수마희를 죽일 때만 하더라도 강호인들의 반응은 강호에 신성이 출현했구나 하는 정도였다.

하나 이제는 아니었다.

질풍가(疾風歌)!

그것은 바람의 신화였으며 또한 바람의 노래였다.

저잣거리의 어린이들마저 한 사내에 대한 노래를 목청 높여 부르고 다녔다.

그런 상황에서도 장강이북은 제천회에 의해 초토화되어 가고 있었다.

소림이 무너지고 팽가가 무너지며 사기가 바닥까지 떨어진 정파무림은 연일 패전을 거듭해, 이제 하남까지 내어준 채 무당을 경계로 호북만을 간신히 지켜내고 있었다.

"소림이 무너질 줄이야……."

무영투신 풍도백이 깊은 탄식을 토했다.

풍운보 선발대와 일차 주력 부대를 모두 물리치는 대승을 거둔 뒤였지만 그리 밝은 표정만은 아니었다. 하루가 멀다 하고 들려오는 제천회의 승전 소식 때문이었다.

"노선배."

"허, 영감이라고 부를 때는 언제고 이제 와서 노선배인가?"

"속 좁게시리 이전 일은 따지지 맙시다. 어찌 되었거나 고맙소."

사실 노인장이라고 부르면서 타박은 했다지만 설무위 일행이 여기까지 올 수 있던 데에는 풍도백의 힘이 컸다. 무공을 떠나서 그의 영향력은 결코 무시할 수 없는 것이었다.

"이거 무안하게 왜 이러나?"

"아니오. 그리고 모두들 고맙소, 나를 믿어주어서. 그리고 나와 함께해 주어서."

설무위는 모두를 향해 진심을 담아 고개를 숙였다.

"오호호, 동생이 이제야 우리의 가치를 깨달았구나."

"우하하, 그러게 말이오."

염미화의 교소에 적무악이 대소를 터뜨리며 맞장구를 쳐서 분위기를 띄웠다.

"놈들도 우리가 간다는 소리에 섬뜩할 거요."

"어서 풍운보 잡졸들을 처치하고 제천회 떨거지들을 처리해야지."

모두가 설무위를 중심으로 모여들었다.

삼천 대군.

그 수는 상당히 줄었다고 하지만 그들이야말로 풍운보의 주력 부대라 할 수 있었다.

그러나 어느 누구도 위축되지 않았다. 이미 그들의 시선은 풍운보를 넘어 제천회를 향하고 있었다. 그들에게 풍운보는 넘어야 할 산이 아니라, 그저 작은 언덕에 불과할 뿐이었다.

"놈들을 요격할 곳은 이곳이오."

설무위는 하오문이 건네준 지도에서 한곳을 가리켰다.

설무위가 가리킨 곳은 악록산(岳麓山)의 한 협곡이었다. 지리적으로 적은 수로 대군을 상대하기에 좋은 위치였지만 퇴로가 없어 밀리기라도 한다면 후퇴조차 하지 못하고 죽임을 당할 수 있는 위험천만한 곳이었다.

그러나 그런 장소를 가리키고 있음에도 누구 하나 반문조차 하지 않았다.

"황산 신니와 파산검에게서 연락이 왔습니다. 곧 합류하겠다고 합니다. 어림잡아 십여 일 정도면 합류할 수 있을 것 같은데, 그들을 기다리는 것이 낫지 않겠습니까?"

몽혼검 이약이 조심스럽게 말을 꺼냈다.

"황산 신니까지 일심회 소속이었나?"

"저도 이번에 알았습니다."

"허어……."

풍도백이 적지 않게 놀란 표정으로 탄식을 흘렸다.

황산 신니(黃山神尼)라면 전대의 무인이자 구주십팔객 중 일인으로 파산검과는 그 무게가 달랐다.

"오홍, 어찌 되었거나 잘된 일이네요."

"그러나 십여 일이라면……."

구미요호 소예랑이 말끝을 흐렸다.

열혈패제가 이끄는 풍운보 주력 부대의 이동 속도로 볼 때 어림잡아 십여 일 정도면 이곳에 도착할 터였다. 합류하는 시점이 달포라면 너무 늦었다.

"상관없소. 어차피 달포 안에 승부를 볼 생각은 아니었으니."

설무위의 입가에 희미한 미소가 머금어졌다.

각개격파.

아직 그 작전은 끝난 것이 아니었다.

"커억……."

외마디 비명과 함께 보급 부대를 이끌던 풍운보 무인 하나의 목이 분질러졌다.

"적이다!"

"수레를 보호하라!"

수천 대군이 움직이는데 아무리 강호인이라 하지만 보급이 빠질 수 없었다.

풍운보는 본시 정파가 아닌지라 약탈을 일삼는 것도 주저하지 않았지만 관군이 지키는 커다란 도성에서 그러는 것은 불가능한 일이었다.

쿠아앙—

바람이 불며 주위를 초토화시켰다.

무려 오십여 명이 보급 물자를 지키고 있었지만 그들이 몰살을 당하는 데 걸리는 시간이 고작해야 일각도 걸리지 않았다.

대세가 기울자 풍운보 무인들이 도망치려 하였지만 어디선가 날아온 지풍에 대다수가 목숨을 잃었다. 풍도백의 절기인 십절무흔지였다.

화르르르—

설무위는 장내가 정리되자 수레들을 모조리 불살랐다.

"허억허억, 이거 노선배라고 불러준 데에는 속셈이 있었구먼?"

풍도백이 가쁜 숨을 몰아쉬며 돌아왔다.

두 놈을 놓치는 바람에 무려 사오 리 가까이나 추격을 하여 목숨을 끊어놓았다.

이 싸움의 목적은 적의 보급 부대를 끊는 것도 있지만 그보다는 적에게 후방을 공격한다는 혼란을 주어 전진 속도를 늦추는 것에 있었으니 생존자가 있어서는 아니 되었다.

"그걸 이제 알았소?"

설무위는 피식 실소를 흘리며 농으로 받아쳤다.

"끙, 이거 노구를 너무 부려먹는군."

"달리 방법이 있겠소? 그나마 따라올 수 있는 것은 노선배 뿐이니."

후미를 공격하기 위해 움직인 것은 단 두 명, 설무위와 풍도 백뿐이었다. 다른 이들은 그 이동 속도를 따라올 수 없기에 부득이한 선택이었다.

"쉬어야 하오?"

"쉬다니? 그럴 리가 있겠나? 이래 봬도 아직은 팔팔하다네."

풍도백이 가슴을 한차례 두드리며 건재함을 과시했다.

그러나 그런 행동과는 다르게 그의 두 다리는 희미하게 떨리고 있었다.

보급 부대가 주력 부대의 앞에 있을 리는 없다.

그들은 무려 천여 리를 주파하여 후미를 친 것이었다. 그러니 제아무리 풍도백이라 할지라도 나이가 나이이니만큼 힘에 겨웠다.

"아니오. 되었소. 이번이 벌써 네 번째 보급 부대를 처리한 것이니 이제는 쉬어도 될 것 같소."

"후우, 알았네."

풍도백이 그 자리에 털썩 주저앉았다.

자존심 때문에 말은 하지 못하고 있었지만 이미 그의 체력은 바닥에 이르러 있었다.

내공과 체력은 다르다. 제아무리 내공이 심후하더라도 어느 정도 체력이 받쳐 주지 않는다면 무용지물이나 다름이 없었다.

"한 가지 물어보고 싶은 것이 있네."

"말해보시오."

"흠… 자네 사형, 아니, 청동가면사내와 부딪친다면… 그를 꺾을 자신이 있나?"

한참을 망설인 후에 풍도백이 입을 열었다. 설무위는 그 물음에 쉽게 대답하지 못했다.

'사형과의 싸움이라……'

설무위는 눈을 감고 생각에 빠져들었다.

적지 않은 시간이 흘렀건만 단 한 번도 그 일에 대해 생각해 본 적이 없었다. 아니, 어쩌면 피하고 있었는지도 몰랐다.

서로 죽고 죽이는 싸움이라면 승산은 충분했다.

그러나 제압해야 하는 경우라면 다르다. 적어도 한 수가 아니라 두 수, 세 수는 차이가 나야 제압을 하는 것이 가능하기 때문이다.

"잘 모르겠소. 그러나 패하지는 않을 것이오."

"다행이군."

풍도백이 마음을 놓았다는 듯 한차례 고개를 끄덕였다.

"왜 더 묻지 않으시오?"

"무얼 말인가?"

"제압할 수 있느냐고."

"제압이라……."

풍도백이 나지막한 목소리로 중얼거렸다.

그 역시도 무경에 이르지는 못했지만 한때 천하십삼대고수에 있었던 무인이다. 상대는 녹림대제와 붕도 상우추의 합공조차 무력화시키고 녹림대제를 죽인 자였다. 설무위가 그 정도 경지에 이르렀다면 이미 그 자리에서 그 청동가면사내는 붙잡혔을 터였다.

"나에게 권왕을 상대하기 위해 준비해 두었던 한 수가 있다고 했지? 그것이라면 자네라 할지라도 부상을 면치 못할 걸세."

"노선배?"

설무위가 놀란 눈빛으로 풍도백을 바라보았다.

몇 번이나 사용할 수 있었다면 한 수라는 표현을 사용하지도 않았을 터, 지금 풍도백의 발언은 권왕을 그의 손으로 죽이는 것을 포기하겠다는 의미와도 같았다.

"허허, 그런 눈으로 보지 말게나. 그렇다고 해서 복수를 포기한 것은 아니니. 권왕, 그를 먼저 만나게 된다면 아마도 내 말은 지켜지지 않을 터이니."

풍도백이 멋쩍은 듯이 헛기침을 한 후에 말을 이었다.

"그나저나 놈들이 우리의 예측대로 움직여 줄지 모르겠네."

"패제가 복수에 눈이 멀었다고는 하지만 미치지 않고서야 그대로 진군할 수는 없을 것이오."

설무위가 확신에 찬 어조로 말했다.

후방은 설무위와 풍도백이, 수로를 이용하여 도착하는 보급 부대는 몽혼검 이약이 이끄는 청화단이 맡았다.

거기에 수십 명 단위로 보내는 정찰조는 적무악과 종리무외, 삼악종 등이 처리하였으니 풍운보 주력 부대는 그야말로 손발이 잘리고 눈과 귀가 먼 상태가 될 수밖에 없었다.

"하늘이 돕기를 바랄 뿐일세."

풍도백은 저 어디엔가 풍운보 주력 부대가 있을 곳을 바라보며 눈을 감았다.

그의 오랜 경험과 기나긴 시간을 강호에서 살아남을 수 있게 해주었던 육감이 이제 머지않아 생사를 건 대혈전이 오리라는 것을 가르쳐 주고 있었다.

*　　　　　*　　　　　*

"물러나지 마라! 강시를 조종하는 놈들을 잡으면 이 싸움은 우리가 이긴다!"

청룡단 부대주 혈웅 이장명이 독려하며 능선을 넘기 위해 사력을 다했다.

이 능선만 넘으면 곧 산서성의 성도 태원(太原)으로, 그곳에 바로 제천회의 총단이 있었다. 고작해야 반 시진도 안 되는 거리였으니 사실상 이곳에서의 전투가 최후의 전투라고 해도 과언이 아니었다.

하나, 그것이 얼마나 어려운 일이라는 것은 이장명이 누구보다 잘 알고 있었다. 능선을 넘기 위해 죽어간 동료의 수가 수십에 달했다..

이백오십에 달했던 청룡단 무인들 중에서 이제 남은 인원이라고는 고작해야 백여 명이 전부였다. 그것도 태반이 부상자들이었다.

"더러운 놈들."

다른 부대주 중 한 명인 섬전도 곽상이 독강시 하나를 베어버린 후 거친 숨을 헐떡였다.

어지간한 도기로는 상처조차 내는 것이 쉽지 않았기에 전력을 다해야 겨우 한 구의 강시를 쓰러뜨릴 수 있었다. 부단주인 그가 이러했으니 일반 단원들이야 말할 필요도 없었다.

그럼에도 그들이 포기하지 않고 있는 이유는 한 무인 때문이었다.

무정도 한백.

강호가 천하십대고수라 부르는 위대한 무인.

그의 일도가 휘둘러질 때마다 제천회 무인들이 피를 뿌리며 쓰러졌고, 도기가 나부낄 때마다 강시가 반 토막이 되어 땅바닥을 나뒹굴었다.

"괴, 괴물 같은……."

제천회 무인들은 그 모습을 보고 경악을 금치 못했다.

독강시가 어떠한 존재들이던가?

초절정고수라 할지라도 쉬이 어쩔 수 없는 마물이었다. 구대문파 중 하나인 종남파의 장로들조차 독강시를 감당하지 못하고 죽임을 당했다.

그런 독강시가 수십여 구나 둘러싸고 공격을 퍼붓고 있음에도 한백은 철옹성처럼 독강시들의 공격을 막아내고 오히려 한 구 한 구씩 파괴시키고 있었다.

아군이었을 때는 그 존재감에 대해 느끼지 못하였지만 적으로 변하자 한백이 얼마나 무서운 무인인지를 뼈저리게 느낄 수 있었다.

"청룡단은!"

그렇게 다시 두 구의 강시를 파괴시킨 한백이 돌연 한치례 발을 구르며 크게 외쳤다.

"무적이다!"

그 외침에 응답한 것은 청룡단 무인들의 열화와 같은 함성 소리였다.

내공이라고는 고작해야 한 줌도 남지 않았다.

섬서를 넘으면서부터 이곳까지 수천여 리를 싸우고 또 싸우며 돌파해 오는 동안 모든 내공과 체력은 바닥까지 소진되었다.

그러나 그런 상황 속에서도 청룡단 무인들은 다시금 힘을 내며 공격을 퍼붓고 있었다. 그것을 가능하게 해주는 것이 바로 한백의 존재였다.

"크악!"

"죽음으로 능선을 사수하라!"

제천회 무인들도 사력을 다해 저지하고 있었다.

이곳에서 밀린다면 그들로서도 최후의 방어선이 붕괴되는 것이었다. 제천회주가 대부분의 병력을 이끌고 하남으로 내려간 지금 제천회 총단은 무주공산이나 다름이 없었다.

그 순간이었다.

"한백, 겁을 상실했구나. 화산을 멸문시켰다면 그래도 목숨은 부지할 수 있었을 것을."

돌연 문사풍의 장년인이 능선 너머에서 나타나며 십수 명가량이 더 합류했다.

이곳에 있는 제천회 무인들만 해도 기백에 달했다. 그런 상황에서 고작 십수 명의 가세로 전세가 얼마만큼이나 바뀌겠냐고 생각할 수도 있겠지만 나타난 이들이 구주십팔객 중 일인인 지부수사(地府秀士)와 제천혈이라면 말이 달라질 수밖에 없었다.

"무성은 어디에 있느냐?"

다시 강시 한 구를 파괴시킨 한백이 몸을 날려 지부수사의 앞에 섰다.

제천혈은 오로지 제천회주와 문무쌍성의 지시만을 받는다.

더욱이 지금 이곳에 나타난 자들은 개개인이 초절정에 이른 진(眞)제천혈이었다. 지부수사 따위가 그들을 지휘할 수 있을리 없었다.

"너 따위를 상대하기 위해 그분들이 오셨을까? 그만 죽거라!"

지부수사는 대꾸하지 않고 한 손을 들었다.

그러자 제천혈 무인들 중에서 절반이 한백을 향해 달려들었다. 나머지 절반은 청룡단 무인들을 주살하기 위해 사방으로 몸을 날렸다.

"감히 나를 두고 등을 돌리는가!"

한백은 그들에게 도기를 날렸다.

그 수는 몇 되지 않았지만 그들이 가세한다면 지친 청룡단 무인들은 도륙을 당할 것이다. 그 사실을 알고 있는 한백은 무리를 하면서까지 그들을 막아섰다.

"무성도 없이 네깟 놈들이 감히 나를 기만하러 드는가!"

한백은 대노하며 도강을 일으켰다.

단숨에 제천혈 무인 하나를 베어버린 한백은 근처에 있던 다른 한 명까지 죽여 버렸다. 실로 가공할 신위가 아닐 수 없었다.

그러나 독강시마저 가세하자 한백도 자유로울 수만은 없었다. 그사이 청룡단 무인들은 제천혈 무인들에게 도륙당하고 있었다.

퍼억—

치열하게 독강시와 싸움을 벌이고 있던 혈웅 이장명은 갑자기 가슴팍을 찢고 나오는 비수에 신형을 휘청였다. 제천혈 무인의 짓이었다.

"이런 개잡놈의 새끼!"

이장명은 한 손으로 비수를 잡아 제천혈 무인을 움직이지 못하게 한 뒤 그대로 자신의 복부에 도를 꽂아 뒤에 있는 제천 혈 무인의 심장을 꿰뚫어 버렸다.

그러나 그사이 독강시가 다가와 이장명의 한 팔을 그대로 잡아뜯어 버렸다.

"끄아악……."

이장명의 입에서 비명이 터져 나왔다.

아무리 이장명이라 할지라도 팔이 찢겨져 나갔거늘, 고통이 없을 리 없었다. 거기에 찢겨져 나간 팔부터 타고 들어온 독강 시의 독이 순식간에 심장에 이르렀다. 그러나 그런 지독한 고 통 속에서도 이장명은 정신을 잃지 않았다.

"크큭, 제천혈 잡놈 하나에 독강시 하나라면 그리 손해도 아 니지."

이장명은 복부에서 도를 빼내 그대로 강시의 미간에 찔러 넣어버렸다.

동귀어진(同歸於盡).

혈웅이라는 강호인으로서, 또한 청룡단 부단주로서 명성을 떨치던 이장명의 장렬한 최후였다.

이장명의 죽음은 청룡단 무인들에게 기폭제가 되었다.

분노한 청룡단 무인들이 죽음을 두려워하지 않고 제천혈 무 인들에게 달려들자 일순간 기울었던 전세는 다시 청룡단에게 로 되돌아갔다.

"이, 이게……."

지부수사는 그 모습을 넋을 잃고 바라보았다.

그 수가 몇 되지는 않았지만 개개인이 초절정고수인 제천혈이다. 지부수사조차 두 명의 제천혈을 상대로 승리를 자신할 수 없었다.

그런 제천혈 무인을 고작 청룡단 무인 대여섯이 달려들어 죽이고 있었다.

물론 청룡단 무인들도 죽어나가고 있지만 그들은 동료의 희생을 발판으로 착실히 제천혈 무인들의 수를 줄여 나가고 있었다.

"모조리 죽여 버리겠다!"

그사이 어느새 제천혈 무인들과 깅시를 모조리 베어버린 한백이 전장에 뛰어들었다.

추풍낙엽(秋風落葉).

그렇게밖에는 표현할 수 없었다. 분노한 절대고수의 공세 앞에 장내에 남아 있는 사람이라고는 오직 청룡단 무인들과 지부수사 단 한 명뿐이었다.

"흐흐, 나 지부수사가 버려지는 패였단 말인가?"

지부수사는 허탈한 모습으로 괴소를 흘렸다.

애초부터 한백을 죽일 수 있을 것이라고는 생각지 못했다. 무경의 경지에 이른 절대고수가 마음먹고 도망치자면 같은 수준의 무인이 아니라면 막아내기 힘들었다.

그래서 청룡단 무인들이 필요했다. 그들이 있다면 한백은 몸을 빼지 못할 것이고, 그사이 힘을 뺀 뒤 죽일 생각이었다.

그러나 그것이 얼마나 큰 오산이었는지 이제야 깨달을 수 있었다.

"제천회주는 지금 어디에 있느냐?"

한백은 피에 전 도를 지부수사를 향해 겨누었다.

구주십팔객 중 일인인 지부수사였지만 그 가공할 기세에 움직일 수조차 없었다.

"회, 회주님은 지금 호북을 공략 중이시오."

"제천회는 총단을 포기했느냐?"

"그, 그런 것 같소."

지부수사는 고개를 떨구었다.

버리는 패, 이제야 지부수사는 제천회주가 총단을 포기했다는 것을 알 수 있었다.

"버려진 총단이라… 후후, 과연 제천회주라는 건가?"

한백이 허탈한 실소를 흘렸다.

적어도 강호의 문파라면 총단을 신경 쓰지 않는 문파는 없다. 그것은 천하의 한백조차 예상하지 못한 파격적인 행동이었다.

"그렇군. 알았다. 이만 죽거라."

한백은 도를 휘둘렀다.

지부수사의 목이 맥없이 잘려지며 머리통이 바닥으로 떼구루루 굴러갔다.

한백은 안타까운 눈으로 주위를 둘러보았다. 살아남은 이라고 해보아야 고작해야 부단주 중 하나인 섬전도 곽상과 오류

십여 명의 인원뿐이었다.

"주군, 저희를 버리지 마십시오!"

섬전도 곽상이 이제는 하나만 남은 팔로 부복하며 외쳤다.

적지 않은 기간을 함께하며 이제는 눈빛만 보아도 한백의 마음을 읽을 수 있었다. 한백은 지금 홀로 떠나려 하고 있었다.

"주군!"

"아직 저희는 싸울 수 있습니다!"

청룡단 무인들도 일제히 부복한 채 외쳤다.

단주라고 칭했던 호칭마저 바꾸었다. 그것이 한백을 향한 청룡단 무인들의 마음이었다.

"너희들……."

한백은 그런 청룡단 무인들을 바라보았다.

무정도라 불리는 그였지만 마음마저 얼어붙은 것은 아니었다. 그도 한때 사랑하는 연인이 있었고 죽음마저 불사할 친우가 있었다.

"일어나게."

한백은 한 팔밖에 남지 않은 곽상을 부축하여 일으켰다.

"주군……."

"걸을 수 있겠는가?"

"물론입니다. 이 곽상, 이 한 몸 추스르기에는 부족함이 없습니다."

"저희들도 마찬가지입니다."

청룡단 무인들이 하나둘 일어나기 시작했다.

삼백에 달했던 수하들 중에서 살아남은 이는 고작해야 오륙십, 그들 중 절반은 부상자였다. 삼여 년 동안 죽은 이가 삼십여 명에 지나지 않았으니 실로 통탄할 일이었다.

"가자, 앞으로 강호는 나 무정도의 무서움을 알게 될 것이다."

한백의 눈에서 불길이 일어나며 기세가 변했다.

얼음보다 더 차갑고 냉정하다 하여 붙어진 별호 무정도, 그의 눈에서 일어나는 불길은 빙하와도 같은 얼음마저 뚫고 흘러나오고 있었다.

불패신화.

지금껏 청룡단은 모든 전투를 이겨왔고 앞으로도 그럴 것이었다.

疾風歌

第二十四章　광풍으은 풍운마저 덮어버리고…

질풍가

휘이이잉—

협곡의 분기점. 그곳에서는 단 한 명이 이천 대군의 앞을 가로막고 있었다.

그 수십여 장 뒤로 수백여 명이 전투 태세를 갖춘 채 나열해 있다고는 하지만, 이천여 명에 비한다면 실로 초라한 숫자가 아닐 수 없었다.

"오만방자한 놈."

칠대빈객 중 일인인 마창 혁련필이 눈에서 살기가 뻗쳐 나왔다.

객기도 정도가 있지, 지금까지 계속 피해온 주제에 어딜 겁 없이 홀로 나서 있단 말인가?

혁련필은 당장에라도 말을 몰고 달려나갈 듯 거칠게 기세를 내뿜었다.

"되었다."

그러나 열혈패제의 말 한마디에 그는 어쩔 수 없이 말을 멈추어야만 했다.

"네 상대가 아니다."

"패제이시여?"

"지금껏 저놈의 손에 의해 전력의 절반이 사라졌다."

열혈패제는 다른 이들이 무어라 떠들던 설무위를 적수로서 인정했다.

오천에 달했던 병력 중에서 지금 남은 것은 고작해야 이천여 명 남짓이다. 아직 풍룡대 등 주력 부대가 건재하다고는 하지만 심각한 피해를 입은 것은 부인할 수 없는 사실이었다.

"쯧쯧, 괜히 천여 명을 더 잃었군. 저놈들에게 놀림만 당했어."

보급 부대가 계속해서 당하자 어쩔 수 없이 일부 병력을 돌리고 진군을 중지했다. 적의 병력이 후미로 돌아갔을지도 모른다는 우려 때문이었다.

열혈패제로서도 그렇게밖에 생각할 수 없는 노릇이었다. 고작 두 명이서 후방을 그토록 뒤흔들 수 있을 것이라고 어찌 생각할 수 있었겠는가?

"저들이 모일 시간을 기다렸다는 말이지?"

열혈패제는 뒷짐을 진 채 설무위의 뒤편에 있는 인원들을 바라보았다.

적지 않은 인원이기는 했지만 그렇다고 해서 걱정할 정도는 아니었다. 더욱이 열혈패제에게는 오직 그의 명만을 듣는 풍룡대가 있었다.

진정한 풍운보의 최정예 부대.

그들 이백여 명이라면 설령 저들 전부와 부딪친다고 하여도 패하지 않을 자신이 있었다.

"차라리 잘되었다. 귀찮지 않게 이참에 모조리 쓸어주마. 마갑기마대는 놈들을 짓밟아라."

"기다리고 있었습니다."

혁련필이 기다렸다는 듯이 말을 몰고 달려나갔다.

그와 동시에 이백여 기마 부대가 일제히 혁련필의 뒤를 따랐다.

풍운보가 자랑하는 주력 부대 중 하나인 마갑기마대였다. 마갑기마대는 백여 명씩 절반으로 나뉘어 격차를 두고 돌진했다.

두두두두—

거친 말발굽 소리와 함께 혁련필을 비롯한 마갑기마대 전원이 설무위를 향해 쇄도해 들었다. 그들은 오직 설무위만을 노리고 있었다.

일격필사.

천하제일고수라 할지라도 이런 도망칠 것도 없는 곳에서 기마 부대의 돌진을 막을 수는 없다. 적어도 혁련필은 그렇게 생각했다.

그러나 적 진영에서는 여전히 아무런 움직임도 보이지 않았다. 심지어 상대는 오히려 앞으로 걸어나오며 홀로 상대하려는 모습을 보이고 있었다.

"이런 겁대가리를 상실한 놈!"

그 모습을 본 혁련필이 채찍질을 하며 돌진하는 속도를 올렸다.

그의 입장에서 지금과 같은 행동은 모욕으로밖에는 여겨지지 않았다. 덕분에 그와 마갑기마대원들과의 거리가 어느 정도 벌어지게 되었다.

설무위는 혼자서 돌진해 오는 혁련필을 무표정한 모습으로 지켜보았다.

기마와 창의 파괴력은 알고 있다.

그러나 그것은 어느 정도 수준 차이가 비슷했을 때의 이야기지, 그 수준을 논할 수 없을 정도라면 이야기가 달라질 수밖에 없었다.

거리가 이십여 장 정도로 좁혀지자 설무위는 한 손을 뻗었다. 그와 동시에 아지랑이 같은 기운이 설무위의 손에서 뻗어나갔다.

퍽—

그 순간 혁련필은 어깻죽지에 극심한 통증을 느끼고 말에서 떨어져 나뒹굴었다.

그나마 혁련필이 목숨을 부지할 수 있던 것은 위화감을 느끼고 몸을 비튼 덕분이었다. 그렇지 않았다면 즉사를 면치 못했을 터였다.

혁련필의 낙마에 마갑기마대는 조금도 동요치 않고 그대로 진군을 계속했다. 지휘자가 없어도 스무 명 단위로 독자적으로 움직인다. 이것이 마갑기마대의 무서운 점이었다.

"비켜라!"

혁련필은 뒤에서 달려오는 수하를 말에서 끌어내린 뒤 올라탔다.

덕분에 그 수하는 말에서 떨어져 연이어 달려오는 무수한 말발굽에 피륙으로 변했다. 실로 잔혹한 행동이 아닐 수 없었다.

혁련필은 다시 채찍질을 하여 선두로 치고 나갔다. 한 팔은 못 쓰게 되었다지만 아직 창을 들 수 있는 오른팔만은 건재했다.

"부나방처럼 달려드는군."

설무위는 내력을 끌어올려 일수를 휘둘렀다.

일수는 다시 이수가 되고 그렇게 일어난 무수한 신전수의 기운은 사방으로 나뉘어져 은밀하게 뻗쳐 갔다. 신전무형과 신전료종의 결합이었다.

퍼퍼퍼픽—

순식간에 선두에 있던 십여 명의 마갑기마대가 말에서 떨어졌다.

선두에 있던 말들이 죽으며 쓰러지자 진영이 흔들렸고 그로 인해 일순간 혼란이 발생했다.

그러나 무려 수십여 년 동안 장강이남을 공포로 몰아넣으며 적기추풍대와 함께 풍운보의 아성을 지켰던 마갑기마대이다.

동료의 시체가 방해물이 되어 진로를 방해하자 그들은 그대로 짓밟고 넘어갔다. 아직 죽지 않은 동료도 적지 않건만 그들은 신경조차 쓰지 않았다.

"끄악……."

뼈가 부러지고 살점이 떨어져 나가며 사방에 피분수가 일었다.

아비규환의 참상.

그 모습에 풍운보 무인들조차 고개를 돌렸다. 그러나 그것은 참상의 서막을 알리는 것에 불과했다.

백겁화술(白劫火術)!

천문, 아니, 천기문의 술법이 펼쳐졌다.

지옥의 염화와도 같은 불길이 모든 것을 삼킬 듯 거세게 타오르며 마갑기마대를 덮쳤다.

히이이잉—

말들이 놀라 비명을 지르며 그 자리에 멈춰 서거나 방향을 틀었다.

조금 전과는 비교조차 되지 않는 혼란이 발생했다.

마갑기마대의 무인들은 개개인이 기마술에 뛰어났지만 지금은 기마술로 해결할 수 있는 상태가 아니었다. 말들이 완전히 통제를 벗어난 상황이었다.

콰직―

말들끼리 부딪치며 다리가 꺾이고 목이 분질러졌다. 타고 있던 무인들은 신형을 날려 가까스로 살아났지만 절반 이상이 뒤에서 짓쳐드는 말에 치여 목숨을 잃었다.

"으으……."

"저, 저게 뭐냐?"

뒤편에 시립해 있던 풍운보 무인들은 그 모습에 몸서리를 쳤다.

저러한 무공을 들어본 적도 없었다.

고금십오천무 중 화령신공(火靈神功)이라 할지라도 저런 불길을 일으킬 수는 없다. 어찌 인간이 저러한 무공을 펼칠 수 있단 말인가?

"속지 마라! 환영에 불과하다!"

혁련필이 고함을 내지르며 수하들을 독려했다.

그의 말처럼 불길은 환영이었다. 저러한 불길을 뿜어낸다면 내공이 이미 고갈되었어야 정상이다. 그러나 불길이 전부 환영인 것만은 아니었다.

불길 중에는 신전수의 기운이 깃들어 있었다. 때문에 다시 대여섯 명이 속절없이 목숨을 잃었다. 그로 인해 마갑기마대 무인들은 더욱 위축되었다.

"말의 눈을 가려라!"

혁련필의 외침에 마갑기마대 무인들이 일제히 말의 눈을 가렸다.

흔히 군부에서 기마대를 적진으로 돌격할 때 사용하는 방법이었다. 즉각적은 대응이 어렵다는 단점이 있기는 하지만 말이 겁을 먹는 것은 방지할 수 있었다.

"이노오옴!"

혁련필은 수하들의 죽음에도 아랑곳하지 않은 채 계속해서 말을 몰았다.

어차피 피해를 입은 것은 일진에 불과했다. 아직 피해를 입지 않는 이진 백여 명이 가세한다면 상대를 죽이는 데 부족함이 없으리라고 판단한 것이다.

하나, 그것은 그저 헛된 바람일 뿐이었다. 혁련필은 알지 못했지만 이진에서도 한바탕 피바람이 몰아치고 있었다.

"크악!"

"말들이 미쳤다!"

선두와는 달리 불길이 덮친 것도 아니건만 말들이 돌연 방향을 틀거나 앞발을 들어 달리는 것을 거부했다.

건곤미리진(乾坤迷離陣).

천기문의 기진 중 하나가 발동된 것이다.

건곤미리진은 방향 감각을 상실케 하는 진으로, 상대를 가두는 목적으로 주로 사용되었지만 지금 이 순간만큼은 그 어떤 진보다 무서운 살상진으로 변해 있었다.

히이이잉—

말들이 날뛰자 마갑기마대 무인들은 말을 버리고 땅바닥에 내려서거나 말을 죽일 수밖에 없었다.

기마대를 운용함에 있어 가장 중요한 것은 말이다. 지금 그 말이 통제를 완전히 벗어나 있는 상황, 마갑기마대는 그야말로 무용지물로 전락해 버렸다.

　설무위에게 짓쳐드는 인원이래 보았자 이제 고작해야 이삼십여 명에 불과했다.

　스르릉—

　설무위는 검을 들었다.

　사형의 유일한 흔적이라고 할 수 있는 단설(丹雪), 그것이 마침내 검집에서 뽑혀져 나온 것이다.

　천기문의 이대기보 중 하나인 묵혼령(墨魂靈)보다는 못했지만 그 예리함만큼은 더하면 더했지 덜하지 않았다. 눈마저 가른다고 해서 붙여진 이름이 바로 단설이었다.

　단천구검 제육식 단천분뢰(斷天分雷).

　신전수, 유영비와 함께 천기문의 근간을 이루는 희대의 절학.

　상승의 검공을 익힌다고 해서 무경의 경지에 들 수 있는 것은 아니다. 그러나 수많은 문파들이 상승의 무학을 추구하는 것은 그것을 익힘으로써 근간을 이루고자 함이다.

　콰콰쾅—

　하늘이 갈라지며 뇌전이 몰아쳤다.

　쇄도하던 이삼십여 명 대부분이 뇌전의 제물이 되었다. 신전수를 사용해도 충분한 것을 구태여 단천구검까지 사용한 것은 사형에 대한 일종의 복수라고 해도 좋았다.

아직까지 살아남은 자는 단 한 명. 휘청거리며 간신히 말을 몰고 있는 혁련필뿐이었다.

혁련필은 축 처진 한 손으로 창을 들고 계속 말을 몰았다. 십 장에서 칠 장, 오 장… 서서히 두 사람 사이의 거리가 좁혀졌다.

그러나 거기까지였다. 삼 장의 거리를 남겨두고 말은 더 이상 달리지 않았다. 말도 혁련필의 심장도 모두 멈춘 것이다.

설무위는 그대로 혁련필의 시체를 지나쳐 걸어갔다.

그 모습에 말을 버리고 살아남은 칠팔십여 명의 마갑기마대 무인들이 주춤주춤 뒷걸음질로 물러나기 시작했다. 그들에게 설무위는 공포, 그 자체였다.

"으아아악!"

한 명이 도망치는 것을 시작으로 마갑기마대 전원이 신형을 돌려 도망치기 시작했다. 그들은 앞다투어 설무위에게서 멀어지려 하였다.

그렇게 마갑기마대 무인들이 도망쳐 본영과의 거리가 십수여 장에 남지 않은 순간이었다.

풍운보의 책사 귀안자가 한 손을 드는 것과 동시에 은혈검(銀血劍) 구승을 필두로 십여 명이 무인이 앞으로 달려나갔다.

서걱―

놀랍게도 그들은 설무위가 아니라 도망쳐 오는 마갑기마대를 향해 검을 휘둘렀다.

마갑기마대 무인들은 급작스러운 공격에 변변한 저항조차 하지 못하고 목숨을 잃었다. 뒤늦게 그들은 사방으로 퍼지려 했지만 이미 대다수가 목숨을 잃은 뒤였다.

"버러지 같은 것들. 어디서 물러선단 말이냐!"

구승이 죽은 마갑기마대 무인들의 시체에 침을 뱉으며 그들의 옷자락에 검에 묻은 피를 닦았다.

십여 명은 구승이 직접 키운, 개개인의 무력이 절정에 이른 자들이었다.

"도망치는 자는 죽는다!"

구승은 마갑기마대 무인들을 모조리 죽인 후에 진영을 되돌아보며 싸늘한 목소리로 외쳤다.

"제법이군."

그 모습을 멀리서 지켜본 풍도백이 고개를 끄덕였다.

귀안자다운 일처리였다. 정파의 무인이라면 다른 방법을 찾았겠지만 지금 같은 상황에서는 저보다 더 좋은 방법은 없었다.

마갑기마대 무인들이 본진까지 밀어닥쳤다면 사기가 떨어지고 진영이 붕괴되었을 것이다. 그 상황에서 공격을 받는다면 심각한 피해를 입을 수도 있었는데 그것을 사전에 차단해 버린 것이다.

"그나저나 대단하군요. 마갑기마대가 먼저 나설지 예측하다니……!"

한편에 있던 구미요호 소예랑이 나지막한 목소리로 감탄성을 흘렸다.

그녀가 한 일이라고는 정보를 조합하여 풍운보의 구성 면면을 가르쳐 준 일밖에 없었다. 설무위는 그 말을 듣고 풍운보가 어떤 식으로 나올지를 정확히 예측했다.

"잘만 하면 계획했던 전략이 통할 수도 있겠군요."

"그러기를 바랄 뿐일세."

풍도백이 우려가 섞인 목소리로 답했다.

저벅저벅…….

그 상황 속에서도 설무위는 걸음을 멈추지 않고 있었다. 풍운보에서 무슨 짓을 하든 전혀 신경조차 쓰지 않는 태도였다.

신법을 펼치는 것도 아니었으며 그렇다고 해서 기세를 발산하고 있지도 않았다. 그저 적을 향해 한 발씩 내딛고 있을 뿐이었다.

이천 대군을 앞에 두고 홀로 전진하고 있는 것이다.

그 모습을 본 이들의 가슴속에서는 뜨거운 그 무엇인가가 치밀어 올랐다.

"우하하, 무엇들 하느냐! 전우가 저곳에 있지 않은가? 진군하라!"

지금이 바로 기회였다.

파풍도 적무악이 가장 먼저 대소를 터뜨리며 녹림의 무인들을 이끌고 돌진했다. 그에 질세라 종리무외, 풍도백 등이 일제히 달려나갔다.

그것은 일심회 무인들도 마찬가지였다. 종전까지만 하더라도 청화단을 제외하고는 설무위를 인정하지 않았으나 이제는 아니었다.

무공의 고하를 떠나 저런 행동을 보일 수 있는 이가 천하에 몇이나 되겠는가?

"놈을 죽여라!"

귀안자가 급하게 명령을 내렸다.

전쟁에서 강한 장수가 선봉에 서면 약한 군대도 강해지고, 약한 장수가 선봉에 서면 강한 군대도 약해진다. 이것은 무인들의 싸움이었지만 또한 전쟁이기도 했다.

은혈검 구승이 그의 직속 수하를 데리고 다시 움직였다. 그들만이 움직인 것이 아니었다. 화화녀(花花女) 염미인이 마찬가지로 직속 수하 섭혼단 스무 명을 데리고 포위망을 좁혀들어 갔다.

하나, 그것은 귀안자의 실책이었다.

은혈검이나 화화녀 따위로는 설무위의 상대가 될 수 없었다. 급한 마음에 명령을 내리고 나서야 아차 싶었지만 이미 상황은 돌이킬 수 없었다.

서걱─

칼질 몇 번으로 은혈검의 수하 중 절반 이상이 죽어버리자 은혈검과 화화녀는 급하게 물러나며 좌우로 넓게 퍼져 포위망만을 구축했다.

"애꿎은 수하들만 죽일 생각인가? 열혈패제는 어디에 있는가!"

설무위에게서 사자후가 터져 나왔다.

그것은 협곡 안을 쩌렁쩌렁하게 울릴 정도의 기세가 담긴 사자후였다.

"놈……."

그 모습을 본 열혈패제는 한 걸음을 내딛었다. 더는 참고 있을 수 없었다.

사자림을 멸문시키고 천자산(天子山)을 내려온 이후 열혈패제의 눈에는 살기가 가시질 않았다. 아니, 오히려 더욱 심해져 이제는 수하들조차 근처에 가지 못할 정도였다.

"주공?"

"놈은 나 혼자서 상대한다."

"하지만……."

"귀안자! 설마 이 내가 질 것이라 생각하는가? 본좌가 바로 패제이다."

열혈패제가 대노하여 기세를 드러냈다.

우우웅—

일순간 대기가 요동을 쳤다.

일회, 이보, 사패 중 하나인 풍운보의 보주이면서도 천하십대고수에 들지 못했던 무인. 그러나 드러내지 않았을 뿐이지, 열혈패제는 이미 진작에 그들을 넘어선 상태였다.

"아닙니다. 그럴 리가 있겠습니까."

귀안자가 고개를 더욱 깊숙이 숙이며 대답했다.

그가 잊고 있던 사실 하나. 그것은 열혈패제가 천하를 넘볼 정도로 강한 무공을 지녔다는 것이었다.

열혈패제가 무공을 펼치는 것을 너무 오랫동안 보지 못하여 그저 잊고 있었을 뿐이었다. 이제 그 사실이 떠오르자 귀안자의 마음은 차분히 가라앉았다.

"놈은 가장 마지막에 죽인다. 그래서 놈에게도 내가 느낀 고통을 느끼게 해주겠다."

"존명."

귀완자는 부복한 후에 품에서 조그만 깃 몇 개를 꺼내 흔들었다.

그것을 본 풍운보 무인들 중 천여 명이 일제히 움직였다.

문성과 함께 쌍뇌라 불릴 정도로 뛰어난 지모를 가지고 있는 이가 귀안자이다. 비록 한차례 좌절당하기는 했지만 그것은 설무위의 능력이 귀안자가 생각하지 못한 범주에 있었을 뿐이다.

쏴쏴쏴쏴─

전투의 서막을 알리는 것은 풍운보의 주력 부대 중 하나인 혈궁대(血弓隊)가 쏜 무수한 화살비였다. 그것을 시작으로 가장 많은 수를 자랑하는 일천참마대가 중앙에서 대열을 갖추고 돌진을 시작했다.

일천참마대는 정확히 천 명으로 이루어져 있는데, 개개인의 무공은 강하지 않았지만 수가 많고 조직력이 뛰어나 상대하기 힘든 부대였다.

퍼퍼퍼퍽—

삼백이 넘는 궁수가 쏘아대는 화살이 하늘을 빼곡히 뒤덮었다.

제아무리 무인이라 할지라도 저런 화살비에서 자유로울 수는 없었다. 화살을 쏘는 이들이 일반 병사가 아니라 같은 무인이라면 더욱 그러했다.

계속되는 부상자가 속출했으며 사상자도 발생하기 시작했다. 혈궁대는 적들이 지척에 이를 때까지 쉬지 않고 화살을 날렸다.

"크악!"

"이런 개같은……!"

그로 인해 일천참마대 역시도 상당한 피해가 발생했다. 등 뒤에서 날아든 화살에 영문도 모른 채 목숨을 잃은 것이다. 그러나 접전이 시작되자 혈궁대 역시도 더는 화살을 쏘지 못했다.

"이제는 내가 맡겠네. 잠시 쉬게나."

적무악이 신법을 펼쳐 설무위를 지나치며 말했다. 설무위가 잠시라도 내공을 회복할 시간을 주기 위해서였다.

"쓰레기 같은 놈들."

적무악이 분노해 도를 휘둘렀다.

일천참마대의 선봉과 부딪친 것은 적무악이 이끄는 녹림의 최정예부대였다. 적무악은 그들 중앙을 돌파하여 깊숙이 들어갔다.

그 뒤를 청화단이 따랐다. 청화단은 녹림 무인들이 고립되지 않도록 후미를 지켰다.

카캉—

일천참마대 무인들을 베어가던 적무악은 좌측에서 날아온 검기에 급히 도를 틀어 막아냈다. 설무위를 상대하는 것을 포기하고 방향을 튼 은혈검 구승이었다.

"구승, 네가 겁을 상실했구나!"

"겁을 상실해? 녹림의 산적 따위가 죽으려고 작정을 했구나!"

구승이 코웃음을 쳤다.

그러나 그런 말과는 다르게 구승의 행동은 신중하기 그지없었다.

몇 년 전이라면 몰라도 형산에서의 전투 이후 무정도를 제외한다면 모든 도객 중에서 가장 강하다고 평가받는 이가 적무악이었다.

"제가 돕지요."

화화녀 염미인이 가세했다.

구승 혼자로는 힘들다는 판단을 내린 것이다. 자존심이 높기로 유명한 구승도 별다른 말을 하지 않았다.

좌익에서는 독심야효 소리벽이 이끄는 백귀혈전대(百鬼血戰隊) 오백 명과 황산 신니가 이끄는 백기단이 부딪쳤고, 우익에서는 열혈패제를 제외하고는 최고수라 할 수 있는 사망도 하후궁이 이끄는 풍룡대 백여 명과 파산검이 이끄는 패검단이 부딪쳤다.

전체적인 전세는 풍운보의 열세였다.

일심회 무인 한 명이 죽을 때 풍운보는 다섯 명 이상이 죽어 나가고 있었다. 오직 풍룡대만이 패검단과 팽팽한 싸움을 벌이고 있을 뿐이었다.

그럼에도 풍운보 수뇌진들에게는 여유가 있었다. 열세라고는 하지만 이대로라면 수적 차이로 인해 이기는 것은 풍운보가 될 터였다. 거기에 풍운보는 아직 풍룡대 백여 명이 움직이지 않고 있었다.

"귀안자."

"하명하시지요."

"나머지 풍룡대를 내보내라. 놈들을 일거에 쓸어버린다."

"알겠습니다."

귀안자가 공손히 대답했다.

아직 이른 감이 없지 않았지만 이미 전체적인 대세를 주관하는 것은 그가 아니라 열혈패제였다.

"놈들을 쓸어버려라!"

귀안자의 외침과 함께 일천참마대가 좌우로 갈라지며 그 길을 풍룡대가 파고들었다.

카캉—

첫 격돌에 십여 명의 녹림 무인이 죽어나갔다. 그들의 무위가 그렇게 낮은 것은 아니었지만 그만큼 풍룡대 무인들이 강했다. 거기에 초절정고수인 풍룡대주는 그들로서는 막을 수 없는 수준이었다.

"이놈들!"

적무악의 눈에서 불길이 뿜어졌다.

수하들의 죽음에 분노한 것이다. 적무악은 급히 몸을 빼서 풍룡대주를 막으려 했지만 은혈검과 화화녀가 그렇게 쉽게 놓아줄 리 없었다.

순식간에 십여 명이 죽자 녹림 무인들의 전열이 급속도로 무너졌다.

몽혼검 이약이 청화단 이십여 명을 이끌고 풍룡대주와 풍룡대를 막아섰지만 그들로서도 역부족이었다. 거기에 사방팔방에서 달려드는 일천참마대는 서서히 전세를 뒤집어가고 있었다.

이대로라면 몰살이었다. 좌익과 우익에서 버텨준다지만 가장 중요한 것이 바로 중앙의 싸움이었다. 그렇기 때문에 수가 가장 많은 녹림이 앞장서고 청화단이 뒤를 받친 것이었다.

그렇게 모두가 절망하고 있을 무렵 한 줄기 막강한 기운이 풍룡대를 덮었다.

콰콰쾅—

그것은 뇌전이었다.

선두에 서 있던 풍룡대 무인 십여 명이 그 기운에 비명조차 지르지 못하고 죽임을 당했다.

"열혈패제!"

뇌전과 함께 터져 나온 것은 한줄기 사자후 소리였다. 내공을 어느 정도 회복한 설무위가 위기를 보고 몸을 날린 것이다.

"으으……."

"우리 상대가 아니다."

기가 질린 풍룡대 무인들이 주춤주춤 거리를 벌렸다.

풍운보의 최정예부대를 자부하는 그들이었지만 지금 상대의 무력은 감당할 수 있는 수준이 아니었다. 설무위는 물러나는 풍룡대 무인들을 뒤쫓지 않았다.

"숨어만 있겠다면 내가 나오게 해주겠다."

설무위는 품 안에서 준비해 두었던 수십여 장의 부적을 뿌리며 장소성을 토했다.

콰르릉—

부적은 허공으로 끝없이 뻗어나갔다. 그렇게 뻗어나간 부적은 낙뢰가 되어 협곡을 강타했다.

"말, 말도……."

그 모습을 보던 귀안자는 입을 다물지 못했다.

깎아지르듯이 수십여 장에 달하는 협곡의 양 봉우리가 무수한 바위와 돌무더기로 변해 무너져 내리면서 풍운보 후방을 덮치고 있었다.

"모두 피해라!"

귀안자가 다급히 명령을 내렸다. 이곳에서 양패구사하고 싶은 생각은 조금도 없었다.

"도망쳐라!"

"바위와 벼락이 떨어진다!"

귀안자의 명령이 아니더라도 풍운보 무인들은 고함을 내지르며 후퇴했다.

전투 중에 장렬히 전사하는 것이라면 모를까, 그들도 바위나 돌무더기에 깔려 죽고 싶지는 않았다.

"지금이다. 놈들을 추격하라!"

"우하하, 어딜 도망치느냐!"

일심회 무인들을 비롯한 녹림 무인들이 그들을 추격하며 주살하기 시작했다.

일방적인 도살이 벌어졌다.

팽팽하던 것도 아니라 전체적으로 밀리던 와중에서 후퇴한다는 것을 피해를 감수하겠다는 것이다. 귀안자도 그것을 모르지 않았다. 그럼에도 후퇴를 명령한 것은 적들도 물러설 것이라 판단했기 때문이다.

하나 그것은 귀안자의 실책이었다.

적들은 물러서기는커녕 오히려 맹렬히 추격을 해오고 있었다.

"미쳤구나! 같이 죽자는 것이냐?"

귀안자는 어처구니가 없다는 표정으로 그 모습을 지켜보았다.

동귀어진.

귀안자의 눈에는 그렇게밖에 보이지 않았다. 그러지 않고서야 어떻게 낙석이 직격하는 곳으로 무모하게 돌진할 수 있단 말인가?

콰르르릉—

마침내 낙석이 지척에 이르렀다.

미처 피하지 못한 자들은 질끈 눈을 감았고, 어떤 자들은 공포에 질려 비명을 내질렀다.

그 순간이었다. 그토록 엄청난 굉음성을 일으키며 떨어지던 바위들이 어느 순간을 기점으로 흔적조차 없이 사라져 버린 것은.

죽을 것이라 생각하고 있던 이들에게는 실로 천만다행과도 같은 일이었다. 그러나 그 모습을 본 귀안자의 안색은 시체처럼 굳을 수밖에 없었다.

"크하하……!"

귀안자가 통한의 대소를 터뜨렸다.

모든 것이 허상이었단 말인가? 추호도 의심하지 않았다. 아니, 예상하지 못했다고 하는 편이 정확했다.

"우웩!"

그렇게 대소를 터뜨리던 귀안자가 한차례 검붉은 울혈을 토해냈다.

심적 충격을 이겨내지 못한 것이다. 그의 생애를 통틀어 이렇듯 철저하게 패한 적은 없었다.

열혈패제는 그런 귀안자를 뒤로하고 걸음을 옮겼다.

귀안자가 지시를 내리지 못하고 있는 지금 혼란에 빠진 풍운보 무인들은 계속해서 죽어가고 있음에도 열혈패제는 아무런 명령도 내리지 않았다.

어차피 이제 와서 전세를 뒤집는 것은 불가능했다. 이제 남은 것은 놈들과 함께 죽는 길뿐이었다.

"네놈이 내 모든 것을 망쳐 놓았구나."

열혈패제는 기세를 끌어올렸다.

아니, 그것은 기세라고 하기보다는 살기라고 하는 편이 정확했다.

도망치던 풍운보 무인들을 주살하던 패검단 무인 몇이 열혈패제를 알아보지 못하고 공격을 하였다. 그 결과는 끔찍했다.

그들은 전신이 짓뭉개진 채 죽임을 당했다. 열혈패제의 독문무공 중 하나인 구벽신권(九劈神拳) 펼쳐진 것이다.

"비켜라!"

열혈패제는 사방으로 권력을 뿜어냈다.

콰콰쾅─

그의 반경 십 장 주위가 초토화가 되었다. 일심회 무인이든 그렇지 않든 열혈패제는 걸치적거리는 모든 이들을 처참하게 피륙으로 만들어 버렸다.

"오너라."

열혈패제는 전장의 중앙에 서 있는 설무위를 보며 말했다.

오만하기 그지없는 태도였지만 다른 누구도 아닌 열혈패제. 그라면 그럴 자격이 있었다.

하나, 자격이 있는 것은 열혈패제만이 아니었다. 설무위는 오히려 두 손을 늘어뜨리며 열혈패제를 도발했다.

쿠아앙─

열혈패제는 일권을 날리며 도발에 응했다.

열혈패제가 나서자 무작정 도망치던 풍운보 무인들도 하나 둘 후퇴하던 것을 멈추고 공격에 가담했다.

그러나 그 시간 동안 주살당한 풍운보 무인의 수가 무려 수백에 달했다. 주력 병력인 점을 감안하면 실로 뼈아픈 일이었다.

콰쾅—

설무위는 신전수를 펼쳐 정면으로 부딪쳤다.

본시 신전수는 정면으로 맞서기에 적합한 무공이 아니다. 신전불퇴 초식만 제외한다면 사실상 전무하다 해도 과언이 아니었다.

그럼에도 설무위는 부딪치는 것을 주저하지 않았다. 그것은 정면으로 부딪쳐도 밀리지 않을 자신이 있기 때문이었다.

두 사람 주위로 무려 이십여 장에 달하는 공터가 만들어졌다.

협곡이 그리 넓은 편이 아니라고 한다면 사실상 절반에 달하는 폭이 막힌 것이다. 그러니 전투도 차츰 소강상태에 접어들 수밖에 없었다.

"이것도 받아보거라."

수십여 합을 주고받던 중 열혈패제가 팔을 비틀며 일권을 날렸다.

"권강!"

그 모습을 본 풍도백이 탄식을 토했다.

지금껏 그는 열혈패제를 동수, 그 이상으로 보지 않았다. 물

론 그렇다고 해서 아래로 본 것은 아니었지만 한때 천하십삼
대고수에 들었던 무인으로서 그렇게 생각할 수밖에 없었다.

그러나 지금 열혈패제가 뿜어내는 권강은 그가 감당할 수
있는 수준이 아니었다. 열혈패제는 이미 무경의 경지에 이른
무인이었던 것이다.

콰쾅―

하나 권강을 사용했음에도 불구하고 설무위는 조금도 밀리
지 않았다.

신전수 제육식 신전불퇴(神電不退).

구주십팔객 중 일인인 무적초자를 단 일수에 무너뜨린 초식
이 펼쳐진 것이다.

"놈……!"

열혈패제의 눈빛이 달라졌다.

회심의 일격이라 생각했다. 단순히 권강이어서가 아니다.
보이는 모든 것이 전부가 아니었다. 그 권강에는 다른 힘이 부
가되어 있었다.

"화령신공. 모를 것이라 생각했는가?"

"절대로 살려두어서는 아니 되겠구나."

열혈패제는 마음을 다스렸다.

적당한 분노는 기세 싸움에서 우위를 점할 수 있게 해주지
만 그것이 지나치면 독이 된다.

무경에 이른 무인. 마음을 다스리는 것 정도는 그리 어렵지 않았다.

화르르—

열혈패제의 손에 엄청난 기운이 밀집되며 불길이 일어났다.

화령신공(火靈神功).

고금십오천무 중 하나이자 빙백신공과 함께 양대신공으로 불리는 절학.

열혈패제가 그동안 화령신공을 익힌 것을 숨긴 이유는 본시 화령신공이 남해의 전설적인 문파 화령문의 독문심법이기 때문이었다.

화르르르르—

손끝에서 시작된 불길은 더욱 거세져 열혈패제의 전신을 뒤덮을 정도였다. 그것이 바로 화령신공이 십성에 이르러야지만 발현되는 화령지체(火靈之體)였다.

"네 재롱도 여기까지다. 이만 죽거라."

열혈패제가 손을 내뻗자 거대한 불덩어리가 설무위를 덮쳤다.

쿠아앙—

설무위가 일으켰던 불길에 비할 바는 아니었지만 불덩어리는 실체였다.

"재롱이라……."

엄청난 불길에도 설무위는 조금의 흔들림조차 보이지 않았다.

화아아앙—

설무위의 손에서 바람이 불었다. 바람은 불덩어리마저 꺼뜨릴 정도로 거세게 불었다. 그러나 불덩어리는 꺼질 듯하면서도 다시 타올랐다. 과연 고금십오천무 중 하나다웠다.

펑—

그 순간 돌연 열혈패제가 몸을 웅크리며 반보 옆으로 밀려났다.

신전수 제사식 신전무형(神電無形).

또 다른 하나의 바람이 열혈패제를 가격한 것이다. 그러나 열혈패제는 한차례 몸을 움찔거렸을 뿐, 별다른 부상을 입은 모습은 아니었다.

금붕마령심법이 열혈패제의 전신을 보호한 것이다. 놀랍게도 열혈패제는 화령신공을 운기하면서 금붕마령심법까지 운기하고 있었다.

고금을 통틀어 두 가지 심법을 동시에 익히고도 무사한 사람은 몇 되지 않았다.

그럼에도 설무위는 조금도 위축되지 않았다. 열혈패제가 두 가지 심공을 사용할 수 있다면 그것은 설무위 역시 마찬가지였다.

화아아악—

천기심공이 운기되며 설무위의 신형이 두 개로 늘어났다.

천원이분술이 펼쳐진 것이다.

"고작 그깟 신법 하나만을 믿고 나댔단 말이냐?"

열혈패제는 비웃음을 머금었다.

이형환위가 대단한 신법이긴 했지만 그렇다고 해서 두려울 정도는 아니었다. 무엇보다 이형환위를 펼치는 데에는 막대한 내력이 소모된다.

더욱이 몰랐다면 모를까, 저렇게 대놓고 펼치고 있다면 아무래도 방비하기가 용이했다. 차라리 보여주지 않느니만 못한 것이다.

설무위는 대꾸하지 않았다. 아니, 대꾸할 가치조차 없었다. 모든 것은 행동으로 보여주면 그만이었다.

파팍—

두 개의 신형이 움직이며 사방에 신전수의 기운이 나부꼈다.

퍼펑펑—

그렇게 수십여 합을 겨루던 중 열혈패제가 한차례 피를 토하며 두세 걸음 뒤로 물러났다. 같은 곳을 대여섯 차례 두들기자 제아무리 호신강기라 하여도 버텨내지 못한 것이다.

"이놈이……."

열혈패제는 지금 이 상황이 무척이나 혼란스러웠다.

어찌 된 영문인지 모르겠지만 상대는 상당히 긴 시간 동안 이형환위를 펼치고 있었다.

이제 이형환위가 아니라는 사실 정도는 열혈패제도 느끼고 있었지만 어찌 되었거나 저러한 무공을 펼치면서 내공의 소모가 없을 수는 없었다.

그러나 이번에도 열혈패제의 예상은 여지없이 빗나갔다.

설무위는 중단하기는커녕 오히려 건곤신공을 극성으로 끌어올리며 유영비가 십성에 이르러야만 펼칠 수 있는 분심보마저 펼쳤다.

분심보(分心步)!

그것이야말로 유영비의 정점에 있는 보법이었다.

마음을 나누며 몸을 이원화시킨다. 분심보야말로 진정한 이형환위라 할 수 있었다.

화악

두 개로 나뉘어진 신형이 다시 네 개로 나뉘어지기 시작했다.

그것은 모험이라고밖에는 볼 수 없었다.

설무위는 아직 유영비가 구성에 머물러 있었다. 그럼에도 설무위가 분심보를 펼치는 것을 주저하지 않은 것은 지금이라면 펼칠 수 있다는 자신감 때문이었다.

설무위의 안색이 파리하게 굳어졌다. 그렇지 않아도 천원이 분술로 인해 내공의 소모가 적지 않은 상황에서 또다시 분심보를 펼침으로 인해 내공의 소모가 극에 달한 것이다.

신형은 두 개에서 네 개로 나뉘어지는 과정에서 희미한 잔상을 보였다. 분심보가 온전치 못하다는 뜻이었다.

내기가 요동을 치기 시작했다.

불안전한 무공을 펼친 대가였다. 지금이라도 분심보를 펼치는 것을 중단해야 했다. 그렇지 않을 시 기혈의 역류로 인해 혈맥이 뒤틀릴 수도 있었다.

"사술이군."

열혈패제는 일순간 당황하는 모습을 보였지만 이내 표정을 바로했다.

분신술 정도에 불과하다고 생각한 것이다. 그도 그럴 것이 세상 천지에 신형을 네 개로 분리시킨다는 신법이 있다는 소리는 들어본 적도 없었다.

"그런 조잡한 사술 따위로 무얼 할 생각이냐."

열혈패제는 사방으로 권강을 뿜어냈다.

불길로 뒤덮인 권강이었다. 그 어마어마한 열기는 십여 장 이상 떨어져 있는 이들에게까지도 영향을 끼칠 정도였다.

'이 정도도 하지 못한 데서야 어찌 사형을 이길 수 있단 말인가?'

설무위는 이를 악물었다.

온전치 못한 건 어디까지나 종전까지였다. 실전에서 펼치는 순간 이미 분심보는 완성된 것이었다. 아니, 그래야만 했다.

열혈패제 때문이 아니다.

열혈패제가 들었다면 기가 찰 노릇이었겠지만 열혈패제 정도는 구태여 분심보를 펼치지 않고 천원이분술만으로도 이길 자신이 있었다.

중요한 것은 이제 머지않아 있을 사형과의 싸움이었다.

이대로는 부족했다. 이기는 것은 모르겠지만 제압까지 하는 것은 불가능하다는 뜻이다. 그 돌파구가 되어주어야 할 것이 분심보였다.

정체되어 있는 유영비.

술법도 신전수도 모두 계속해서 발전하고 있음에도 유독 유영비만큼은 그 자리였다.

어째서일까?

설무위는 고민해 보았지만 답은 나오지 않았다.

그 순간이었다.

쾅—

한 줄기 뇌전이 머리를 강타했다.

그것은 깨달음이 아니었다. 그저 스스로에 대한 자각이라고 하는 편이 옳았다.

만류귀종이라.

원상의 경지에 이르며 천원이분술이 완전해진 순간 분심보 역시 그것은 마찬가지였다.

그럼에도 그동안 분심보를 펼치지 못하고 있었던 것은 술법과 무공은 전혀 별개의 것이라 생각한 이유에서였다. 그것은 새로운 전설의 시작되는 순간이었다.

그와 함께 펼쳐진 것은 놀랍게도 신전수 제칠식 신전만리(神電萬里)였다.

대기를 뒤덮는 바람.

그 절정에 있는 것이 바로 신전만리이다. 신전무형의 기운도 강기까지도 무력화시키는 신전불퇴의 기운도 신전만리에 비할 바는 아니었다.

화아악—

부딪침은 없었다. 그것은 그저 바람이 지나갔더라고 밖에는 표현할 수 없었다. 바람이 지나간 뒤 불길은 수그러들었고 열혈패제의 신형이 힘없이 무너져 내렸다.

"울컥. 이, 이게……."

열혈패제의 눈에 불신이 어렸다.

어떻게 이런 일이 있을 수 있단 말인가? 그토록 믿었던 화령신공이 허무하게 깨져 버렸다.

차라리 같은 고금십오천무이면 이처럼 원통하지는 않았을 것이리라. 그러나 상대가 펼친 무공은 들어본 적도 없는 것이었다.

"크하하!"

열혈패제는 통한의 대소를 터뜨렸다.

그렇게 대소를 터뜨리던 열혈패제의 고개가 어느 순간 꺾였다. 절강, 강서, 복건 등 무려 세 개 성에 걸쳐 패권을 쥐고 흔들며 호령했던 효웅의 최후였다.

"신전만리라……."

설무위의 안색은 지극히 고요했다.

그것은 마치 태풍이 지나간 잔잔한 바다와도 같았다. 종전까지 내기가 들끓고 혈맥이 뒤틀리던 사람이라고는 볼 수 없는 모습이었다.

그토록 염원했던 신전만리의 초식까지 펼쳤건만 표정 또한 담담하기 그지없었다.

'이것이었습니까, 사부?'

설무위는 아련한 표정으로 사부에 대한 기억을 떠올렸다.

설무위가 펼친 것은 신전마리였지만 또한 신전만리가 아니기도 했다.

애초 신전수에 제칠식 신전만리라는 초식 따위는 존재하지 않았다. 신전만리를 펼치면서 설무위는 그것을 깨달을 수 있었다.

그럼에도 부평초가 칠식을 언급했던 것은 설무위에게 새로운 길을 개척하라는 의미였을 터였다. 설무위는 지금에서야 그것을 느낄 수 있었다.

"이 싸움을 끝낸다. 항복하는 자는 목숨만은 부지해 줄 것이요, 거역하는 자는 시체조차 남기지 못할 것이다!"

설무위는 사자후를 터뜨렸다.

풍운보 무인들 중 대다수가 무기를 버렸다.

그래도 아직 적지 않은 인원이 필사적으로 싸우고 있었다. 대부분은 지위가 높은 호법이나 빈객들, 그리고 풍룡대와 백귀혈전대였다.

"개 같은 놈들."

사망도 하후궁이 투항하려 하는 자들을 무차별적으로 학살했다.

그러나 하후궁을 비롯한 호법들의 필사적인 노력에도 기울어진 대세를 돌이킬 수는 없었다.

파풍도 적무악과 철환대도 원후명의 합공에 하후궁이 목숨을 잃는 것과 동시에 장내의 싸움도 마무리되어가기 시작했다.

"크큭, 여기까지라니……."

그 모습을 지켜보던 귀안자가 스스로 목숨을 끊었다.

귀안자의 죽음을 끝으로 더 이상 저항하는 이는 없었다. 풍운보의 몰락이었다.

疾風歌

第三十五章 돌이킬 수 없는 강을 건너다

질풍가

풍운보의 몰락.

그것은 강호의 지각 변동을 예고하는 것이었다. 이제 적어
도 장강이남에서 일심회라는 이름을 모르는 이는 존재하지 않
았다. 그리고 그 중심에는 설무위가 있었다.

바람의 노래.

그 새로운 신화에 도전하는 젊은 무인의 혼은 강호를 뒤끓
게 하기에 충분했다.

호남의 북부에 위치한 악양(岳陽).

그곳에는 무수한 인원이 몰려 있었다. 일심회를 비롯하여
녹림도들, 그리고 사방에서 모여든 강호인들이다.

그들 대다수는 그동안 풍운보의 위세에 짓눌려 있던 중소

문파의 무인들을 비롯해 강호를 떠돌던 낭인들이 전부였지만 그 수가 무려 이천에 달했다.

풍도백이 나서서 그들을 돌려보내기 위해 애썼다. 그들의 마음은 이해했지만 제천회와 싸우는 데 필요한 것은 정예였지, 수가 아니었다.

제천회는 철저하게 정예 부대만을 운용했다.

사단 중에서 오직 백호단만이 수천에 달하는 수를 자랑했지만, 그것은 어디까지나 강호제패를 위한 세력 넓히기에 지나지 않았다. 실질적인 싸움은 대부분 나머지 삼단과 제천혈이 도맡아서 했다.

그런 상황에서 어설프게 인원만을 늘린다면 오히려 전투에서 역효과를 가져올 수 있었다.

"장강이라……."

설무위가 거세게 흐르는 장강을 바라보며 긴 한숨을 토했다.

"어렵게 되었군."

풍도백도 난감하다는 표정으로 고개를 내저었다.

일행이 악양 인근에서 발이 묶인 것은 다른 이유에서가 아니었다.

장강.

그 드넓은 대해와도 같은 물줄기가 일행의 발목을 붙잡은 것이다.

지금과 같은 우기에 장강을 건너기란 쉽지 않은 일이었다.

단순히 장강만 건너는 것이라면 어렵지 않겠지만 문제는 다른 곳에 있었다.

장강연맹.

장강이라는 거대한 물줄기를 다스리는 곳.

제천회가 강호제패의 야욕을 드러냈음에도 현 강호에서 아무런 움직임을 보이지 않는 두 문파 중 하나였다. 철기보야 왜구로 인해 그렇다 치더라도 장강연맹에서 움직이지 않는 것은 이해할 수 없는 일이었다.

오래전부터 장강이야 중원의 정세에 상관없이 수채들이 다스려 왔지만 영향을 전혀 받지 않는 것은 아니었다.

"어찌 된 거요, 적 형?"

"미안하게 되었네."

적무악은 고개를 들지 못했다.

"사실 숙부님과 연락이 끊긴 지는 조금 되었네."

"그게 언제요?"

"삼 년 정도 되었다네. 그러나 약속은 반드시 지켜질 것일세. 내 이름을 걸고 약속하지."

"삼 년이라……."

설무위가 나지막한 목소리로 중얼거렸다.

사실 이제 사해마룡과의 비무 따위는 중요하지 않았다. 그보다 중요한 것은 저 장강이북에 있을 사형을 만나는 일이었다.

"제천회가 발호한 시점이군요."

구미요호 소예랑이 말을 꺼냈다.

"이런 말을 하기에는 그렇지만 장강연맹과 녹림과는 다르오."

적무악이 고개를 내저었다.

전력으로 따지자면 녹림의 삼분의 일도 되지 않는 장강연맹이지만 적어도 장강에서만큼은 그들은 무적이었다. 남해의 패권을 장악한 해사방이 장강을 치러 들어왔을 때에도 변변한 피해조차 주지 못하고 수십여 척의 전선만 잃은 채 물러났다.

"답답하군."

풍도백이 긴 한숨을 토했다.

그 순간이었다.

부우우웅—

한차례 뱃고동 소리와 함께 저 먼 곳에서부터 커다란 배 한 척이 빠른 속도로 항구로 다가오기 시작했다. 아니, 그것은 단순히 그저 커다란 배가 아니었다. 그것은 배 선미에 흑갑을 두른 전선이었다.

"적, 적룡……!"

누군가가 중얼거렸다.

그랬다. 그것은 장강연맹을 상징하는 전선이자, 제일수채이기도 한 적룡(赤龍)이었다. 장강십팔채 중에서 유일하게 떠다니는 수채, 그것이 바로 적룡이었다.

한바탕 소란이 일었다.

항구에 있던 민간인들이 일제히 하던 일을 멈추고 도망치기 시작했다. 오직 설무위 일행만이 적룡을 지켜보고 있을 뿐이었다.

호남 북부 수로의 요충지인 악양이다. 응당 근처에 수군이 없을 리 만무하건만 적룡은 유유자적 항구로 근접해 오고 있었다. 그것은 과연 수로맹 제일전선이자 제일수채인 적룡다운 모습이었다.

"배를 멈춰라!"

한차례 사자후가 울려 퍼지자 적룡이 멈춰 섰다.

아직 선착장까지는 수십여 장에 달하건만 사자후 소리가 이곳까지 울려 퍼진 것이다.

"대단하군."

풍도백조차 감탄을 금치 못했다.

이 자리에서 저런 사자후를 내지를 수 있는 사람은 몇 되지 않았다. 그조차도 확신할 수 없는 일이었다.

그 순간 인영 하나가 배 선미에서 그대로 깊은 강물 속으로 떨어져 내렸다. 그렇게 강물 속으로 떨어진 인영이 물을 박차는 것과 동시에 사방에서 탄성이 터져 나왔다.

등평도수(登萍渡水).

청포를 걸친 중년인은 물을 건너며 선착장으로 향하고 있었다. 그렇게 인영이 수십여 장의 거리를 건너오는 데에는 촌각도 걸리지 않았다.

청포중년인은 선착장의 가장 높은 정중앙에 내려서 설무위 일행을 내려다보았다. 그런 청포중년인의 왼쪽 소맷자락은 바람에 너풀거리고 있었다.

"숙부님?"

적무악이 떨리는 목소리로 청포중년인을 바라보았다.

적무악이 숙부님이라 부르는 사람은 강호를 통틀어 오직 한 명, 장강의 주인인 사해마존뿐이었다.

적무악이 놀라는 이유는 단순히 삼 년 동안 소식이 없던 사해마존이 이곳에 나타났다는 이유보다는 그의 펄럭이는 빈 소매 때문이었다.

혈염장(血炎掌).

고급십오천무 중 하나이자 사해마존을 상징하는 무공.

사해마존은 다른 그 무엇도 아닌 쌍장으로 장강을 제패한 무인이었다. 그런 사해마존의 한 팔이 잘려 나가고 없는 것이다.

"오랜만이다."

"어찌……."

적무악은 차마 말을 잇지 못했다.

그 역시 무인이었기에 쌍장을 사용하는 무인에게 한 팔이 없다는 사실이 얼마나 치명적인지 알고 있었다.

"소식은 들었다. 청동가면을 쓴 놈이었더냐?"

"그렇습니다."

"그랬을 테지… 그놈이 아니고서야 그 누가 녹림대제와 붕 도 그 친구를 그렇게 만들 수 있을까."

"설마 숙부님도?"

"아마 네 짐작이 맞을 것이다."

사해마존은 부정하지 않았다.

놀랍게도 사해마존을 이렇게 만든 이 역시 청동가면사내인 듯싶었다.

"타거라. 장강을 건너야 한다고 들었다."

"제가 대답할 수 없는 문제입니다."

"그렇지. 내가 잠시 착각을 했다. 타겠느냐? 장강을 건너게 해주마."

사해마존은 고개를 돌려 설무위를 바라보았다.

"장강만을 건너도록 도와주겠다는 것이오, 아니면 합류하 겠다는 의미이오?"

"이놈이?"

사해마존의 전신에서 기세가 피어올랐다.

마존이라 불리는 무인이다. 그 성격 또한 거칠기 그지없었 다.

일촉즉발의 긴장감이 돌았다.

적무악이 말리기 위해 나서려 하자 풍도백이 전음을 날렸 다.

"괜찮네. 너무 걱정하지 말게. 저럴 생각이었다면 사해마존 이 이 자리에 오지도 않았을 테니까."

"하지만……."

"내 말을 믿게나."

풍도백의 확신하는 어조에 적무악도 움직이지 않고 상황을 지켜보았다.

"푸하하, 과연 걸물이로군."

그 순간 돌연 사해마존이 한바탕 대소를 터뜨리며 고개를 뒤로 젖혔다.

"장강은 대륙의 어떤 싸움에도 끼어들지 않는다. 이것은 연맹이 생기기 이전부터 존재해 왔던 율법이다. 오직 예외가 있다면 개인적인 원한이 있을 시 스스로의 힘으로 복수할 수 있다는 것이다."

사해마존이 기세를 풀며 말했다.

설무위를 인정한 것이다. 기실 지금까지 사해마존은 설무위를 시험해 본 것에 불과했다. 상대는 제천회이다. 그 자격이 없다면 차라리 혼자 싸우는 편이 나았다.

"그 원한은 누구를 향한 것이오?"

"본존이 제정신이 아닌 사람에게 복수할 것이라 생각하느냐? 풍가 놈에게 권왕을 양보하기로 하였다고 들었다. 내가 원하는 것은 오직 독왕이다."

"독왕이라… 알겠소."

독왕에게 원한이 없는 것은 아니었지만 한 팔을 잃은 사해마존이라면 그럴 자격이 있었다.

"한 가지 더. 청동가면을 쓴 놈과 부딪쳤다고 들었다. 다시 만나면 이길 수 있느냐?"

사해마존이 설무위의 눈을 직시하며 물었다.

"적어도 지지는 않을 것이오."

"좋다. 그 정도는 되어야지. 타거라."

사해마존이 더 이상 묻지 않고 그대로 신형을 날려 적룡이 있는 곳으로 향했다.

등평도수의 신법이 다시 펼쳐진 것이다. 사해마존이 적룡에 도착하는 것과 동시에 저 멀리서부터 수십여 척의 쾌속선이 빠른 속도로 선착장을 향해 다가왔다.

"갑시다."

설무위는 쾌속선을 기다리지 않고 적룡을 향해 몸을 날렸다.

등평도수의 신법은 사해마존만이 펼칠 수 있는 것이 아니었다. 설무위가 몸을 날리는 것을 필두로 풍도백과 유령미존의 절기를 이어받은 사마경아 등 신법에 능한 이들이 먼저 일제히 날아올랐다.

쏴아아악―

우기인지라 장강에는 하루도 비가 그칠 날이 없었다. 빗줄기는 점차 굵어져 한 치 앞도 보이지 않을 정도였다. 그 빗줄기를 헤치며 적룡과 수십여 척의 쾌속선이 뻗어나가고 있었다.

"따라오거라."

승선한 지 두어 시진이 지났을 무렵 선미에 있던 사해마존이 선실로 발걸음을 향했다.

"이유가 뭐요?"

"오기 싫다면 오지 않아도 좋다."

사해마존은 더 이상 말하기 귀찮다는 듯 그대로 선실 안으로 들어가 버렸다.

필경 무슨 이유가 있을 터, 설무위는 사해마존의 뒤를 따랐다. 사해마존이 향한 곳은 선실 깊숙한 곳에 위치한 은밀한 방이었다.

"들어가도 되겠는가?"

사해마존은 정중하게 방문을 두드렸다.

그 모습을 본 설무위는 영문을 알 수 없었다. 적룡의 주인인 사해마존이다. 이곳에서 그가 저렇듯 허락을 받고 들어갈 이유가 없었다.

"들어오시지요."

방 안에서 그윽한 목소리가 울려 퍼졌다.

그 목소리를 들은 설무위는 가슴이 진탕되는 것을 느낄 수 있었다.

음공을 펼친 것이 아니다. 만일 그랬다면 천기심공이 자연스럽게 운기되어 조금의 영향도 받지 않았을 것이다. 실로 기이한 일이 아닐 수 없었다.

"실례하겠네."

허락이 떨어지자 사해마존이 성큼 방 안으로 들어섰다.

"뒤에 계신 분께서도 들어오시지요."

그 말에 설무위 역시 사해마존을 따라 조용히 안으로 들어섰다.

방 안으로 들어서는 순간 지독한 열기가 몰아쳤다. 그러자 건곤신공이 자연스럽게 운기되며 열기를 밀어냈다. 이전이었다면 곤욕을 치렀을지도 모를 정도의 열기였다.

기이한 것은 열기가 몰아친 후에 돌연 그 열기가 흔적조차 없이 사라지며 이번에는 한기가 몰아쳤다.

설무위는 눈살을 찌푸리며 열기와 한기가 흘러나온 곳을 바라보았다.

그곳에는 한 여인이 침상 위에서 좌정한 채 운기를 하고 있었다. 부상이라도 당한 듯 여인의 안색은 파리하다 못해 창백할 정도였다.

그 순간이었다.

여인을 본 설무위의 눈에 경악이 어렸다. 단순히 여인의 몸에서 한기와 열기가 흘러나온 것도, 여인의 미색이 뛰어나서도 아니었다.

북리신원. 놀랍게도 좌정한 채 운기하고 있는 여인은 그녀였다.

"처음 뵙는군요. 상공께 말씀은 많이 들었어요."

북리신원이 잠시 운기를 멈추며 감고 있던 눈을 떴다.

"……."

설무위는 아무런 말도 할 수 없었다.

삼 년이라는 시간을 초상화 한 장을 보며 지냈다. 사람인 이상 감정이 생기지 않을 수 없는 일이었다. 그러나 그토록 학수고대하던 순간임에도 설무위는 별다른 표정의 변화를 보이지 않았다.

상공이라는 말 한마디 때문이었다. 그 말에 담긴 뜻을 모를 설무위가 아니었다.

"무위가 형수님을 뵙습니다."

설무위는 마음을 추스르며 지극히 공손한 태도로 그녀를 향해 고개를 숙였다.

"당치도 않습니다. 제가 어찌……."

"아닙니다. 이제야 찾아뵙게 되어 죄송스러울 따름입니다. 그보다 어찌 된 일입니까?"

"나를 치료하다 그리되었다."

더 이상 견디지 못하고 다시 운기조식을 들어간 북리신원을 대신 대답한 것은 사해마존이었다.

"팔이 잘리며 기이한 열기와 한기가 엄습했다. 삼 년 동안 몸을 거동할 수 없었는데 소궁주가 치료해 주어 자리에서 일어날 수 있었다."

설무위의 뇌리 속을 무엇인가가 스치고 지나갔다.

천하에 두 가지 기운을 동시에 포용할 수 있는 심법이 많을 리 없었다. 그리고 그중 하나가 건곤신공이었다. 사형에게 당했을 터이니 틀림없었다.

"실례하겠습니다."

설무위는 주저없이 북리신원의 맥문을 잡고 진기를 불어넣었다.

"무슨 짓이냐?"

사해마존이 크게 놀라며 외쳤다.

운기조식 도중인 사람의 몸에 손을 대는 것은 금기 중의 금기였다. 미리 준비된 상태가 아닌 이상, 설령 같은 내공 심법을 익혔다 해도 그것은 마찬가지였다.

하나 사해마존이 생각하는 그런 일은 일어나지 않았다. 너무나도 자연스럽게 북리신원은 설무위가 흘려보내는 기운을 받아들이고 있었다. 건공신공이기에 가능한 일이었다.

과연 예상했던 대로 북리신원의 몸 안에서 날뛰고 있는 기운은 건공신공이었다.

설무위는 조금도 주저하지 않고 그 건공신공을 모두 자신의 몸 안으로 갈무리했다. 같은 기운이라고는 하지만 익힌 사람이 다르고 그 성취 또한 다르다. 위험천만하기 그지없는 일이었지만 설무위는 조금도 주저하지 않았다.

피는 섞이지 않았지만 설무위는 한 번도 사부와 사형을 남이라고 생각해 본 적이 없었다. 그것은 이제 북리신원 역시 마찬가지였다.

내기가 요동을 쳤다. 북리신원의 몸에서 흡수한 건공신공이 기존에 있던 진기와 섞이지 못하고 날뛰는 것이다.

'건곤은 곧 이원이요, 천지의 이원은 본시 하나로써 존재함이니…….'

건곤신공의 무리 중 하나.

이 순간 머릿속에 그 구절이 떠오르는 것은 그저 우연이 아닐 터였다.

받아들이는 것이 아니라 흐르는 것이다. 설무위는 그대로 전신의 모든 내공을 운기했다.

그토록 드넓은 장강이라 할지라도 종국에는 바다로 흘러 들어가게 마련이다. 내공이 운기되며 자연스럽게 북리신원의 몸에서 흡수한 건공신공도 그 안에 스며들었다.

마지막 호흡을 끝으로 설무위는 운기를 멈추고 자리에서 일어났다.

그렇게 일어나는 설무위의 눈빛은 이전과는 또 달라져 있었다. 화가 복이 된 것이다. 그것은 마치 관조를 넘어 원상(原狀)의 경지에 이르렀을 때와 같은 모습이었다.

진실한 무경의 경지.

무경이라고 생각했던 것은 무경에 이르는 길일 뿐이었다. 건곤신공이 십성에 이르며 설무위는 이제야 그것을 느낄 수 있었다.

"고마워요."

먼저 운기조식을 마치고 근심스러운 표정으로 설무위를 지켜보고 있던 북리신원이 그제야 한숨을 내쉬며 말했다.

"오히려 제가 드려야 할 말인 듯싶습니다. 그리고 말을 낮추셔도 됩니다."

"어찌 그럴 수 있겠어요."

"천하에 오직 한 명, 형수님이라면 그럴 자격이 있습니다."

"훗."

북리신원이 한차례 실소를 흘렸다.

설무위의 말에 담긴 뜻을 그녀라고 모를까.

마음을 편하게 해주려는 의도, 거기에 조금은 사형에 대한 조금은 원망스러운 감정을 담았으리라.

'후우……'

북리신원의 미소를 보는 설무위가 심호흡을 하며 마음을 다 스렸다.

아직까지 심장이 두근거리는 것을 보니 마음을 완전히 비우지는 못했나 보다. 그러나 분명 그 두근거림이 그전에 비한다면 많이 수그러들어 있었다.

"말을 낮추셔도 됩니다."

"어찌 그럴 수 있겠어요. 그보다 묻고 싶은 것이 있어요."

"말씀하시지요."

"마존께 상처를 입힌 사람이 누군가요?"

"……"

설무위는 그 말에 차마 대답할 수 없었다.

물어보는 것으로 보아서는 아직 모르고 있음이 분명했다. 아니, 짐작은 하고 있겠지만 확신하지 못하는 것이리라. 대답해 주었을 때 북리신원이 입을 충격을 생각하니 입이 떨어지지 않았다.

"그분이신가요?"

"휴우, 그렇습니다."

설무위는 긴 한숨을 토하며 차마 북리신원을 마주 보지 못한 채 대답했다.

"그, 그렇다면⋯⋯."

북리신원이 넋을 잃은 목소리로 중얼거리다 한 움큼의 울혈을 토했다.

"형수님!"

설무위는 급하게 내력을 불어넣어 주었다.

내상에서 치유된 지도 얼마 되지 않은 터라 몸이 약해져 있었다. 그 상황에서 심적 충격까지 입었으니 몸 상태가 말이 아니었다.

"혈, 혈귀혼고인가요?"

그녀 역시 동조는 하지 않았다지만 제천회에 머문 시간이 적지 않았다. 혈귀혼고에 대해 모르고 있을 리 없었다.

"제 짐작에는 그렇습니다."

"치료할 방법은 있는 건가요?"

"사형이라면⋯ 가능합니다."

설무위는 굳은 표정으로 대답했다.

유혼몽환술(有魂夢幻術).

삼대비술 중 하나인 그것이라면 혈귀혼고를 어느 정도나마 묶어둘 수 있었다. 그사이 사형이 이지만 찾는다면 희박하지만 일말의 가능성이 있었다.

"그 강한 분이 어떻게⋯⋯!"

"저도 그것까지는 모르겠습니다."

설무위가 고개를 내저었다.

사형인 한운천을 죽이는 것이 아니라 사로잡는 것이라면 천하십대고수가 모조리 달려든다 할지라도 불가능한 일이었다.
그 정도로 강한 무인이 한운천이었다.

"형수님."

"예."

"저는 사형을 보며 맹세했습니다. 제 눈에 띄는 제천회 무인
은 단 한 명도 살려두지 않을 것이라고. 그것이 빙궁의 무인이
더라도 다르지 않을 것입니다."

"후우… 어쩔 수 없는 일이겠지요. 그들이 선택한 길이니까
요."

북리신원이 깊은 한숨을 토했다.

어차피 이제 와서 빙궁이 발을 빼기에는 늦었다. 일반 무사
들이 무슨 죄가 있겠느냐만은 그들 역시도 선택권이 있던 적
이 있었다.

"쉬시지요. 곧 사형을 만날 수 있을 것입니다."

설무위는 수혈을 짚으며 북리신원의 눈을 감겨주었다.

疾風歌

第三十六章 강호에 부는 모든 바람은 호북으로 향하다

질풍가

　장강이남에서 풍운보와 일심회가 부딪치고 있는 사이 호북을 제외한 모든 곳에 제천회의 수중에 떨어졌다. 아니, 수중에 떨어졌다기보다 초토화시켜 버렸다는 표현이 정확했다.

　산서에서부터 시작하여 섬서, 산서, 하북, 강소에 이르기까지 제천회는 적대한 문파들은 주춧돌 하나 남기지 않고 무너뜨려 버렸다.

　제천회의 만행은 거기서 그치지 않았다.

　적대한 문파들을 쓸어버리고 난 후 동조하지 않았다는 이유로 중립을 지키고 있던 문파들을 비롯하여 낭인들까지도 모조리 주살하기 시작한 것이다.

　이해할 수 없는 일이었다. 그런 문파나 낭인들은 고작해야 삼류무인이라 해도 과언이 아니었다. 뒷골목 건달패보다 조금 더 나은 수준이라는 의미이다. 물론 낭인 중에서도 낭인왕 같은 무인들이 있기는 하지만 그 수는 일 푼도 되지 않았다. 그것은 마치 강호 그 자체를 말살시켜 버리기라도 하려는 듯한 모습이었다.

무공을 조금이라도 익힌 이들은 살아남고자 아직 제천회의 수중에 떨어지지 않은 호북으로 몰려들었다.

소림과 무당을 필두로 한 문파들은 무림맹을 창설하여 제천회에 맞섰지만 때늦은 감이 없지 않아 있었다. 이미 무당을 제외한 대부분의 문파는 전력이 크게 손상된 상태였기 때문이다.

무림맹은 고립되는 것을 우려하여 무당산과 융중산 두 곳으로 전력을 분산시켰다. 제천회에서도 이를 기다렸다는 듯이 하남과 호북의 경계선으로 모든 병력을 집결시켰다.

"막아라!"

"이곳마저 뚫리면 위험하다! 도망치지 마라!"

여기저기서 처절한 외침이 터져 나왔다.

남궁세가와 개방을 필두로 한 무림맹 무인들은 공격해 들어오는 제천회 현무단 무인들에게 맞서갔다. 그들은 사력을 다해 싸우고 있지만 중과부적이었다.

쇄비수(碎碑手) 막상이 이끄는 현무단은 강했다. 제천회가 발호할 당시만 하더라도 사단 중에서 최약체라 할 수 있었지만 이제는 아니었다.

계속되는 인원 충원이 이루어진 현무단의 전력은 백호단이
나 주작단과 비교해도 차이가 없었다. 그것을 증명이라도 하
듯 현무단은 거칠게 무림맹 무인들을 몰아붙였다. 물론 그 이
면에는 수십여 구에 달하는 강시의 도움도 존재했다.

  "물러서지 마라!"

  남궁세가주 기천검 남궁한이 선두에 나서 어떻게 해서든 전
세를 반전시켜 보려 했지만 역부족이었다.

  그 역시 구주십팔객으로 부족함이 없는 무인이었지만 상대
는 쇄비수 막상만이 아니었다. 아니, 막상과는 비교조차 할 수
없는 이가 그의 앞을 막고 있었다.

  권왕!

  그 절대의 무위에 어느 누구도 근접조차 할 수 없었다. 그가
권을 휘두를 때마다 서너 명이 죽어나갔다. 절정에 이른 무인
들 역시 마찬가지였다.

  그의 손에 죽은 남궁세가의 장로만 셋이요, 개방의 호법들
조차 상당수 죽어나갔다.

  "큭……."

  "안 됩니다."

  기천검이 권왕을 향해 움직이려 하자 장로 중 하나인 벽력
검 남궁뇌가 가로막아 섰다.

  여기서 기천검이 죽기라도 한다면 그렇지 않아도 안휘에서
의 싸움으로 소가주가 죽은 남궁세가의 맥이 끊길 수도 있었
다.

소림이 무너진 뒤 제천회는 강소와 안휘를 공격했고, 그들은 달포도 버티지 못하고 퇴각을 감행했다. 사실상 장강이북에서 이제 호북을 제외한다면 모든 지역이 제천회의 수중에 있다 해도 과언이 아니었다.

"일단 퇴각하시지요."

"또다시 퇴각을 하란 말인가?!"

남궁세가주는 울분을 참지 못하고 목소리를 높였다.

벌써 저지선이 무너진 것이 다섯 번째였다. 이제 한두 번만 더 뚫린다면 융중산에 세운 거점이 위험할 지경이었다.

"강시가 너무 많습니다."

"으득… 알았다. 전군 후퇴하라!"

남궁세가주는 결국 후퇴 명령을 내렸다.

어차피 융중산의 거점은 사천의 문파들이 지원오기 전까지만 버틸 생각으로 만든 것이다. 최후의 싸움은 사천의 문파들이 가담한 이후에 벌일 생각이었다.

그러나 그 모든 것이 무림맹의 생각대로 흘러가지만은 않았다.

우드득—

초로노인의 목이 꺾이는 것과 동시에 더 이상 장내의 싸움이 멈추었다.

초로노인은 당가의 전대 가주인 독광 당무독으로, 무림맹으로 출발한 사천 연합군 삼군 중 하나를 이끌고 있는 수장이었다. 그런 그가 처참히 죽임을 당한 것이다.

당무독 외에도 장내에는 죽은 당가 무인들의 시체만 이삼백 여 명이 넘었다. 폐쇄적인 당가의 특성상 문도 수가 그리 많지 않다는 것을 가정했을 때 봉문을 해야 할 정도로 심각한 피해를 입은 것이다.

"도주자는?"

"전무합니다."

시체의 산, 그 중심에 서서 주변을 바라보고 있는 것은 독왕이었다.

다른 곳도 아니고 당문을 처리하는 데 제천회에서 입은 피해는 고작해야 수십도 되지 않았다. 그 이유는 바로 독강시 때문이었다.

그들에게 독과 암기가 통하지 않는 강시는 그야말로 천적이나 다름이 없었다.

"이자가 독광이라고 하였느냐?"

"그렇습니다."

"약해 빠졌군."

독왕은 시시하다는 표정으로 한차례 손을 휘둘렀다.

그러자 독광 당무독의 시체가 그대로 녹아내려 버렸다. 실로 무시무시한 독이 아닐 수 없었다.

"다른 곳은 어찌 되었느냐?"

"무성에 의해 아미와 청성의 주력 부대 역시 전부 처리된 것 같습니다."

"알겠다. 복귀하자."

독왕은 빈 왼쪽 소맷자락을 펄럭이며 신형을 돌렸다.

낭인왕을 죽인 대가였다. 낭인왕을 죽이는 데 팔 하나라면 그리 비싼 것도 아니었다.

거기에 전화위복이라!

팔을 하나 잃었다지만 그 싸움으로 인해 독왕은 새로운 경지에 접어들 수 있었다.

"이제 대업을 이룰 날이 멀지 않았구나."

독왕이 나지막한 목소리로 말했다.

모든 것은 시작부터가 잘못된 일이었다. 그 책임은 모두가 져야 할 일이었고, 그것은 독왕 역시 마찬가지였다. 그 책임을 지기 위해서라면 어떠한 오명이나 모욕도 감수할 수 있었다.

"무정도가 총단을 불태웠다지?"

"빈 총단입니다."

"그래도 대가는 치러야겠지. 그렇지 않아도 예전부터 마음에 들지 않는 놈이었어."

독왕의 눈에서 시퍼런 불길이 일었다.

이전이었다면 무정도에게 승리를 장담하지 못했으리라. 제천회주를 제외한다면 그것은 누구라도 마찬가지였다. 그러나 이제는 아니었다. 지금이라면 얼마든지 무정도를 상대할 수 있으리라 생각했다.

그렇게 당가의 몰락을 끝으로 삼로로 나뉘어진 사천 연합군은 각개격파당하며 모두 전멸했다.

　　　　　*　　　*　　　*

　호북 의창(宜昌).

　형문산(荊門山)과 그리 멀지 않으며 호북 서부 수로의 교통
의 요지. 설무위 일행은 수로연맹의 도움으로 의창에 도착하
였다.

　수로를 이용하는 것은 여기까지였다. 이제부터는 물길이 좁
아져 수로를 이용할 수 없을뿐더러 육지로 이동하는 것이 더
효율적이었다.

　"재미있는 것들이 반겨주는군."

　적룡에서 가장 먼저 내린 사해마존이 스산한 눈빛으로 일렬
로 서 있는 다섯 명, 아니, 다섯 구의 독강시를 바라보았다.

　"과연 문성이라는 건가……?"

　하오문을 실질적으로 이끌고 있는 구미요호 소예랑의 입에
서 탄식이 흘러나왔다.

　어찌 된 영문인지는 모르겠지만 제천회에서는 일심회가 이
곳에 상륙한다는 것을 짐작하고 있던 듯싶었다. 그것은 곧 호
북조차 안전하지 못하다는 의미였다.

　"본존이 처리하마."

　사해마존이 몸을 날렸다.

　독강시가 대단하다고는 하지만 무경의 경지에 이른 천하십
대고수들에게는 아무런 위협이 되지 못했다. 그것을 증명이라

도 사해마존이 손을 휘두를 때마다 독강시는 한 구씩 파괴되었다.

그러나 그것은 어디까지나 사해마존이었고 혈염장이기에 가능한 일이었다.

"제천회… 무섭구나."

풍도백이 굳은 표정으로 중얼거렸다.

비록 사해마존에 의해 파괴당하고 있다고는 하지만 다섯 구의 강시라면 어지간한 중소 문파 하나는 한 시진이면 주춧돌 하나 남기지 않고 쓸어버릴 전력이었다.

그런 전력을 제천회는 그저 일종의 경고를 보내기 위해 소모시켜 버린 것이다.

"한 구만 남겨주시겠소?"

"알겠다."

사해마존은 싸우는 와중임에도 대답을 한 뒤 한 구를 제외한 나머지 독강시를 모두 파괴시켜 버렸다.

제아무리 사해마존이라 할지라도 다섯 구의 독강시를 파괴하는 것은 쉽지 않은 일인 듯 사해마존의 숨소리는 거칠어져 있었다.

"뭐에 쓰려고 그러느냐?"

"한 가지 확인할 사실이 있어서요."

"마음대로 하거라."

한 구 남은 독강시의 공격을 피하고 있던 사해마존이 몸을 뒤로 뺐다. 그러자 독강시는 이내 방향을 틀어 설무위를 공격해 들어갔다.

설무위는 그런 독강시의 공격을 너무나 수월히 피하며 그대로 독강시의 목덜미를 잡아챘다.

"무슨 짓인가?"

"설 소제?"

모두가 크게 놀라며 외쳤다.

그도 그럴 것이, 일반적인 강시라면 모르겠지만 저것은 스치기만 하더라도 그 주변이 녹아내릴 정도로 지독한 독기를 뿜어내는 독강시였다.

그러나 모두의 우려를 씻어버리기라도 하듯 아무런 일도 일어나지 않았다. 심지어 강시가 발악적으로 두 팔을 휘두르며 날카로운 손톱으로 손을 긁고 있음에도 상처 하나 나지 않았다.

절혼갑.

교룡피로 만들어진 그 절세의 기보는 모든 충격을 흡수하는 것은 물론이오, 독조차 통하지 않았다.

"간악한 자들……."

설무위는 분노에 찬 눈빛으로 독강시를 바라보았다.

다른 이들이라면 모르겠지만 월혼류(月魂流)를 익힌 설무위는 느낄 수 있었다. 이 독강시들은 죽은 자들을 가지고 만든 것이 아니라 살아 있는 자들의 혼을 빼내 만든, 그야말로 마물이었다.

"그만 쉬시오."

설무위는 신전수를 운기하여 독강시의 목을 그대로 부러뜨려 버렸다.

고작해서 목이 부러졌다고 해서 파괴될 독강시가 아니지만 신전수에는 광뢰진기의 기운이 깃들어 있었다. 본시 뇌전의 기운은 모든 악한 기운을 물리치는 기운이었으니 독강시가 견디지 못한 것도 당연했다.

"형수님, 이런 강시에 제천회에 얼마나 있는지 알고 계십니까?"

"저도 강시가 있다는 것을 몰랐던지라……."

"그러시군요."

"제가 말씀드릴게요."

구미요소 소예랑이 나서며 말했다.

"처음 파악된 것은 이백여 구 남짓이었지만 계속 늘어나 지금은 사백여 구에 달한다고 해요. 얼마나 있는지는 정확히 예측하지 못하지만 아무리 많아도 오륙백여 구 이상은 아닐 거예요."

"그 정도가 전부라면 크게 염려할 필요가 없을 것 같소."

"무슨 말씀이신지?"

언제부터인가 소예랑은 설무위에게 말을 높이고 있었다. 그것은 소예랑 본인조차 느끼지 못하는 사이에 일어난 일이었다.

일대종사의 기도.

설무위의 전신에서 흘러나오는 기도가 그런 현상을 이끈 것이다. 일심회의 수장을 맡은 뒤부터 설무위의 기도는 분명 달라져 있었다.

"제천회에서 그 강시를 한곳에 모아놓지는 않았을 것 아니오?"

"예. 대략 수십여 구 단위로 운용하고 있어요."

"그 정도면 나 혼자 상대할 수 있다는 소리요."

"그건 그렇지만……."

소예랑이 말끝을 흐렸다.

다섯 구와 수십여 구는 다르다. 거기에 초절정고수라도 한두 명 낀다면 제아무리 천하십대고수라 한들 승리를 장담하긴 힘들었다.

무엇보다 설무위가 강시에게 발이 묶여 버린다면 권왕이나 독왕, 문무쌍성 등 실질적인 제천회 주력을 상대할 고수가 부족했다.

"걱정할 것 없소. 강시 따위를 상대하는 데에는 일각도 걸리지 않을 터이니."

"……!"

소예랑은 할 말을 잃었다.

아니, 소예랑뿐만 아니라 그 말을 들은 다른 이들 역시 마찬가지였다. 그나마 설무위였기에 이런 반응을 보인 것이지, 그 말을 한 것이 다른 사람이었다면 광인 취급을 당했을 것이리라.

그렇다고 설무위의 말을 무시할 수도 없는 것이, 지금까지

허언을 하는 것을 본 적이 없으니 무어라 말을 하기에도 애매했다.

"최종 결전지는 이곳으로 합시다. 무림맹에도 그렇게 전해 주시오."

"알겠습니다."

소예랑이 고개를 끄덕였다.

설무위가 지도에서 가리킨 지점은 단강구(丹江口).

무당산과 융중산의 중앙에 위치한 중요한 요충지였다. 수로와 육로가 교차하기도 하는 단강구는 현재 어느 세력도 차지하지 못하고 있는 곳이었다.

그곳에 전력을 투입한다면 제천회로서도 맞서 나오지 않을 수 없으리라.

"우선 무림맹을 도와야 하지 않겠나?"

상황을 지켜보고 있던 풍도백이 입을 열었다.

"단강구도 좋지만 수가 적은 우리에게는 차라리 융중산이 나을 수도 있네. 무엇보다 우리가 돕지 않는다면 융중산에 있는 무림맹 거점은 무너지고 말 걸세."

"노선배, 나는 무림맹과 연합하고 싶은 생각이 없소."

"그게 무슨 말인가?"

풍도백이 영문을 모르겠다는 표정으로 물었다.

"말 그대로요. 무림맹을 도와줄 생각이 없다는 소리요."

"그럼 제천회와 싸우지 않겠다는 건가?"

풍도백의 표정이 급변했다.

지금껏 설무위를 따라온 것은 바로 제천회에 속해 있는 권왕과 싸우기 위해서였다. 그것은 사해마존 역시 다르지 않았다.

　"나는 무림맹을 도와줄 생각이 없다고 했지, 제천회와 싸우지 않겠다고 한 건 아니오."

　"하면?"

　"이것은 우리만의 싸움이 될 것이오. 무림맹이 어떻게 되든 나는 상관하지 않겠소. 그리고 이번 전쟁에서 살아남더라도 화산과 무당, 그들은 나에게 대가를 치러야 할 것이오."

　"대가라는 게 무슨 소린가?"

　"내 사부가 그들로 인해 죽었소."

　"……."

　풍도백은 아무런 대꾸도 하지 못했다.

　불구대천지원수(不俱戴天之怨讐)라!

　핏값은 피로만 갚을 수 있는 것이 강호의 율법이었다. 설무위가 복수를 하겠다면 누구도 말릴 수 없었다.

　풍도백은 깊은 한숨을 토했다.

　개방과 인연이 있는 그였기에 안타까움을 금할 수 없던 것이다.

　"자네를 말릴 명분도, 능력도 안 되는군. 그러나 이것 하나만은 말하고 싶네. 자네 사부가 정말로 복수를 원하였는지 그것부터 생각해 보게나."

　"……."

설무위는 그 말에 아무런 대꾸도 하지 못했다.

그저 시선을 돌려 흐릿한 하늘에서 홀로 빛나고 있는 천랑성(天狼星)을 바라볼 뿐이었다.

흐릿한 하늘에서도 빛나고 있다지만 기련산에서 보았던 만큼 찬란한 빛은 아니었다. 그 빛은 어딘지 모르게 그늘져 있었다.

*   *   *

사천 연합군의 전멸은 지원군을 기다리고 있던 무림맹에게는 청천벽력과 같은 소식이었다. 소식이 전해진 직후 무림맹의 사기는 곤두박질쳤고, 얼마 지나지 않아 융중산의 거점이 철저하게 무너졌다.

오대세가 중에서 그 전력이 가장 강한 남궁세가와 천하제일방이라고 불리는 개방이 있었음에도 파상적인 제천회의 공세를 막아내지 못했다.

수천 중에서 살아서 도망친 이가 기백이 넘지 않았으니 사실상 전멸이라고 해도 과언이 아닌 대패였다. 그나마 수뇌진들이 살아남았고, 제갈세가가 펼친 진법으로 수십여 구에 달하는 강시를 파괴한 것이 다행이라면 다행이었다.

무림맹은 철저히 고립되었다.

험한 무당산을 방패 삼아 소림과 무당을 주축으로 사력을 다해 제천회 무인들을 막아내고 있다지만 점차 한계에 부딪치고 있었다. 이제 사천 연합군과 융중산의 거점을 무너뜨린 제천회 잔여 병력이 가세한다면 더 견뎌내지 못할 터였다.

무림맹은 융중산에서 살아남은 이들이라도 도착하기를 기다렸다. 그 수가 얼마 되지는 않았지만 지금으로서는 그마저도 아쉬운 상황이기 때문이었다.

"크악······!"

"흩어져서 도망쳐라! 어떻게 해서든 무당산까지는 가야 한다!"

남궁세가주 기천검 남궁한이 소리를 질러보지만 무림맹 무인들은 계속해서 죽어나가고 있었다. 백수십여 명에 달했던 인원이 어느덧 절반으로 줄어 있었다.

제천혈.

그들이 지나가는 곳에는 오직 처참한 시체만이 남을 뿐이었다.

고작해야 십여 명밖에 지나지 않았지만 그들의 무력은 일반 무인들이 감당할 수 있는 수준이 아니었다. 기천검 남궁한조차 그들 한 명과 동수를 이루고 있는 실정이었다. 거기에 이백여 명에 달하는 현무단 무인들은 대항할 엄두도 내지 못하게 만들었다.

"큭······."

남궁한은 어떻게 해서든 적을 제압해 보려 하였지만 오히려 차츰 밀리고 있는 것은 그였다.

"남궁세가의 가주라··· 대어를 잡았군."

제천혈 무인이 무표정한 모습으로 말했다.

불과 한 명이서 무정도 한백의 공격을 십여 초나 막아내던 무위. 이들 십여 명은 바로 진(眞)제천혈이었다.

개개인의 무위가 초절정에 버금가는 자들.

마침내 그들이 전면에 나선 것이었다. 융중산 거점이 그토록 빨리 무너진 것도 바로 이들이 가세해서였다.

쐐애액—

제천혈 무인 하나가 등 뒤에서 쇄도해 들었다.

그렇지 않아도 밀리는 상황에서 한 명이 더 가세하자 기천검은 피하기조차 버거운 상황에 몰렸다. 불과 몇 초도 지나지 않아 남궁한은 위기에 몰렸다.

"그만 죽거라."

제천혈 무인 둘은 남궁한의 죽음을 믿어 의심치 않았다.

그들 둘이라면 구파일방의 장문인이라 할지라도 죽음을 피할 수 없다. 그렇게 제천혈 무인 둘이 남궁한의 목숨을 끊기 직전이었다.

콰아앙—

어디선가 날아온 한줄기 바람이 제천혈 무인 하나를 강타하며 수 장 밖으로 나가떨어졌다.

그 모습에 다른 제천혈 무인은 크게 놀라며 급하게 몸을 뺐다. 동료가 공격에 격중당할 때까지 기척조차 느끼지 못했다. 당한 것이 그였다면 마찬가지로 시체 꼴을 면하지 못했으리라.

신전무형!

능선을 넘어 장내에 모습을 드러낸 이는 다름 아닌 설무위였다.

"누가 또 죽을 터이냐?"

설무위가 제천혈 무인들을 내려다보았다.

단 일인이었다. 그럼에도 누구 하나 조금도 움직이지 못하고 있었다.

설무위의 전신에서 뿜어지는 기도.

그것이 그들 모두를 압박하고 있는 것이었다. 그것이 바로 무경에 이른 무인의 신위였다.

스스슥—

제천혈 무인 둘이 은밀히 움직여 동료 옆에 섰다.

일순간 위축되었다고는 하지만 상대는 새파랗게 젊은 애송이에 불과했다. 더욱이 그들 셋이라면 설령 상대가 천하십대고수가 아닌 이상 자신이 있었다.

제천혈 무인 셋이 쇄도해 들어갔다.

그 모습을 본 남궁한의 얼굴에 안타까움이 스치고 지나갔다. 제천혈 무인 한 명이 얼마나 강한지 누구보다 잘 알고 있는 그였다.

하나 놀랍게도 남궁한이 생각하는 그런 일은 일어나지 않았다.

퍼펑—

처참하게 죽을 것이라 생각했던 젊은 무인은 오히려 제천혈 무인 셋을 압도하고 있었다. 그의 손에서 뿜어지는 기운은 빠르고 은밀했으며 보법은 상대의 공격을 모조리 무용지물로 만들어 버렸다.

그렇게 제천혈 무인들을 압박하던 젊은 무인의 신형이 어느 순간 사라지며 돌연 그들의 등 뒤편에서 나타났다.

"이, 이형환위?"

남궁한의 입에서 자신도 모르게 탄성이 터져 나왔다.

어찌 무인으로서 이형환위를 모를 수 있단 말인가?

검을 사용하는 무인의 목표가 이기어검이라면, 보법을 사용하는 모든 무인들의 목표가 이형환위였다.

콰직—

급작스럽게 등 뒤에서 나타난 설무위에게 제천혈 무인 하나가 그대로 죽임을 당했다. 설무위는 당황하고 있는 나머지 제천혈 무인 두 명 역시 죽여 버렸다.

"이놈……."

남은 제천혈 무인 여섯이 한자리에 모여들었다.

그들의 눈에는 살기가 번들거리고 있었다. 그들은 동료 세 명이 죽었음에도 별다른 동요를 보이지 않고 있었다. 그들 여섯이라면 천하십대고수라 한들 상대할 자신이 있기 때문이었다.

"저들이 진제천혈이라는 자들인가?"

"그렇습니다. 무슨 일이 있더라도 반드시 이 자리에서 죽여야 해요."

그 순간 능선에서 무수한 인영들이 모습을 드러내었다.

사해마존을 비롯하여 북리신원, 풍도백 등 무려 수십여 명에 달하는 인원이었다. 비록 그 수는 수십에 불과했지만 개개인이 고수가 아닌 이가 없었다.

 그제야 제천혈 무인들의 안색이 변했다. 이 자리가 저승의 문턱임을 인지한 것이다.

 "모조리 죽여주마!"

 사해마존이 가장 먼저 몸을 날렸다.

 그 뒤를 따라 다른 이들 역시 공격에 가담했다. 대부분의 공격은 제천혈 무인들에게 집중되어 있었다. 현무단 무인들 따위는 놓쳐도 그만이었다. 중요한 것은 제천혈 무인들을 도망치지 못하게 하는 것이었다.

 제천혈 무인들은 각개격파당하며 하나둘 죽어나갔다.

 "이 복수는 회주께서 해주실 것이다."

 마지막 남은 제천혈 무인이 원독에 찬 눈빛으로 쓰러지는 것과 동시에 장내의 싸움도 어느 정도 마무리되었다. 살아서 도망친 것은 현무단 무인 수십여 명에 불과할 뿐이었다.

 "남궁 모가 진심으로 감사드리오."

 남궁한이 설무위를 향해 정중히 포권을 취했다.

 이전이었다면 당연히 사해마존이나 풍도백을 향해 포권을 취했으리라. 그러나 강호를 진동시키는 한줄기 바람에 대한 소문은 그 역시도 듣고 있었다.

 "구명지은은 반드시 갚겠소."

 "그저 지나가는 길이었을 뿐이오."

설무위는 더 이상 말을 나누기 싫다는 표정으로 신형을 돌렸다.

화산이나 무당처럼 남궁세가가 당시 싸움에 직접적으로 참여한 것은 아니었으나 자금을 연왕에게 건넨 것만으로도 곱게 보이지 않았다.

"옳은 선택이었네."

풍도백이 옆으로 나가와 말을 건넸다.

"너무 앞서 가지 마시오. 적들을 각개격파하려는 것에 불과하니."

"허허, 알겠네."

풍도백이 너털웃음을 터뜨렸다.

어찌 되었거나 설무위가 마음을 바꾸었으니 실로 큰 홍복이 아닐 수 없었다.

"먼저들 가시오."

"자네는? 아직 놈들의 추격대를 모조리 섬멸한 것이 아닐세."

"곧 따라가겠소."

"알겠네."

풍도백이 두말없이 몸을 날렸다.

지금 설무위의 심정이 어떤지 누구보다 잘 알고 있기 때문이었다.

'사부, 사부의 말이 틀리지 않은 듯싶군요. 저는 아직 강호에서 살아나가기에는 어울리지 않는 것 같습니다.'

설무위는 오래전 사부가 했던 말을 떠올렸다.

"네 녀석은 강호라는 곳을 살아나가기에는 너무 마음이 여리다."

희미해질 만하면 떠오르는 사부에 대한 기억.

십수 년을 같이 보냈으니 어쩌면 그것은 당연한 일인지도 몰랐다.

'사부, 보고 싶습니다. 어쩌면… 곧 뵙게 될지도 모르겠군요.'

설무위는 깊게 숨을 들이쉬었다.

강호에 나와 단 한 번도 이런 생각을 해본 적이 없었다. 그러나 상대는 건문제, 아니, 천문의 모든 것이 밀집되어 있는 제천회주였다. 거기에 권왕, 독왕, 문무쌍성 등 기라성 같은 고수들이 즐비했다.

무엇보다 이제 적으로 상대해야 하는 사형은 그 어떤 상대보다 두려웠다.

"지금은 내가 천기문주이다!"

설무위는 한차례 대성을 터뜨렸다.

그것은 두려움을 날려 버리기 위한 포효였으며, 제천회주에게 향하는 경고이기도 하였다.

疾風歌

第三十七章 한줄기 바람은 전설이 되다 ⑴

질풍가

남존무당(南尊武當).

천년소림과 함께 정도무림의 태산북두로 불리는 곳. 지금 그곳에서는 일대 혈전이 벌어지고 있었다.

천하쟁패를 외치며 강호를 일통하고자 하는 무리들.

그들의 말은 허언이 아니었다. 그들의 힘은 실제로 구주팔황을 뒤덮고 있었다.

"그만! 오늘은 이 정도에서 멈춘다!"

현무단의 부단주 혈응노검(血鷹怒劍)이 외치자 소림의 무승들을 추격하던 현무단 무인들이 제자리에 멈춰 섰다.

"부단주, 왜 이렇게 미적거리는 것이오? 단박에 놈들의 숨통을 끊어놓읍시다."

청살귀존(靑煞鬼尊)이 울화통이 터진다는 듯 근처에 있는 시체 하나의 머리통을 짓밟으며 말했다.

"난들 어쩌겠소? 상부에서 명령이 그렇게 하달된 것을."

"아니, 우리가 기르는 개도 아니고, 매번 이러는 건 너무하지 않소?"

청살귀존이 언성을 높였다.

비록 혈웅노검이 부단주라고는 하지만 배분은 오히려 청살귀존이 반 배분 더 높았다. 단지 혈웅노검이 더 먼저 현무단에 들어왔기에 부단주를 맡고 있을 뿐이었다. 물론 혈웅노검의 무공이 더 높은 이유도 일정 부분 적용했다.

"뭐라고 했느냐?"

그 순간 들려온 것은 싸늘하다 못해 몸이 얼어붙을 정도로 차가운 목소리였다.

"독, 독왕을 뵙습니다."

"속하들이 독왕을 뵙습니다."

현무단 무인들이 크게 놀라며 일제히 고개를 숙였다.

사천연맹의 지원군을 막으러 간 독왕이 벌써 복귀한 것이었다.

"무어라 했느냐 물었다."

"속, 속하는……."

청살귀존이 더듬거리며 주춤주춤 뒤로 물러났다.

무경에 이른 무인이 내뿜는 기세.

고작해야 청살귀존으로는 그 기세를 감당할 수 없었다. 내공을 극성으로 운기하고 나서야 청살귀존은 떨리는 몸을 진정시킬 수 있었다.

"못할 말을 한 것도 아니지 않습니까?"

벽안인마(碧眼人魔)가 이를 악물며 말했다.

동배분이라고는 하지만 벽안인마의 무공은 청살귀존보다 높았다. 벽안인마가 무성의 기세에 버틸 수 있는 것도 그러한 이유에서였다.

실제 청살귀존의 말이 틀린 것은 아니었다.

융중산과는 달리 제천회는 무당산을 공략하며 총력전을 펼치지 않고 있었다. 그 사실을 모르고 있는 무림맹의 입장에서 본다면 실로 치욕스러운 일이겠지만 부인할 수 없는 사실이었다.

제천회가 총력을 기울였다면 적어도 무당산 경계에서 싸우는 것이 아니라 중턱까지는 올라갔으리라.

"사실……."

벽안인마가 무슨 말인가를 더 하려는 순간이었다.

콰직—

한줄기 섬광이 번뜩이는 것과 동시에 벽안인마의 머리가 터져 나갔다. 가까운 거리라고는 하지만 벽안인마가 반항조차 하지 못하고 일수에 죽은 것이다.

"마지막 기회다. 무어라 지껄였느냐?"

"기, 기르는 개도 아니라고……."

청살마존이 학질이라도 걸린 사람처럼 부들부들 떨며 대답했다.

"크큭, 그래? 그럼 개보다 못하게 해주마."

독왕이 다시 일수를 휘둘렀다.

청살마존이 대경실색하며 급하게 신형을 돌려 도망쳤다. 그러나 몇 걸음도 가기 전에 청살마존의 몸이 녹아내리기 시작했다.

"으악……!"

비명을 토하는 것을 끝으로 청살마존의 몸은 한 줌의 독수로 변해 버렸다.

가공할 만한 독장. 이전까지만 하더라도 독왕의 무공이 이 정도는 아니었다. 이 정도였다면 독왕은 천하십대고수 중 수위로 꼽혔으리라.

"또 지껄일 놈이 있느냐?"

독왕이 주위를 보며 말했다.

그 누구도 입도 벙긋하지 못했다. 말을 하는 순간 한 줌의 독수로 녹아버릴 것이라는 사실을 몸서리치게 느끼고 있기 때문이었다.

"혈웅노검."

"부, 부르셨습니까?"

"뭐 하고 있느냐? 복귀하라는 명이 떨어지지 않았느냐?"

"알, 알겠습니다. 뭣들 하느냐? 모두 복귀한다!"

혈웅노검이 급하게 명령을 내렸다.

현무단 무인들은 뒤도 돌아보지 않고 혈웅노검과 함께 그 자리를 떴다.

"쓰레기 같은 놈들."

독왕이 눈살을 찌푸리며 그 모습을 바라보았다.

"너무 신경 쓰지 마십시오. 어차피 이 기회에 모두 정리할 놈들입니다."

현무단 무인들의 모습이 희미해질 무렵, 한 인영이 모습을 드러내었다.

문성 사마중문.

한때 귀완자와 함께 쌍뇌라 불렸지만 이제 당대 최고의 지략가라도 해도 과언이 아닌 그였다.

"일신회가 장강을 건넜다고 하더군."

"먹잇감이 늘었을 뿐이지요."

"그들을 너무 만만히 보지 말게."

독왕이 조금은 근심 어린 표정으로 사마중문을 바라보았다.

벽을 넘어서며 그 시야 또한 넓어졌다. 지략에 있어서 일가를 이루며 그렇게 거대해 보였던 사마중문이었지만 지금은 어딘지 모르게 불안했다.

"일심회주를 죽여서는 아니 된다는 사실을 잊지 말게나."

"저도 알겠습니다. 이만 가시지요. 대계가 완성될 날이 멀지 않았으니."

"알겠네."

독왕이 빈 소맷자락을 휘날리며 신법을 펼쳤다.

　　　　　　　*　　　　*　　　　*

　"아미타불, 어서 오시지요."

　소림 방장 원광 대사가 정중히 합장을 하며 무림맹으로 찾아온 이들을 맞이했다.

　아무리 제천회에 의해 본산이 불타고 무당에까지 밀려 내려왔다고는 하지만 천하의 소림이요, 그곳의 당대 방장인 원광 대사였다.

　더욱이 임시로나마 무림맹주를 맡고 있는 원광 대사가 이렇듯 직접 나오게 할 수 있는 이는 천하에 몇 되지 않았다.

　"천기문의 문주인 설무위라 하오."

　"설 시주의 명성은 익히 들었습니다. 이렇게 도와주러 오신 것에 다시 한 번 감사드립니다."

　원광 대사가 진심 어린 표정으로 말했다.

　단지 지원군만 이끌고 온 것이 아니다. 제천회의 추격에서부터 설무위 일행에게 목숨을 구원받은 이가 수백을 넘었다. 만약 설무위 일행이 아니었다면 그중 절반 이상은 죽음을 면치 못했으리라.

　"무림맹을 도와주러 온 것이 아니라 제천회를 치러 온 것이오."

　설무위가 냉랭한 표정으로 대꾸했다.

　무림맹을 도와주기로 결정을 내렸다고는 하지만 마음속에

있던 앙금까지 모두 씻어버릴 수는 없었다. 더욱이 그중에서도 화산과 무당은 사부의 죽음에 직접적인 책임이 있었다.

"갈! 보자 보자 하니 가관이 따로 없구나! 대사께서 네놈 때문에 이 자리에 나온 줄 아느냐?"

종남의 천허 진인이 노성을 터뜨렸다.

그렇지 않아도 자파가 멸문에 가까운 피해를 입은 상황인지라 마음이 편치 않은 천허 진인이었다. 그런 상황에서 새파란 애송이가 원광 대사에게 하는 짓을 보자 열불이 터진 것이다.

"종남의 마지막 남은 장로라 들었소."

설무위의 시선이 천허 진인에게로 돌아갔다.

"그렇다면 어쩔 것이냐?"

"아무에게나 입을 함부로 놀리지 마시오. 종남에 더 이상 남은 장로가 없게 될지도 모르니."

설무위의 한마디에 장내가 얼어붙었다.

그러나 그 누구도 함부로 경거망동할 수 없었다. 들리는 소문의 절반만 진실이라 하여도 이 자리에서 누구도 설무위를 막을 수 없었다.

당장 사해마존과 무영투신이 설무위의 뒤편에 서 있다는 사실만으로도 그 사실은 입증되었다.

"아미타불, 설 시주에게는 무림맹을 대표하여 사죄드리겠습니다. 그만 노여움을 푸시지요."

원광 대사가 천허 진인의 앞을 막아서며 고개를 숙였다.

풍도백이 개방을 통해 설무위가 화산, 개방과의 원한이 있다는 사실을 들은 연후였다. 그 이야기를 들은 직후 원광 대사의 머릿속에는 오래전 들었던 하나의 비사가 떠올랐다.

지금으로부터 수년 전 연왕은 난을 일으켜 성공하여 천자가 되었다. 그 당시 적지 않은 문파들이 연왕의 편에 서 황궁을 공략했고, 그 중심에는 화산과 무당이 있었다.

그것은 분명 잘못된 일이었다.

연왕의 협박이 있었다고는 하지만 관과 무림이 불가침이라는 사실은 수백여 년 이상을 암묵적으로 내려오는 율법이었다.

그 당시 황궁에는 엄청난 고수가 존재하여 수많은 무인들에게서 건문제를 지켜냈다고 들은 적이 있었다. 그 무위는 천하십대고수조차도 비할 바가 아니었다. 그조차도 정상적인 상태가 아니었다 하니 그 무력은 가히 고금을 통틀어 손꼽힐 만했다.

천하십대고수를 꺾을 정도의 무인.

그런 무인을 길러낼 수 있는 문파가 과연 천하에 몇 곳이나 되겠는가? 이 순간 원광 대사의 뇌리 속에 그 무인이 떠오르는 것은 그저 우연이 아니리라.

"무량수불, 무당의 현청이라 합니다. 무당 역시 그 당시 일에 사죄를 드리겠습니다."

무당의 장문인 현청 진인이 마찬가지로 고개를 숙였다.

그것을 시작으로 그 당시 혈전에 참가한 문파의 수장들이 일제히 고개를 숙였다. 그것은 실로 일대 장관이 아닐 수 없었다.

천여 년 강호 역사를 통틀어 그 누가 이런 대우를 받아보았을까?

그들의 사죄에도 설무위는 아무런 대꾸도 하지 않았다. 그저 묵묵히 그들을 바라보고만 있을 뿐이었다.

"그들의 사죄를 받아주게. 강호란 본시 그런 곳일세, 피의 수레바퀴가 끊임없이 도는."

풍도백이 조심스럽게 입을 열었다.

사실 풍도백의 입장에서 할 말은 아니었다. 그 역시도 제자의 복수를 위해 이 자리에 서 있는 것이 아니었던가?

하나 풍도백은 이제 살날이 멀지 않은 나이였다. 그에 비해 설무위는 아직 창창한 젊은 나이였다. 복수에 얽매여 사는 것을 보고 싶지 않았다.

무엇보다 이제 겨우 이립도 되지 않은 나이였다. 강호에 새로운 역사를 써가고 있는 이 무인이 얼마나 발전하는지 지켜보고 싶었다.

"급보입니다!"

그 순간 한 명의 개방도가 달려왔다.

"제천회에서 마침내 총공세를 시작했습니다. 사천 연합군을 치러 갔던 자들 역시 복귀한 듯싶습니다."

"그게 사실인가?"

"그렇습니다."

"이럴 때가 아니군. 어서 준비들 하도록 하세나."

풍도백이 가라앉은 분위기를 없애기 위해 목소리를 높이며 나서서 말했다.

"회주님, 명령을 내려주십시오."

패검단주 파산검이 부복하며 말했다.

파산검이라고 하여 어찌 그 원통함을 모를까?

그럼에도 이렇듯 말을 하는 것은 부평초와 같은 마음에서였다.

"갑시다."

설무위는 세차게 신형을 돌렸다.

이곳에 오는 순간 이미 지난 일들에 대해서는 잊어버리기로 마음을 먹었다. 그럼에도 한순간 끓어오르는 울화를 참지 못한 것은 설무위 역시 사람이기 때문이리라.

"크악!"

"더 이상 허용하면 안 된다."

무당파 본산으로 오르는 길목 중 하나인 운암곡.

지금 그곳에서는 소림과 무당의 고수들을 주축으로 한 무림맹 무인들이 제천회의 공세를 막아내고 있었다.

무림맹 무인들은 필사적으로 제천회 무인들의 전진을 저지하고 있었다.

이곳이 뚫리면 현재 무림맹 총단이라 할 수 있는 무당파 본산까지 고작해야 두 시진 거리였다. 그렇기 때문에 무림맹에서는 희생을 감수하면서까지 이곳을 사수하고 있었다.

제천회에서도 총력전을 기울이고 있지만 쉽사리 저지선이 뚫릴 기미가 보이지 않았다.

제천회에 고수가 많다지만 무림맹 역시 수많은 문파들이 모여 있는지라 초절정고수의 수에 있어서는 크게 차이가 나지 않았다. 그럼에도 무림맹이 일방적으로 밀리고 있는 것은 무경에 이른 무인들과 독강시들 때문이었다.

최근 삼 일 동안 발생한 사상자가 수백을 넘어섰다. 그중 절정고수가 수십에 달했으니 그 피해가 어느 정도인지는 말을 하지 않아도 알 수 있었다.

그나마 무림맹이 버틸 수 있는 것은 십팔나한진을 비롯하여 칠성검진이나 매화검진 등 합격진과 제갈세가의 진법 때문이었다.

그중에서도 단연 백미는 무당의 전대 노검수들이 펼치는 칠성검진이었다.

그들은 무당칠검으로 불렸던 이들로, 수십여 년 전에 모습을 감춘 이들이었다. 그 당시 나이가 일흔을 넘었으니 이제는 백여 세가 넘었을 것이리라. 설마 그들이 살아 있을 것이라 그 누가 생각할 수 있었겠는가?

그들이 펼치는 칠성검진에 권왕조차 고전을 면치 못하고 있었다.

콰아앙—

한줄기 권력이 칠성검진의 외벽을 두드렸다. 그러나 검진은 조금의 미동조차 하지 않았다.

"대단하군."

권왕 서무극이 나지막한 감탄성을 흘렸다.

강호에 나와 이렇게 고전하기는 처음이었다. 오래전 천하십삼대고수가 될 수 있었던 염라도와의 싸움도 이렇게 힘들지는 않았다.

"그대 같은 무인이 어째서 제천회에 몸담고 있는지 모르겠네."

"적어도 무당은 그 말을 할 자격이 없다."

서무극이 냉소를 흘리며 다시 한차례 권력을 날렸다.

콰쾅—

이번 공격은 좀 전과는 다르게 충격이 있었던 듯 진세가 유동을 쳤다.

"오늘은 살아 돌아갈 수 없을 것이다."

서무극은 기세를 더욱 끌어올렸다.

오늘이야말로 기필코 운암곡을 점령할 생각이었다. 무림맹에 비해 피해를 입지 않았다고는 하지만 제천회에서도 흘린 피는 적지 않았다.

서무극은 주위를 둘러보았다.

저 한편에서는 흑갑을 입은 무인이 소림의 십팔나한진에 맞서 싸우고 있었다.

그가 바로 무성이었다. 무성의 무위는 서무극과 비교해도 조금의 부족함도 없었으나 그조차도 십팔나한진을 뚫지는 못하고 있었다.

하나 권왕과는 다르게 분명 우세를 점하고 있는 것은 무성이었다. 그의 패도적인 기세에 십팔나한승은 위축되고 있었고 부상을 입은 이도 적지 않았다.

전대 무승들이 십팔나한진을 펼쳤다면 제아무리 무성이라 하여도 우세를 점할 수 없었을 터이지만 지금 펼치는 이들은 일대제자에 불과했다. 그나마 원 자 배분 몇이 섞여 있지 않았다면 지금껏 버티지도 못했을 것이리라.

그 순간이었다.

돌연 제천회 무인들이 좌우로 갈라지며 제천회의 진영에서 한 무인이 걸어나왔다.

청동가면을 쓴 무인은 신법도 펼치지 않은 채 싸움이 가장 치열하게 일어나고 있는 곳으로 향했다. 그 모습에 주위에서 싸우고 있던 화산파 검수 몇이 쇄도해 들었다.

서걱—

단 일 초였다. 화산파 검수들의 몸이 양분된 채 시체로 변하는 것은.

쿠아앙—

그것을 기점으로 청동가면사내의 검에서 적색의 검강이 뿜어져 나오며 주위가 초토화되었다. 청동가면사내는 적군과 아군을 가리지 않고 모조리 베어 넘겼다.

"크악……."

"피해라!"

사방에서 비명이 터져 나왔다.

피의 강이 흘렀다. 단 일 초식조차 받아내는 이가 없었으니 그것은 예고된 수순이었다.

재앙(災殃).

그렇게 불릴 수밖에 없었다.

몇 남지도 않은 화산파 장로 하나가 막기 위해 쇄도했다가 십 초도 버티지 못하고 목이 잘려 나가는 것과 동시에 더는 청동가면사내에게 덤벼드는 이가 없었다.

청동가면사내의 앞을 막아서는 이가 없자 자연스럽게 길이 뚫렸다. 수십여 차례의 공세에도 철벽같았던 그 길이 단 일인에 의해서 뚫리고 있는 것이다.

"멈춰라!"

화산파 장문인 벽허 진인(碧虛眞人)이 장로 몇과 함께 그 앞을 막아섰다.

일대제자가 펼치는 매화검진 따위로는 막을 수 없었다. 벽허 진인도 그것을 느꼈기에 몇 남지 않은 장로들을 모조리 이끌고 나온 것이다.

"검진을……."

벽허 진인이 매화검진을 펼치기 위해 명령을 내리려는 순간이었다.

쿠아앙—

분명 십여 장은 넘게 떨어져 있다고 생각했던 청동가면사내가 어느새 지척까지 이르러 검강을 뿌리고 있었다.

무경의 경지에 이른 무인.

그 자존심이라면 응당 검진을 형성할 때까지 기다려 줄 것이라 생각했던 것이 실수라면 실수였다.

"장문인!"

벽운 진인이 급하게 벽허 진인의 몸을 밀치고 대신 검강을 받았다.

벽 자 배분이라고는 하지만 그 무위는 일대제자에도 미치지 못했다. 지금까지 벽허 진인이 살아남을 수 있던 것도 본산에서 싸움에 나서지 않았기 때문이다. 그런 벽허 진인이 검강을 막아낼 수 있을 리 없었다.

서걱—

검강은 그대로 벽운 진인의 몸을 가르고 지나갔다.

"사형!"

벽허 진인이 비통한 표정으로 외쳤다.

그러나 시름에 빠져 있을 상황이 아니었다. 벽운 진인을 벤 검강은 여전히 벽허 진인을 노리고 있었고, 화산의 무인들은 시체를 수습할 사이도 없이 매화검진을 펼쳐야 했다.

화아아악—

진세가 펼쳐지며 청동가면사내가 진 안에 갇혔다. 스물네 명의 검수가 펼치는 매화검진은 과연 일절이라 하기에 부족함이 없었다.

적색 검강이 요동을 치며 검진을 두드렸지만 검진은 굳건했다.

쿠아아앙—

그 순간 적색 검강이 더욱 커지며 강맹해졌다. 진세로 버티고 있음에도 일대제자 몇이 피를 토하며 비틀거렸다.

"조금만 더 버텨라! 놈도 곧 한계가 올 것이다!"

벽상 진인이 이를 악물며 외쳤다.

제아무리 무경의 경지라 할지라도 저렇듯 쉬지 않고 검강을 사용한다는 것은 있을 수 없는 일이었다.

하나 안타깝게도 먼저 한계에 도달한 것은 부상을 입은 일대제자 셋이었다. 진세를 더 이상 유지하고 못하고 피분수를 뿜으며 무릎을 꿇은 그들의 목을 검강이 그대로 베어버렸다.

"진세를 변형한다!"

벽상 진인의 외침과 함께 매화검수 다섯 명이 빠지며 열여섯 명이 매화검진을 펼쳤다.

소림의 십팔나한진이나 무당의 칠성검진과 다르게 매화검진은 그 수가 여덟 명 이상이면 언제든지 펼칠 수 있었다. 여덟 명이 빠졌음에도 매화검진은 이전과 위력 면에서 큰 차이가 없었다.

그러나 단지 그것뿐이었다.

스물네 명이 펼치는 매화검진으로 상대를 가두지 못했거늘, 열여섯 명이 펼치는 검진으로 상대를 가둘 수 있을 리 없었다.

다시 두 명의 매화검수가 죽어나가며 검진이 위태로워졌다. 대기하고 있던 매화검수가 재빠르게 가담하지 않았다면 그대로 붕괴되었을지도 몰랐다.

"이럴 수가……!"

벽상 진인이 침음성을 흘렸다.

이쯤 되면 수그러들 만도 하건만 도무지 적색 검강은 그럴 기미가 보이지 않았다. 오히려 지쳐 가는 것은 매화검수들이었다.

매화검수들의 얼굴에 절망감이 어렸다.

아직 여유가 있는 장로들과는 다르게 그들의 내공은 이제 한계에 다다르고 있었다.

"크악……!"

한줄기 외마디 비명을 필두로 검진이 급속도로 무너지기 시작했다.

아직 살아 있는 매화검수들이 합류했지만 그저 그 속도를 늦추는 것이 전부였다. 어느새 인원은 열두 명까지 줄어들어 있었다.

캉―

매화검수 한 명이 운 좋게 청동가면사내의 등허리에 일검을 적중시켰지만 돌아온 것은 지독한 반탄력에 의해 입은 내상뿐이었다.

"금, 금강불괴……!"

그 모습을 본 한 매화검수가 얼어붙은 표정으로 중얼거렸다.

넋을 일은 대가는 처절한 죽음뿐이었다. 그렇데 다시 두 명의 매화검수가 죽임을 당했다.

"장문 사형, 피하십시오!"

"사제, 그게 무슨 소리인가?"

"이대로는 어렵습니다."

"아니 될 말. 제자들을 여기에 두고 내가 어디를 간단 말인가?"

벽허 진인이 단호히 고개를 저었다.

소림의 본산이 불타올랐다는 소식을 듣고 화산과 역시 미련 없이 본산을 버렸다.

그것은 어쩔 수 없는 선택이었다.

본산이 불탄 소림보다 오래전부터 계속된 전쟁으로 더 큰 피해를 입은 것이 화산이었다. 거기에 검제의 죽음과 장로들의 죽음은 적지 않은 무학의 소실을 가져왔다.

비인부전(非人不傳)이라.

무공은 서책으로만 남길 수 있는 것이 아니었다.

"나보다 사제가 도망치게. 사제라도 살아야 하지 않겠는가."

"장문 사형……."

벽상 진인이 어찌 그 마음을 모를까?

벽 자 배분에서 가장 어리다고는 하지만 무공에 가장 해박한 것이 벽상 진인이었다. 지금 상황에서 한 사람이 살아남아야 한다면 바로 벽상 진인이어야 했다.

그 순간이었다.

"비키시오!"

어디선가 불어온 한줄기 바람이 청동가면사내의 후미를 공격했다.

퍼펑—!

쾌속한 그 공격에 청동가면사내는 미처 피하지 못하고 등허리를 내어주며 한차례 비틀거렸다. 바람이 계속해서 몰아치자 청동가면사내는 속수무책으로 뒤로 물러났다.

"누가……!"

벽상 진인이 바람이 분 곳으로 시선을 돌렸다.

매화검진으로도 단지 상대의 전진을 저지했을 뿐이다. 그런 상황에서 누군가 홀로 청동가면사내를 몰아치고 있는 것이다.

그는 바로 설무위였다.

형산에서와의 싸움과는 분명 달랐다. 그 당시 전세가 팽팽했다면 지금 압도적으로 우위를 점하고 있는 것은 설무위였다. 설무위는 조금의 숨 쉴 틈도 주지 않고 몰아쳤다.

신전수 제오식 신전료종(神電寮從).

이제는 알았다.

세인들이 말하는 것처럼 신전료종에는 분천연환수의 묘리가 깃들어 있다는 사실을.

하나 무슨 상관일까?

분천연화수이든 다른 무공이든 이제는 그저 신전수 제오식 신전료종일 뿐이었다.

퍼퍼퍼펑—!

무려 대여섯 번의 공격이 청동가면사내에게 격중되며 입에
서 실낱같은 핏줄기가 흘러나왔다.

"말, 말도 안 되는……!"

누군가 그 모습을 보고 경악을 흘렸다. 바로 청동가면사내
를 조종하는 혈독마 야율광이었다.

"거기 있었구나!"

설무위는 한차례 공격하여 청동가면사내를 압박한 뒤 야율
광에게로 몸을 날렸다.

청동가면사내가 막으려 했지만 이미 설무위의 신형은 야율
광의 지척에 이르러 있었다. 야율광이 대경실색하며 몸을 날
렸지만 한 걸음에 한해서라면 그 어떤 보법보다도 빠른 일원
보가 펼쳐졌다.

"내 경고를 잊지는 않았겠지?"

설무위는 그대로 야율광의 목을 잡아채 갔다.

그것은 하수에게나 쓰는 수법이었다. 무인에게는 실로 수치
스러운 일이 아닐 수 없었다. 그럼에도 이미 호되게 당한 경험
이 있는 야율광은 분노조차 낼 수 없었다.

야율광은 어떻게 해서든 몸을 빼내려 했지만 그것을 설무위
가 두고 볼 리 없었다. 설무위의 신형이 흐릿하게 변하며 어느
순간 야율광의 앞을 막아섰다. 절세의 보법 분심보가 펼쳐진
것이다.

"꺼억……!"

목이 잡힌 야율광이 허공에 대롱대롱 매달렸다.

야율광은 저항할 엄두조차 내지 못했다. 독이라도 뿌려보고 싶지만 까닥하면 그대로 목이 부러질지도 모른다는 두려움이 엄습하여 손이 굳어버렸다.

"어, 어떻게?"

야율광은 목이 잡힌 상태로 간신히 입을 열었다.

이전과는 비교할 수 없을 정도로 강해졌다. 그것이 고작 한 달 전이었으니 믿기지 않는 것이 당연했다.

쿠아앙—

뒤늦게 도착한 청동가면사내가 검강을 날렸지만 설무위는 야율광을 든 채로 그 모든 공격을 피해냈다.

"이것이 경고를 무시한 대가다."

설무위는 싸늘한 표정으로 손아귀에 힘을 가했다.

우드득—

그대로 야율광의 목이 분질러지며 그의 몸이 힘없이 늘어졌다.

독왕을 제외한다면 당가의 전대 문주와 함께 용독술로 천하에 견줄 자가 없다는 그의 명성과는 어울리지 않는 비참한 죽음이었다.

야율광을 죽였음에도 설무위의 표정은 그다지 좋지 않았다. 그것은 여전히 청동가면사내가 공격해 오고 있기 때문이었다. 명령을 내리는 사람이 죽는다면 멈추리라 생각했기에 더욱 그러했다.

"제법이로구나."

한줄기 음성이 울려 퍼지고서야 설무위는 그 이유를 알 수
있었다.

흑포로 몸을 감싼 채 장내에 모습을 드러낸 자.

왼팔 소맷자락이 바람에 휘날리며 펄럭이는 그는 바로 독왕
이었다.

"독왕."

설무위는 대번에 상대가 누구인지 알 수 있었다.

주변을 독기로 아우르고 있는 무인, 그가 아니면 누가 독왕
일 수 있겠는가?

마침내 원흉 중 한 명이 그 모습을 드러낸 것이다.

놀라운 것은 독왕의 기도였다. 독왕이 낭인왕마저 꺾으며
천하십대고수가 되었다고는 하지만 아무래도 독을 사용하는
무인인 이상 순수한 무력에 있어서는 다른 천하십대고수와 차
이가 있을 수밖에 없다고 생각했다.

그러나 지금 느껴지는 독왕의 무위는 지금껏 만났던 그 누
구보다 뛰어났다.

설무위는 아무 말 없이 독왕을 향해 한 발자국 성큼 다가갔
다. 독왕의 무위가 어떻든 상관없었다. 그는 그저 죽여야 할
자에 불과할 뿐이었다.

살기가 하늘 끝까지 뻗쳐올랐다. 적어도 독왕만 아니었다
면 적어도 사형이 저 꼴로 비참하게 살아가고 있지는 않았으

리라.

"그는 내 몫이다!"

그런 설무위의 앞을 가로막은 것은 사해마존이었다.

독왕과 마찬가지로 한 팔이 없는 사해마존이 독왕과 마주하
자 어딘지 모르게 균형이 맞는 듯한 모습이었다.

"미안한 말이지만 홀로는 벅찰 듯싶소."

설무위는 고개를 내저었다.

사해마존을 무시해서가 아니다. 그보다는 그만큼 독왕의 경
지가 그만큼 뛰어났다. 거기에 한 팔이 잘리는 부상까지 입은
사해마존이었다. 독왕 역시 그것은 마찬가지였지만 아무래도
무공의 특성상 처한 상황이 다를 수밖에 없었다.

"승부는 무공만으로 판가름나는 것이 아니다. 내가 일류에
도 미치지 못했을 때에도 절정고수를 죽인 적이 있다."

사해마존은 조금도 물러설 생각이 없는 듯싶었다.

어차피 장강을 떠나오며 죽음을 각오했다. 그 동반자가 독
왕이라면 충분했다.

"그리고 네 상대는 이자가 아니다."

사해마존은 한편에 있는 청동가면사내를 가리켰다.

독왕이 명령을 내려서인지 청동가면사내는 움직이지 않고
있었다. 그러나 검을 치켜든 상태로 언제든지 공격에 나설 준
비가 되어 있었다.

설무위는 주위를 둘러보았다.

무당의 칠성검진이 물러나고 그 자리를 풍도백이 대신하고

있었고, 다른 곳에서는 십팔나한진이 뒤로 빠지고 파풍도 적무악이 종리무외, 황산 신니 등과 함께 무성을 상대하고 있었다.

적지 않은 내공을 소모한 상태였음에도 무성은 오히려 상대들을 압도하고 있었다. 그나마 풍도백만이 보법을 사용하여 피하며 권왕에게 버티고 있었지만 그가 자신했던 것처럼 그리 좋은 상황은 아니었다.

"운이 좋구나. 적어도 며칠은 생명을 더 연장할 수 있을 터이니."

그 순간 독왕이 나지막한 목소리로 중얼거렸다.

"무슨 개소리더냐?"

사해마존이 눈썹을 찌푸리며 말했다.

독왕은 대꾸하지 않고 신형을 돌렸다. 더 이상 미련이 없다는 표정이었다.

"감히!"

사해마존이 일장을 날렸다.

독왕은 고개조차 돌리지 않은 상태에서 그대로 한 팔을 뒤로 휘둘렀다.

콰쾅—

놀랍게도 밀려난 것은 사해마존이었다. 사해마존은 경미한 내상마저 입은 듯 얼굴색이 창백해졌다. 그사이 독왕은 사해마존의 시야에서 멀어져 갔다.

"뭐 하는 것이냐?"

사해마존이 책망이라도 하듯 설무위에게로 시선을 돌렸다.

지금이 아니라면 언제 다시 기회가 올지 몰랐으니 아쉬움이 없을 수 없었다.

"그의 말처럼 오늘은 아닌 듯싶소."

설무위의 시선은 독왕이 아닌 협곡의 반대편을 향해 있었다.

그곳에는 사형과 마찬가지로 청동가면을 쓴 인영이 이곳을 바라보고 있었다. 그리고 그 주변에는 혈포를 거친 수십여 명에 달하는 인영들이 시립해 있었다.

그들이 바로 제천혈, 피로 천하를 지배하고 하는 자들이었다.

그리고 그 중심에 있는 무인.

보지 않아도 느낄 수 있었다. 그가 바로 건문제, 아니, 제천회주이리라. 독왕이 물러선 것은 자의가 아닌 제천회주의 명령일 터였다.

수십여 장 이상의 거리를 격하고 설무위와 제천회주의 시선이 부딪쳤다.

그 순간 설무위는 제천회주가 왠지 모르고 웃고 있다는 느낌을 지울 수가 없었다. 그렇게 제천회 무인들이 일제히 퇴각하며 운암곡의 싸움은 마무리되었다.

칠 주야.

설무위와 일심회 무인들이 가세하면서 운암곡의 싸움은 길어져 갔다.

그 덕분에 계속해서 죽어나가는 것은 일반 무인들이었다. 운암곡에서만 어림잡아 천여 명 이상이 죽었고 그 수는 지금도 계속 늘어나고 있었다.

"적들의 의도를 모르겠소."

개방 방주 철심협개가 분통이 터진다는 듯 탁자를 내려쳤다.

제천회는 무엇 때문인지 시간을 끌고 있었다. 이전에는 그저 그렇다는 느낌뿐이었지만 이제는 그 증거들이 속속들이 드러나고 있었다.

독왕은 이길 수 있는 전투에서도 매번 결정적인 순간에 몸을 뺐고 그것은 권왕이나 무성 역시 마찬가지였다.

"아미타불, 진정하시지요."

원광 대사가 불호성을 읊자 장내의 분위기가 진정되었다.

무공이 그다지 강하지 않은 원광 대사가 어찌하여 소림의 방장이 되었는지, 그리고 무림맹주까지 맡게 되었는지 알 수 있는 모습이었다.

"최근 칠 주야 동안 운암곡에서 천여 명, 그리고 전장 전역에 걸쳐서 벌써 사상자 수가 이천여 명을 넘어섰소이다."

철의협개가 진정된 표정으로 한숨을 토하며 말을 이었다.

말이 이천여 명이지, 낭인들이나 중소 문파 무인들의 수까지 정확하게 집계된 것이 아니었기에 그 수는 더 많을 터였다. 거기에 융중산에서 죽은 무인들까지 더한다면 그야말로 시산

혈해라는 말이 부족하지 않았다.

"무엇보다 이제 식량마저 얼마 남지 않았소이다. 하긴 이대로라면 식량이 부족하지 않을지도 모르지."

"원시천존, 그것은 적들도 마찬가지가 아닙니까?"

벽허 진인이 반문했다.

독강시까지 만드는 제천회였지만 기이하게도 양민들에 대한 약탈만은 하지 않았다. 그로 인해 주 거점들이 산서성에 있는 제천회 역시 식량 수급이 어려웠다.

제천회에서는 양민들을 약탈한 자들에 대해 철저히 제재하였다.

현무단 무인 수십여 명이 마을 하나를 약탈하고 그곳의 어인들을 간살하였다가 그대로 참수당했다. 그 일로 반발한 다른 이들까지 모조리 참수한 뒤로는 절대 약탈을 하지 않았다.

"강시까지 만드는 놈들이거늘 이해할 수 없구려. 하긴 지금까지 제천회의 행사에 대해 이해가 가는 것이 하나도 없었지만."

"이제는 결정을 내려야 할 때요."

"무량수불, 제 의견도 같습니다. 이제는 결정을 내려야 할 듯싶습니다."

무당파 장문인까지 가세하자 여론은 최종 결전을 보는 방향으로 흘러갔다.

"아미타불……."

원광 대사는 불호성을 읊으며 좌측에 있는 빈자리를 바라보았다.

얼마 전까지만 하더라도 그 자리에는 설무위가 앉아 있었지만 몇 시진 전 곧 돌아오겠다는 말만을 남기고 홀로 어디론가 떠난 상황이었다.

어째서 성승은 죽기 전 피하라는 말을 하였을까?

그렇지 않았다면 멸문을 당하더라도 원광 대사는 본산을 떠나지 않았으리라. 그저 노망일지도 모르겠지만 원광 대사는 어쩌면 설무위가 그 이유를 알고 있을지도 모른다는 생각이 들었다.

젊디젊은 무인.

그러나 그가 아니었다면 지금까지 무림맹은 버티지도 못하였으리라.

매화검진마저 무너뜨렸던 청동가면사내가 그에 의해 일패도지하고 며칠 전에는 무성이 심각한 부상을 입으며 물러났다. 독왕만 아니었다면 무성은 그 자리에서 죽었을지도 몰랐다.

"설 문주가 돌아오면 그때 총공세를 하는 것으로 합시다."

"고작해야 한 명이오. 그 한 명이 대세에 어떤 영향을 줄 수 있단 말이오?"

"그렇소. 언제 돌아올지 알고 기다리겠소? 더 이상 지체하다가는 고사할 판이오."

"그 한 명이 여기 있는 사람들의 목숨을 부지하게 해주고 있다는 사실을 잊지 마시오."

적무악이 싸늘한 표정으로 말했다.

적무악의 말에 장내의 그 누구도 아무런 반박을 하지 못했다.

바로 어제, 제천회에서는 무려 오십여 구의 강시를 한번에 동원하여 소로를 통해 후미로 돌아와 기습하려 하였다. 그 기습을 막은 것은 단 일인이었다.

독강시가 오십여 구에 현무단주와 주작단주, 거기에 현무단 무인 백과 주작단 무인 삼십여 명.

어지간한 대문파조차 일각이면 초토화시킬 전력을 설무위는 마치 예상이라도 하였다는 듯 홀로 출정하여 전멸시켜 버린 것이다.

무슨 방법을 썼는지도 누구도 알지 못했다.

오직 주작단주만이 가까스로 홀로 도망쳐 목숨을 부지했을 뿐이었다.

월혼류!

어둠 속에서만 빛을 발하는 그 술법은 야음을 틈타 기습하려는 제천회 무인들에게 재앙이었다. 독강시는 그들의 명령을 듣지 않고 오히려 그들을 공격하였다. 싸움이 끝난 직후 설무위는 독강시를 해강시켰다.

"아미타불, 적 시주께서는 진정하시지요."

원광 대사는 깊은 한숨을 토하며 말을 이었다.

"알겠습니다. 그럼 동이 트는 두 시진 후에 총공세를 펼치는 것으로 하겠습니다."

원광 대사의 말을 끝으로 모두가 자리에서 일어났다.

하나둘 회의실을 떠나간 후 원광 대사는 왠지 모를 불길한 기분을 떨쳐 낼 수가 없었다. 그러나 이제 와서 돌이킬 수는 없는 일, 원광 대사 역시 마지막으로 회의실을 둘러본 후 그 자리를 벗어났다.

疾風歌

第三十八章 한줄기 바람은 전설이 되다 (2)

질풍가

자욱한 어둠이 대지를 뒤덮고 있는 밤.

스스스슥—

야음을 틈타 백여 명의 인영이 소로를 통해 움직이고 있었다.

기습이라도 하려는 듯싶었지만 그들은 기척을 대놓고 드러내며 이동하고 있었다. 인영은 사람이 아니었다. 주위 모든 파괴하며 오로지 살육만을 일삼는 마물, 독강시였다.

"맙, 맙소사!"

정찰을 하고 있던 무림맹 무인 몇이 그 모습을 보고 기겁을 하며 품속에서 신호탄을 꺼냈다.

수십여 구도 아니고 무려 백여 구에 달하는 강시였다. 저것

이 후미를 친다면 전면전을 준비하고 있는 무림맹은 심각한
타격을 입을 터였다.

서걱―

그러나 그들은 신호탄을 발사하지 못했다.

어둠 속에서 날아든 칼날이 그들의 목을 베고 지나간 것이
다.

제천혈, 그들은 강시들보다 앞서 나가며 척후병을 모조리
처치하고 있었다.

운암곡을 통과하지 않고 무당파로 가기 위해서는 백여 리
이상을 돌아가야 한다. 거기에 천혜의 요새 같은 곳이 몇 군데
나 되었기에 수십으로 능히 수천의 대군을 막을 수 있었다. 그
랬기에 제천회에서도 무리를 하면서까지 운암곡을 뚫으려 하
는 것이었다.

당연히 무림맹에서도 적지 않은 병력을 내보내 그런 요새들
을 지키고 척후조를 계속해서 운용하고 있었다. 그러나 지금
은 전면전을 준비하고 있었기에 가능한 모든 병력을 복귀시킨
상태였다.

그로 인해 제천회는 별다른 피해 없이 그런 요새들을 지나
쳐 무림맹 본진으로 향하고 있었다.

그 순간 한 인영이 강시들의 앞을 막아섰다.

주위에는 아무도 없었다. 오직 홀로 강시들 앞을 막아선 것
이다.

스스스슥―

주위에 아무도 없는 것이 확인되자 무려 이십여 명에 달하는 제천혈 무인이 사내의 주위를 둘러쌌다. 그러나 무려 스물이라는 숫자에도 제천혈 무인들은 함부로 손을 쓰지 못하고 있었다. 적어도 상대에게는 그럴 만한 자격이 있었다.

질풍가(疾風歌)!

그 바람의 노래 앞에 죽은 동료가 수십이요, 패퇴당한 고수들이 얼마이던가?

"부나방 같군. 그렇게 당하고도 또다시 오다니."

설무위는 싸늘한 눈빛으로 제천수호대를 바라보았다.

상대가 이십여 명에 달했지만 설무위는 조금도 위축된 모습이 아니었다. 그들 열 명이면 천하십대고수도 죽일 수 있다고는 하지만 그것은 그들만의 생각일 뿐이었다.

휘이잉—

설무위가 기세를 일으키자 자연스럽게 주위에 바람이 일었다.

그 순간이었다.

수십여 장 밖에서부터 서너 명의 인영이 모습을 드러내며 설무위가 있는 곳으로 다가왔다. 권왕과 독왕을 비롯한 제천회 무인들이었다.

"역시 강시의 위치가 파악되나 보군."

독왕이 조금은 놀랍다는 표정으로 설무위를 바라보았다.

이 모든 것은 함정에 불과했다. 백여 구에 달하는 독강시도, 제천혈 무인들도, 오직 설무위를 끌어내기 위해 만든 덫이었다.

"되었다. 물러들 가거라. 너희들 정도로 상대할 수 있는 자가 아니니."

독왕의 손짓에 제천수호대가 지체없이 물러났다.

제천수호대는 특별한 상황이 아니라면 오직 제천회주와 문무쌍성의 명령만을 따랐다. 권왕이나 독왕이라 할지라도 그들에게 명을 내릴 수는 없었다. 지금 독왕이 그들에게 명령을 내릴 수 있는 것은 한 가지 이유에서였다.

제천회주.

바로 그가 이 자리에 있기 때문이다.

독왕은 그저 제천회주를 대신해서 명령을 내리는 것에 불과했다.

저벅저벅.

저 멀리서부터 존재감을 드러내며 다가오는 있는 무인, 한때 중원천하를 지배하는 천자였으나 이제는 그저 제위를 찬탈당한 비운의 황제, 건문제였다.

지난 칠 주야 동안 단 한 차례도 모습을 드러내지 않았던 그가 마침내 침묵을 깨고 나타난 것이다.

"네가 무위냐?"

제천회주의 옆에는 청동가면사내가 서 있었다.

제천회주 역시 청동가면을 쓰고 있었기에 누가 누구인지 구분이 어려웠지만 설무위만은 정확하게 구별을 할 수 있었다.

"초 사부가 더 이상 제자를 거두지 않겠다는 말을 깨뜨릴 만하구나."

"무슨 소린가?"

설무위가 싸늘한 표정으로 말했다.

제천회주가 말하는 초 사부가 누구인지 모르려야 모를 수 없었다.

"운천이를 끝으로 초 사부는 더 이상 제자를 거두지 않겠다고 나에게 말한 적이 있었다. 어찌 되었거나 이렇게 만나게 되어서 반갑다, 막내 사제."

"……."

설무위는 충격에 휩싸였다.

막내 사제라니? 어떻게 하여 제천회주에게서 그리한 말이 나올 수 있단 말인가?

"누가 네 막내 사제라는 것이냐!"

설무위가 대노하며 외쳤다.

분노가 극에 달해 살기로 화했다. 그 살기는 주변 모든 것을 파괴하며 거칠게 제천회주에게 향했다.

"이놈! 감히 어느 안전이라고!"

독왕이 나서서 그 살기를 막아섰다.

고작해야 무형의 살기에 불과했지만 그마저도 독왕은 용납할 수 없었다.

모든 것은 애초부터 잘못된 일이었다.

지옥 불에 들어간다 할지라도 모든 업보는 그를 비롯한 죄인들이 져야 할 몫이었다. 어느 누구도 제천회주, 아니, 폐하게 저런 태도를 보여서는 아니 되었다. 그것이 강호인이라면 더욱 그러했다.

"어의는 물러서게."

"폐하……."

"회주, 내가 분명 그렇게 부르라 명했네."

"속하가 실언을 했습니다, 회주님."

독왕이 깊숙이 고개를 숙이며 부복했다.

벽을 깨뜨리고 나서야 그는 건문제, 아니, 제천회주의 무력이 어느 정도인지 알 수 있었다. 그러나 오히려 그 사실이 더 그의 가슴을 후벼 팠다. 저런 무공을 얻기 위해 어떤 대가를 치러야 했는지 누구보다 잘 알고 있기 때문이었다.

"그래, 너라면 나에게 그런 말을 할 자격이 있다."

제천회주는 고개를 돌려 청동가면사내를 바라보았다.

그가 강호에 나와 유일하게 죄책감을 느낀 일이 있다면 그것은 바로 청동가면사내, 아니, 사제인 한운천에게 한 짓이었다.

비록 태자였던 관계로 부평초에게 구배지례를 행하지는 못했지만 부평초는 그의 마음속 스승이었다.

제천회주는 한운천이 쓰고 있는 청동 가면을 벗겨주었다. 오랫동안 빛을 보지 못하여 이전보다 더욱 창백해진 안색이었지만 수려한 외모만은 변하지 않았다.

"이제 이 지긋지긋한 면갑을 벗을 때도 되었군."

제천회주는 한운천의 면갑을 벗겨준 뒤 본인 역시 쓰고 있던 청동 가면을 벗어 던졌다.

위엄이 가득한 얼굴이 만천하에 드러났다. 한때 황제였던 이, 그것은 후천적으로 만들어질 수 없는 그런 위엄이었다. 기이한 것은 그런 위엄과는 어울리지 않게 어딘지 모르게 중성적인 느낌이 든다는 듯한 사실이었다.

"사형은 어찌 된 것인가!"

설무위가 이를 악물며 말했다.

설마 설마 했지만 예상했던 대로 청동가면사내는 사형이었다. 떨리는 마음을 주체할 수가 없었다. 건곤신공을 운기하고서야 어느 정도 마음이 가라앉았다.

"너도 그렇게 생각하느냐? 짐의 행동이 잘못되었다고?"

"나는 사형이 어찌 된 것인지를 물었다."

"그러나 감히 그 누구도 짐에게 그런 말을 할 자격이 없다. 먼저 잘못을 저지른 것은 그들이었으니."

제천회주와 설무위는 서로의 질문에 대한 대답을 하지 않았다. 마치 선문답을 하듯이 자신이 하고자 하는 말을 내뱉을 뿐이었다.

"어떤 이들은 복수를 맹세한 후에도 변질하더구나. 그래서 나는 결정했다, 이 추악하고 더러운 강호를 말살시켜 버리기로."

쿠쿵—

거대한 충격이 장내를 몰아쳤다.

그것은 마침내 제천회주의 진실한 목적이 무엇인지 드러나는 순간이었다. 놀라운 것은 그 누구도 그 말에 경악하지 않는 다는 사실이었다. 마치 그 사실을 알고 있던 듯한 모습이었다.

"크큭, 말살이라……."

설무위는 웃고 또 웃었다.

"고작 복수의 대상이 강호라니 기가 찰 뿐이군."

"이노오오옴!"

독왕이 더 이상 참지 못하고 일장을 내뻗었다.

지독한 독기가 몰아쳤다. 단순한 독기가 아니라 강기와 함께 몰아치는 독기였다.

퍼펑—

설무위는 한 손을 들어 그것을 막았다.

충돌이 있었지만 설무위는 그 자리에서 미동조차 하지 않았다. 새로운 경지에 접어든 독왕이었지만 그것은 설무위 역시 마찬가지였다.

"물러가라 하지 않았던가!"

제천회주는 말을 하였음에도 독왕이 다시 나선 것이 언짢은 듯 손을 내저었다.

"죽을죄를 지었습니다!"

독왕은 그대로 땅에 머리를 처박으며 제천회주를 향하여 오체투지를 하였다.

"어차피 강호말살지계는 마무리로 치닫고 있다."

제천회주는 서북 방향으로 시선을 돌렸다.

그곳에서는 아마 최후의 결전이 벌어지고 있으리라. 그 결전에서는 누구도 살아남을 수 없었다. 마음만 먹었다면 진작에 무너뜨릴 수 있었던 무당을 지금까지 내버려 두었던 것도 한 명이라도 더 많은 강호인을 끌어 모으기 위함이었다.

본시 직접 그 싸움을 주관하려 했던 제천회주였지만 설무위로 인하여 부득이하게 계획을 전면 수정하지 않을 수 없었다.

강호말살지계에서 가장 큰 비중을 차지하는 것이 독강시였고, 그 독강시를 한순간에 무력화시킬 수 있는 것이 설무위였으니 그것은 어쩔 수 없는 선택이었다.

"지금쯤 스스로를 의적인 양 장강연맹이라 칭하는 수적 떼들의 배는 수군에 의해 불타오르고 있을 것이며, 백성들의 고혈을 빨아먹고 사는 무림문파들은 금군들에 의해 멸문당하고 있을 것이다."

제천회주는 다시 시선을 설무위에게 돌리며 말을 이었다.

"너 하나만은 살려주도록 하겠다. 그러나 후인은 남기지 말거라. 천문의 무공 역시 다른 무공들처럼 이 세상에서 사라져야 할 것이니."

"진정 복수해야 할 대상이 강호라고 생각하는가?"

건문제가 용상이 아닌 이 자리에 있는 것은 지금의 천자인 연왕 때문이었다. 적어도 복수를 하려 했다면 연왕부터 죽여야 했다.

"내가 원한다면 지금이라도 숙부를 죽일 수 있다. 그러나 내가 지금에 숙부를 죽여 무엇 한단 말이더냐! 보거라! 이것이 내가 살아남을 수 있던 이유였음이니!"

제천회주는 돌연 장포 자락을 열어젖혔다.

희미한 달빛 아래에서 제천회주의 몸이 그대로 드러났다. 근육으로 뒤덮인 일반적인 무인들과 달리 제천회주의 몸은 여인의 몸처럼 부드러워 보였다.

그러나 가장 놀라운 것은 하초 부근에 있어야 할 것이 없다는 사실이었다. 설무위조차 그 모습에 놀라지 않을 수 없었다.

한때지만 천자였던 그가 어째서 남자의 상징인 그것이 없단 말인가?

"후대조차 남길 수 없는 내가 황제가 되어서 무엇을 하겠느냐. 숙부를 죽여 명을 내 대에서 끝장내기라도 하란 말이냐?!"

제천회주의 목소리는 점차 높아져 나중에는 괴성을 지르는 정도가 되었다.

강호인들을 앞세워 연왕이 황궁을 무너뜨렸을 때 건문제는 돌더미에 깔려 크나큰 부상을 입었다. 그때 제천회주의 하초는 짓뭉개졌다.

물론 그로 인해 내시로 위장하여 연왕과 강호인들이 펼친 천라지망에서 탈출할 수 있었지만, 그 이후 건문제는 살아갈 의욕을 잃었다. 그런 건문제에게 유일하게 남은 것이 있다면 복수심뿐이었다.

"크하하, 숙부마저 동의했으니 이제 남은 것은 파멸뿐이다."

제천회주의 입에서 다시 한 번의 폭탄과도 같은 발언이 터져 나왔다.

이제야 모든 것이 이해가 되었다.

지금의 황제인 영락제가 군부의 장군들이 죽었어도 아무런 조치도 취하지 않은 것에서부터 제천회가 어디서 자금과 정보를 가져다 쓰는지도. 그 모든 것이 황실의 전폭적인 지원이 있었기에 가능한 일이었다.

"헛된 망상에 빠져 있는 자와 더 이상 이야기를 나눠봐야 무엇 할까!"

설무위는 기세를 끌어올렸다.

쓸데없는 잡담이나 나누는 것은 여기까지였다. 강호말살지계든 그가 다시 천자의 자리를 노리든 그와는 상관없는 일이었다.

지금 중요한 것은 사형을 저렇게 만든 제천회주가 눈앞에 있고, 이제 그를 죽일 것이라는 사실이었다.

"오늘 이 자리에서 그 누구도 살아 돌아가지 못할 것이다!"

설무위가 사자후를 터뜨렸다.

그것은 광오하다 못해 미치지 않고서야 할 수 없는 발언이었다.

지금 이 자리엔 제천회주만이 있는 것이 아니었다. 권왕과 독왕을 비롯하여 제천수호대까지 있어 설령 천하십대고수가 모두 모였다 한들 필승을 장담할 수 없었다. 그런 상황에서 설무위는 그들 모두를 상대하겠다고 말하고 있는 것이다.

"독강시를 믿고 있는 것이라면 틀렸다."

독왕이 손을 내저었다.

그 일수에 무려 백여 구의 독강시가 한 줌의 독수로 녹아내렸다.

이미 주작단주의 귀환으로 독강시가 오히려 상대의 명령을 듣는다는 사실을 알고 있었다. 그럼에도 독강시를 데려온 것은 미끼가 필요해서일 뿐이었다.

더욱이 독강시를 만들 때 혹시 모를 사태를 대비하여 지금처럼 파기할 수 있도록 장치를 해놓았기에 상대의 조종을 받는다 하더라도 큰 문제가 되지 않았다.

기이한 것은 실수였는지 모르겠지만 독왕이 한 구의 독강시는 남겨두었다는 사실이었다.

"왜 남겨두었는지 궁금하지 않더냐?"

"한 구가 남았든 천 구가 남았든 무슨 상관일까!"

설무위가 기세를 담아 외쳤다.

독강시를 믿는다고?

그것은 그들의 오산일 뿐이었다. 고작해야 마물 따위에 의지하려 했다면 지금 이 자리에 계속해서 서 있지도 않았을 터였다.

"어의, 보여주거라."

"존명."

독왕은 품속에서 무엇인가를 꺼냈다.

그것은 아주 조그마한 벌레였다. 남만에서만 사는 그 벌레를 사람들은 고독이라 불렀고, 천하에 그 고독을 자유자재로 다룰 수 있는 이는 오직 독왕뿐이었다.

"보거라."

화르르—

독왕이 삼매진화를 일으켜 고독을 불태워 죽이는 것과 동시에 독강시의 몸이 폭발하며 산산조각으로 터져 나갔다. 그 파편은 무려 십여 장을 뒤덮으며 그 일대를 죽음의 늪으로 만들어 버렸다.

그 모습에 설무위조차 안색이 변하지 않을 수 없었다. 저것은 무공이 높다고 해서 피할 수 있는 것이 아니었다. 만독불침이 아니고서야 저런 폭발에서 살아남을 수 없었다.

"십여 구만 터져도 반경 수십여 장을 뒤덮는다. 그것이 수십여 구라면 적어도 반경 백여 장 인에 있는 사람은 누구도 살아남지 못하리라."

독왕은 이제 한 줌의 재로 변한 고독을 펼쳐 보이며 말했다.

한때 황궁의 어의를 지냈던 그였다. 그런 그가 어찌 인명의 소중함을 모를까?

그럼에도 이러한 마물을 만든 것은 죄책감 때문이었다. 그의 의술이 조금만 더 높았더라면, 그리고 환난 당시 그가 황제의 곁을 지켰더라면 그런 부상을 입지 않았을 수도 있었다.

"죽이진 말라."

"존명."

권왕과 독왕이 동시에 움직였다.

천하십대고수라 불리는 무인들이었지만 그들은 합공을 하는 것에 있어 조금의 거리낌도 없었다. 강호인이기에 앞서 건문제의 신하이기에 가능한 일이었다.

"혼자 온 그 자신감은 인정하마. 그러나 그것이 오만이었다는 것을 깨닫게 해주마."

권왕이 기세를 끌어올렸다.

그 정도 되는 무인이라면 구태여 기세를 끌어올리지 않더라도 내공을 운기하면 자연스럽게 기세가 일어나게 마련이었지만, 구태여 이렇게까지 하는 것은 그만큼 설무위를 인정한다는 뜻이었다.

그 순간이었다.

"설 문주가 혼자라고 누가 그러던가?"

저 멀리서부터 몇 명의 인영이 빠른 속도로 다가왔다.

풍도백을 비롯한 사해마존, 적무악 등이었다. 그들만이 아니었다. 그 뒤로 종리무외를 비롯한 삼악종 등이 모습을 드러내고 있었다.

"우하하. 설 소제, 늦어서 미안하네."

"오홍, 우리를 두고 가다니. 석산채에서 한 약속을 잊은 건 아니겠지요?"

그들은 설무위를 중심으로 하나둘 모여들었다.

그들이라고 해서 어찌 적들이 두렵지 아니할까. 그러나 그 누구 하나 위축되어 있기는커녕 오히려 투지를 불사르고 있었다.

"허허, 이번에도 혼자 처리할 생각이었나?"

"……"

설무위는 그들을 보며 아무런 말도 할 수가 없었다.

설무위라고 해서 혼자 모든 사람들을 상대할 수 없다는 것을 모르지 않았다. 그럼에도 물러설 수 없는 것은 사형이 이 자리에 있기 때문이었다.

"소궁주와 경아는 데려오지 않았네. 차마 데려올 수 없더군."

"어째서… 어째서 온 것이오?"

"허허, 자네가 그러지 않았나? 이제 우리는 일행이라고. 이제는 우리가 자네를 도울 차례일세."

풍도백의 초연한 눈빛으로 설무위를 바라보았다.

그 눈빛에는 애정과 신뢰가 담겨 있었다. 그동안 복수심에만 미쳐 살던 풍도백이었지만 설무위를 만난 후 조금씩 바뀌어갔다. 아마도 그것은 설무위에게서 죽은 제자의 모습을 보았기 때문인지도 몰랐다.

"그리고 나에게는 갚아야 할 빚도 있지 않았던가?"

풍도백은 설무위의 어깨를 한차례 두드린 뒤 앞으로 나섰다.

그가 향한 곳에 있는 이는 바로 권왕 서무극이었다. 풍도백이 움직이자 사해마존 역시도 독왕을 막아섰다. 그렇게 되자 자연스럽게 적무악, 종리무외, 삼악종 등이 제천수호대와 마주하게 되었다.

"운이 좋은 놈들이군. 그곳으로 가지 않다니."

제천회주는 그들을 보고서도 별다른 표정의 변화가 없었다.

그저 밟아 죽여야 할 벌레를 보듯 눈살을 찌푸릴 뿐이었다.

"그러나 그 운도 여기까지다. 모두 죽거라."

파파팍—

제천회주의 명령에 권왕과 독왕이 지체없이 상대를 찾아 몸을 날렸다.

그들은 적도들이 이곳에 왔다는 사실만으로도 분노하고 있었다. 버러지 같은 것들이 어딜 감히 회주 앞에 모습을 드러내었단 말인가?

제천수호대 역시도 살기를 뿌리며 종리무외와 적무악, 삼악종 등을 공격했다.

순식간에 난전이 되었다.

그 싸움에 가담하지 않은 것은 오직 설무위와 제천회주, 그리고 한운천뿐이었다.

"이제 당신이 죽어야 할 이유가 한 가지 더 늘었다."

설무위는 서서히 건공신공을 끌어올렸다.

이전과는 다르게 세맥까지 원활해진 기의 흐름이 몸을 가볍게 해주었다.

"마지막으로 한 가지만 묻겠다. 사형이 다시 원상태로 되돌아올 수 있는 방법이 있는가?"

"혈귀혼고와 귀혼고는 다르다. 네가 생각하고 있는 것과 다르지 않을 것이다."

"그것으로 당신의 죽음은 결정되었다."

설무위는 살기를 내뿜으며 쇄도했다.

그래도 시전자라면 다른 방법이 있을지 모른다는 생각을 했건만 그마저도 불가능한 상황이었다. 희박한 확률, 이제 그것에 목숨을 걸어야 한다는 뜻이었다.

"그래, 어디 초 사부가 스스로의 말을 어길 재능을 어디 한 번 보자꾸나."

제천회주는 직접 싸움에 나설 생각이 없는지 한 손을 들며 뒤로 물러났다.

그러자 지척에 서 있던 한운천이 적색 검강을 뿜어내며 설무위를 막아섰다.

콰쾅—

설무위도 그 검강을 막기 위해 어쩔 수 없이 공격의 방향을 틀었다. 이전에 한 번 겪어본 공세였지만 여전히 살이 떨리도록 위력적인 것은 부인할 수 없는 사실이었다.

"사형, 오늘은 모든 것을 끝냅시다."

설무위는 곧장 천기심공을 운용하여 천원이분술을 펼쳤다.

시간을 끌 이유도, 그리고 그래서도 아니 되었다. 지금 이 순간에도 그의 동료들은 생사를 오가는 싸움을 하고 있었다.

파파팍—

두 개로 늘어난 설무위의 신형이 한운천을 향해 매섭게 짓쳐들었다.

그와 동시에 신전무형과 신전료종의 기운이 동시에 펼쳐졌다. 수십 갈래로 나눠져 쇄도하는 신전료종의 기운 속에서 터져 나오는 신전무형의 기운은 무경의 경지에 이른 무인이라 할지라도 방비하기가 어려웠다.

퍼펑—

그것을 증명이라도 하듯 한운천은 복부에 일장을 얻어맞고 주르륵 밀려 나갔다.

그러나 단지 그것뿐이었다. 한운천은 언제 밀려나기라도 했냐는 양 곧바로 신형을 박차고 날아들었다. 금강불괴의 위력이었다.

신전무형으로는 충격을 주기 어려웠다. 중첩의 원리를 이용한다면 이전처럼 부상을 입힐 수 있겠지만 신전무형은 그렇듯 연달아 사용할 수 있는 초식이 아니었다.

신전수 제육식 신전불퇴(神電不退).

콰콰쾅—

설무위가 택한 것은 벼락이었다. 벼락은 뇌전을 동반하여 내리쳤고, 이번에는 한운천도 충격을 입은 듯 입가에서 피가 흘러내렸다.

폭풍우와도 같은 바람이 계속해서 몰아쳤다.

그러나 적색 검강은 폭풍우 속에서도 거대한 고목이라도 되는 듯 미동도 없었다. 그렇게 일각여. 폭풍이 수그러들자 한운천의 반격이 시작되었다.

단천구검 제육식 단천분뇌(斷天分雷).

하늘에서 수십 갈래로 떨어져 내리던 뇌전이 하나로 모여 설무위를 강타했다. 제육식인 단천분뇌와 제팔식인 단천일뇌(斷天一雷)의 결합이었다.

콰쾅—

충돌과 함께 설무위는 무려 칠팔 장을 밀려 나간 후에야 간신히 신형을 추슬렀다.

"쿨럭, 과연 사형이오. 무경마저 뛰어넘은 상태였다니……."

설무위는 검붉은 울혈을 내뱉었다.

산을 내려가기 전 구성의 경지였으니 응당 십성이 되어야만 펼칠 수 있는 단천일뇌를 펼칠 수 있을 것이라 생각했다. 그러나 이처럼 두 가지 초식을 결합하여 펼치는 것은 그와는 또 다른 경지였다.

"그러나 부족하구려. 아직 내 숨이 붙어 있는 것을 보니. 이제 내 차례요."

설무위는 내공을 극성으로 운기했다.

천원이분술로 나뉘어진 두 개의 신형이 다시 나뉘어지며 네 개가 되었다. 그렇게 네 개로 나뉘어진 신형에서 각기 다른 초식이 펼쳐졌다.

광풍만파에서부터 신전무형, 신전불퇴, 신전료종까지.

각기 다른 네 가지 기운이 설무위의 손에서 뻗어 나오는 것이 마치 전설의 천불수라도 보는 듯싶었다.

퍼퍼퍼퍼퍼펑—

그렇게 뻗어 나온 기운은 재차 한운천의 전신을 무차별적으로 난타했다. 한운천의 신형은 그래도 십여 장을 튕겨 나가며 거목에 처박혔다.

사방이 정적에 휩싸였다.

권왕도, 독왕도, 그리고 풍도백이나 사해마존까지도 그 광경에 넋을 잃었다.

치열하게 겨루고는 있다지만 그들 역시도 그 둘의 싸움을 주시하지 않고 있던 것은 아니었다. 한운천이 펼친 초식에서부터 시작하여 설무위가 펼친 초식까지, 그 공격들은 설령 그들이라고 할지라도 막을 수 없는 것이었다.

"대단하구나. 극성에 이른 천원이분술, 거기에 이형환위를 섞다니… 네가 아니라면 그 누구도 생각할 수 없는 방법이었을 것이다."

그것을 본 제천회주가 나지막한 감탄성을 흘렸다.

그 역시 한때 부평초에게 사사한 만큼 천문의 무공이나 술법들에 대해서는 대략적으로나마 알고 있었다. 그러나 삼대비술을 누군가가 익혔을 것이라고는 생각지 못했다. 그만큼 익히기 어려운 것이 삼대비술이었다.

심지어 부평초마저도 삼대비술의 구결을 알고 있을 뿐, 펼치지 못한다고 하지 않았던가. 그 삼대비술 중 하나가 지금 세상에 모습을 드러낸 것이다.

"그때 강호인들이 그렇게 추악한 짓만 하지 않았더라면 강호는 너로 인해 수백 년 이래 최대의 부흥기를 맞이하게 되었을지도 모르겠구나."

"아직까지도 헛된 망상을 버리지 못했군."

설무위는 대(大) 자로 뻗어 있는 사형을 바라보며 신형을 돌렸다. 마지막 순간 삼 푼의 힘을 덜었기에 부상을 입었을지언정 목숨이 위태롭지는 않을 터였다.

"아직은 아니다. 그 정도로는 부족하다."

"무슨⋯⋯."

설무위가 눈살을 찌푸리는 순간이었다.

놀랍게도 뒤편에서 나무가 부러지는 소리와 함께 거목에 처박혔던 한운천의 신형이 천천히 일어나고 있었다. 입가에서 피는 흘러내렸지만 그렇게까지 심각한 충격을 입은 모습은 아니었다.

설무위의 안색이 굳어졌다.

지금 이 한 번의 공격을 위해 소모된 내공이 삼분지 일이 넘었다. 더욱이 신전불퇴까지 통하지 않는다면 남은 것은 오직 신전만리뿐이었다.

'달리 방법이 없는 건가?'

애초부터 신전만리를 펼치지 않은 것은 전력을 다하지 않으면 펼칠 수 없기 때문이었다. 그것은 다시 말해 한운천이 죽을지도 모른다는 것을 의미했다.

그러나 이제는 결정을 내려야 했다. 더 이상 머뭇거리다가는 제천회주는커녕 권왕이나 독왕조차 감당할 수 없을 터였다.

바로 그 순간이었다.

"그 친구는 이제 내가 상대하도록 하지."

북해의 한풍이 이러할 것인가?

냉기 어린 목소리가 장내에 울려 퍼졌다. 그 목소리와 함께 서북 방향에서부터 모습을 보인 것은 도를 들고 있는 무인이었다.

무정도 한백!

그가 마침내 멀고도 험난했던 사로(死路)를 뚫어내고 달려온 것이다.

"나에게 그 자격이 있다고 보네."

한백은 단 한 차례도 설무위를 본 적이 없음에도 한눈에 설무위를 알아볼 수 있었다.

"사형을… 부탁드리겠습니다."

설무위는 한백을 향해 고개를 숙여 보인 뒤 제천회주를 향해 몸을 돌렸다.

아무리 사형제의 정이 깊다고 하지만, 간담상조(肝膽相照)라! 그것은 친우와의 우정도 별반 다르지 않았다. 그리고 지금 무엇보다 중요한 것은 제천회주를 쓰러뜨리는 것이었다.

"이제 외팔의 병신이지만 그래도 이지를 잃은 저 친구 하나 상대하지 못하겠는가? 이쪽 걱정은 하지 말고 마무리를 지어 주게나."

어찌 된 영문인지는 모르겠지만 한백의 말처럼 그의 왼쪽

팔은 잘려 나가 있었다. 제천회 총단을 무너뜨릴 때만 하더라
도 그의 사지는 멀쩡했었다.

대체 당금 천하에서 한백을 저렇게 만들 이가 누가 있단 말
인가?

"친우여, 내 친우여!"

한백은 지기인 한운천을 보며 피눈물을 흘렸다.

태어나 그가 눈물을 흘린 것은 사랑하던 여인이 죽었을 때
뿐이었다. 이제 지금 그가 흘리는 눈물이 그가 살아 있는 동안
흘리는 마지막 눈물이 되리라.

"미안하네, 정말 미안하네. 이토록 자네가 가까이 있었거늘,
그것을 알아보지 못했다니."

한백이라 해서 항시 제천회주 곁에 머물렀던 청동가면을 한
번도 보지 못한 것은 아니었다.

그러나 설마 그가 한운천일 것이라고는 생각조차 하지 못했
다. 제천회주를 비롯하여 문무쌍성이나 어지간한 회의 요직
급 인사들은 대부분 얼굴을 가리고 있었기에 그러려니 생각했
을 뿐이었다.

"회주, 꼭 이렇게까지 하셔야 했소?"

"다른 방법이 없었다."

"회주라면 있었을 것이오."

한백은 허리춤에 걸려 있는 보자기를 도끝에 걸어 제천회주
에게 던지며 말을 이었다.

"이건 내가 내 목숨보다 중요한 친우 대신 회주에게 갚는 빛

이오."

"빗이라⋯⋯."

제천회주가 천천히 보자기를 풀었다.

놀랍게도 그 안에 든 것은 사람의 머리통이었다. 그것도 무려 두 개였다.

"중문, 위영⋯⋯."

제천회주의 입에서 흘러나온 것은 두 사람의 이름이었다.

놀랍게도 두 개의 머리통은 문무쌍성의 것이었다. 제천회의 두 기둥으로, 천하를 주름잡았던 그들이 시제조차 온전히 남기지 못한 채 죽은 것이다.

"천하의 문무쌍성을 죽인 대가로 한 팔이니 손해 보는 장사는 아니었다고 생각하오."

"그대들마저 짐의 곁을 떠나는구나."

제천회주는 원통한 듯 아직 감지 못한 그들의 눈을 감겨주었다.

지금쯤이면 본시 성공을 알리는 신호탄이 터졌어야 했다. 그럼에도 아무 소식이 없음에 불길한 생각은 들었지만 그저 일이 조금 지체되고 있겠거니 했을 뿐이었다.

"크하하하. 무슨 상관일까, 어차피 모조리 죽여 버리면 그만인 것을!"

제천회주의 두 눈에서 살기가 폭사했다.

힘이 부족해서 강시를 이용한 것이라면 그것은 착각에 불과했다. 강시를 이용한 것은 어디까지나 더 깊은 절망을 보여주기 위해서였다.

"오라. 너희들이 얼마나 나약한 존재인지 가르쳐 주겠다."

제천회주가 마침내 검을 들었다.

망아 성승을 죽일 때를 제외하고는 강호에 나와서 처음으로 검을 드는 것이었다. 그렇게 강호의 운명을 결정짓는 최후의 싸움이 시작되었다.

疾風歌

第三十九章 한줄기 바람은 전설이 되다

(3)

질풍가

　"크악!"

　외마디 비명 소리와 함께 부상을 입어 운신이 어려운 무당
의 검수 한 명이 죽임을 당했다.

　진을 유지하고 있던 구성원 한 명이 죽자 무당의 칠성검진
은 그대로 붕괴되며 다른 여섯 명 역시 사방에서 날아드는 칼
날의 제물이 되었다.

　"무량수불, 무량수불."

　그 모습을 멀리서 본 무당파 장문인 현청 진인은 도호를 읊
었다.

　당장에라도 몸을 날려 도와주고 싶었지만 그러기에는 사방
에서 쇄도하는 제천회 무인들이 너무 많았다. 거기에 두 구의

독강시는 현청 진인이라 할지라도 상대하기 버거웠다.

"장문인, 물러서야 하네."

운풍 진인이 상대하던 독강시 한 구를 간신히 밀쳐 낸 뒤 현청 진인을 돕기 위해 가세했다.

"무량수불, 여기서 더 이상 물러설 데가 어디 있겠습니까?"

현청 진인은 고개를 내저었다.

총공세를 펼치려고 한다는 것조차 예상하고 기다리고 있던 제천회였다. 퇴로를 차단해 놓지 않았을 리가 없었다.

"장문인만이라도 살아야 하네."

"사숙……."

현청 진인이라고 해서 운풍 진인의 마음을 모르는 것은 아니었다.

하나, 그럴 수는 없었다. 지척에서 제자들과 사형제들이 죽어가고 있건만 어찌 그들을 내팽개친 채 일신의 안위를 보존할 생각만을 한단 말인가?

현청 진인은 주위를 둘러보았다.

초기 그나마 팽팽하던 전세는 각기 좌익과 우익을 책임졌던 소림과 무당이 무너지며 급격히 기울고 있었다. 그에 반해 중앙을 맡고 있는 일심회 무인들은 너무나도 잘 버텨주고 있었다.

무당이 이렇게 빨리 무너진 데에는 제천수호대와 독강시가 대대적으로 투입되어 칠성검진이 버텨주지 못했기 때문이다.

"사숙, 내가 죽어 모두를 살릴 수 있다면 그 무엇이 아쉽겠습니까?"

"장문인?"

"뒤를 부탁드리겠습니다."

"아니 되네!"

운풍 진인은 급히 상대하던 독강시를 밀쳐 낸 뒤 현청 진인을 말리기 위해 신형을 날렸지만 이미 현청 진인은 전신의 잠력를 폭발시키며 제천회 무인들에게 쇄도하고 있었다.

콰콰콰쾅—

일순간 증가한 현청 진인의 무위에 제천수호대 무인 두 명의 목이 잘려 나갔다. 현청 진인은 거기에 그치지 않고 독강시 세 구마저 파괴했다.

그렇게 다시 독강시 한 구를 파괴하던 현청 진인의 몸이 어느 순간을 기점으로 그대로 무너져 내렸다. 진원진기까지 모두 고갈된 것이다.

고작해야 일각 남짓에 지나지 않았지만 그로 인해 무당파 무인들은 전열을 정비할 시간을 벌 수 있었고, 일방적으로 밀리던 전세는 다시 팽팽해졌다.

"벌레들이 발악을 하는군."

그 모습을 본 문성 사마중문은 눈살을 찌푸렸다.

생각했던 것보다 무림맹 무인들이 잘 버텨내고 있었다. 제천수호대가 무려 서른 명에 독강시가 삼백여 구, 거기에 현무단 무인 이천여 명이 투입되었다.

그 정도 인원이라면 무림맹 전력이 지금의 두 배라 할지라도 버티기 쉽지 않았다. 그럼에도 지금 무림맹이 버텨내고 있는 것은 일심회 때문이었다.

그들은 누구보다 천문에 대해 잘 알고 있기 때문에 효과적으로 대처하고 있었다.

"중문."

"무슨 일인가?"

사마중문이 그를 부르는 소리에 고개를 돌렸다.

천하에서 그의 이름을 부를 자격이 있는 사람은 단 두 명뿐이었다. 그중 하나가 바로 그의 죽마고우라 할 수 있는 무성이었다.

"아무래도 느낌이 좋질 않다."

"위영?"

"그 설가 애송이 놈을 제외하고서도 사해마존과 풍도백 등이 합류했다."

"그렇군. 내가 그 사실을 간과했군."

사마중문은 자신의 실수를 인정했다.

다른 이들이라면 모르겠지만 적어도 사해마존과 풍도백이라면 신경을 쓰지 않을 수 없었다.

"가보게."

"괜찮겠나?"

"여기 있는 모두의 목숨보다 주군의 목숨이 중요하다. 그것을 잊은 건 아니겠지? 그리고 어차피 조금 있으면 모든 일은 마무리될 것이다."

사마중문은 품 안에서 하나의 녹피 주머니를 꺼내 손바닥 위에 올려놓았다.

　그 안에는 무려 오십여 개의 고독이 들어 있었다. 그런 녹피 주머니가 총 네 개나 되었다. 그 고독들을 불태우는 순간 독강시는 폭발할 것이고, 이곳에 있는 그 누구도 살아남지 못하리라.

　그것은 적이든 아군이든 다르지 않았다. 강호인이라면 단 한 놈도 살려둘 가치가 없었다.

　"알겠다. 보중하라."

　무성은 그대로 신형을 돌렸다.

　그의 말처럼 강호인 놈들을 죽이는 것도 중요하지만 그보다 더 중요한 것은 주군의 안위였다. 그러나 무성은 혹시 모를 사태를 대비해 제천수호대 스무 명을 불러들였다.

　"이제 끝낼 때가 되었군."

　그렇게 무성의 뒷모습이 희미해질 즈음 사마중문은 녹피 주머니 하나를 불태우기 위해 삼매진화를 일으켰다.

　본시 녹피 주머니가 불에 잘 타지 않는 만큼 삼매진화를 일으켜도 쉽게 불이 붙지 않았다. 그러나 불길이 거세지자 녹피 주머니에도 차츰 불이 붙기 시작했다.

　"모두 죽거라."

　사마중문은 주머니를 한번에 모두 불태울 생각이 없었다.

　쓰레기 같은 것들에게 죽음의 공포가 무엇인지 뼈저리게 느끼게 해줄 생각이었다. 주군이 겪은 아비규환(阿鼻叫喚)의 참상을 그들 역시 겪어봐야 했다.

화르르—

마침내 하나의 녹피 주머니가 완전히 불타올랐다.

콰콰콰쾅—

그와 동시에 엄청난 폭발음과 함께 오십여 구의 독강시가 터지며 반경 백수십여 장에 이르는 곳에 검은 독무가 잠식해 들어갔다.

"크악!"

"내 몸이 녹아간다! 으아아악!"

사방에서 비명이 터져 나왔다.

그나마 비명이라도 지르는 이들은 아직 숨이라도 붙어 있는 자들이었다. 무려 천수백여 명 이상이 비명조차 지르지 못하고 한 줌의 독수로 녹아내렸다.

"으으으……."

"우리까지 죽이려 한다!"

무림맹 무인들뿐만 아니라 제천회 무인들 역시 공포에 떨며 병장기를 버리고 사방으로 퍼져 달아났다.

하나 절묘하게도 독강시는 난전 속에서 일정한 간격을 두고 전장 전역에 걸쳐 퍼져 있어 제아무리 신법이 빠르다 한들 벗어나기란 쉽지 않은 일이었다.

"절망이 너희들을 지배하리라."

사마중문은 다시 하나의 녹피 주머니를 불태우기 시작했다.

바로 그 순간이었다.

"문서어어엉!"

한줄기 사자후와 함께 엄청난 기세가 후미에서부터 몰아쳤다.

"한백……!"

놀랍게도 후미에서 달려오고 있는 것은 무정도 한백이었다. 그리고 그 뒤를 청룡단 서른 명이 수십여 장의 거리를 두고 뒤따르고 있었다.

"질긴 놈이군."

사마중문은 눈살을 찌푸렸다.

지부수사를 보내며 어려울 것이라 생각했지만 여기까지 살아올 것이라 생각하지는 못했다. 총단에 준비해 놓은 함정이라면 능히 놈들을 죽일 수 있으리라 생각했기 때문이다. 그러나 놈들은 그곳에서마저 살아남은 듯싶었다.

"놈들을 막아라!"

사마중문은 제천수호대를 내보내 그들을 막게 했다.

제천수호대 스물이라면 적어도 놈들과 동귀어진을 할 수 있을 터였다. 아니, 못한다 하더라도 상관은 없었다. 그저 그들은 녹피 주머니 세 개를 태울 시간만 벌어주면 그만이었다.

카카캉—

한백이 내지른 도강을 제천수호대 다섯이 날아들며 막아갔다.

천하의 무정도라 할지라도 제천수호대가 죽기 살기로 달려드니 발이 묶이지 않을 수 없었다.

"저희가 막겠습니다."

부단주 중에서 유일하게 살아남은 섬전도 곽상이 청룡단 무인들과 함께 제천수호대를 막아섰다.

청룡단 무인 다섯이 달려든다 할지라도 제천수호대 하나를 감당할 수 없었다. 그런 상황에서 고작 서른이라는 숫자로 스무 명에 달하는 제천수호대를 막을 수 없다는 것은 곽상 역시 잘 알고 있었다.

그러나 그들이 목숨을 아까워했다면 지금 이 자리에 서 있지도 않았을 터였다.

"어서 가십시오."

"이곳은 우리가 막겠습니다."

청룡단 무인들은 죽음을 불사하며 제천수호대 무인들을 공격했다.

일 초, 일 초가 동귀어진이 아닌 초식이 없었고, 어떤 이들은 검에 베어 내장이 흘러나오면서까지 병장기를 휘두르는 것을 멈추지 않았다. 그로 인해 제천수호대 역시도 한백에게만 집중할 수 없었다.

콰콰쾅—

그사이 두 번째 폭발음이 울려 퍼졌다.

"네놈은 인간이길 포기했더냐!"

한백은 상대하던 제천수호대 무인들을 내버려 둔 채 문성을 향해 신형을 날렸다.

지금 상황에서 그가 빠진다면 청룡단은 단 한 명도 살아남을 수 없다. 그런 이유에서 차마 몸을 빼지 못하고 있었지만 이제는 다른 방법이 없었다.

한백이 몸을 날리자 제천수호대도 상대하던 청룡단 무인들을 뿌리치며 결사적으로 막아섰다. 청룡단이 죽음을 두려워하지 않는다면 그것은 그들 역시도 마찬가지였다.

하나, 천하의 무정도이다.

상대를 죽이는 것도 아니고, 고작 그 자신의 몸 하나 빼는 것이 불가능할 리 없었다. 단지 무리해서 돌파하려 했기에 그만한 대가를 치러야 했다. 등과 옆구리에 그어진 서너 개의 선혈이 그것이었다.

"이미 늦었다."

사마중문은 쇄도하는 한백을 보고서도 피할 생각을 하지 않았다.

한백과 그의 거리는 이십여 장.

그의 무위가 천하십대고수를 넘어서는 것이라고는 하지만 녹피 주머니를 태울 시간조차 벌지 못할 정도로 사마중문의 무공이 형편없는 것은 아니었다. 사마중문은 나머지 두 개의 녹피 주머니를 동시에 꺼내 양손에 하나씩 올려놨다.

시간이 없었다. 더욱이 한백에게 부족한 것은 시간뿐만이 아니었다.

오른쪽 능선에서부터 땅을 박차며 누군가가 빠른 속도로 한백을 향해 다가오고 있었다. 무성, 떠났던 그가 다시 돌아오고 있는 것이다.

"한백!"

위영은 일갈을 내지르며 전신의 공력을 극한까지 끌어올렸다.

어림잡아 그와 두 사람 사이의 거리는 오십여 장. 문성의 무공 역시 초절정의 완숙을 넘어 무경을 바라보고 있다지만 그래도 만에 하나 모르는 일이었다.

불길한 마음에 떠나면서도 어딘지 모르게 마음이 놓이질 않았다. 독왕과 권왕을 믿고 다시 발걸음을 돌리지 않았다면 천추의 한이 되었으리라.

"보거라, 이 강호가 무너지는 것을."

사마중문은 삼매진화를 일으켰다.

쐐애액!

그와 동시에 한백이 들고 있던 도를 그대로 내던졌다. 위영이 이미 지척에 이르렀거늘, 그야말로 목숨을 도외시한 공격이 아닐 수 없었다. 도는 십여 장의 거리를 격하며 사마중문을 향해 날아갔다.

"천하의 무정도가 급하긴 급했나 보군."

사마중문은 비웃음을 흘리며 보법을 사용하여 도를 피해냈다.

얼마나 급했으면 암기도 아닌 도를 던졌을까?

이제 무기조차 없는 이상 천하의 한백이라 할지라도 무성에 의해 죽음을 면치 못하리라. 적어도 사마중문은 그렇게 생각했다.

바로 그 순간이었다.

퍼억—

놀랍게도 사마중문이 피했다고 생각한 도는 마치 비도처럼 선회하여 사마중문의 등을 관통하고 지나갔다.

"이, 이게……."

사마중문은 한 손으로 배를 움켜쥐었다.

도가 통과하고 지나간 부위에서 피가 폭포수처럼 흘러나왔다.

정확히 단전이 위치한 곳이었다.

사마중문은 모든 내력이 빠져나가는 것을 느끼며 그 자리에 쓰러졌다. 모든 내력을 끌어올려 주머니를 불대우려 했지만 이미 전신의 내공이 산산이 흩어진 뒤였다.

"이기어도……."

천하의 그 어떤 비도술도 이렇게 빠르고 강력하지는 않았다.

한백 역시 무사한 것만은 아니었다.

무성이 휘두른 검이 한백의 왼쪽 어깨 어림을 베고 지나갔다.

털썩.

한백의 한쪽 팔이 힘없이 땅바닥에 떨어져 내렸다.

문성을 죽이는 것을 포기하고 피하려 했다면 피할 수 있었다. 그러나 그 상황에서 한백이 택한 것은 동귀어진을 불사한 공격이었다.

"이것을……."

사마중문은 안간힘을 쓰며 어떻게 해서든 위영에게 넘기려 하였지만 한백이 먼저였다.

콰직!

한백은 되돌아온 도를 회수하며 그대로 주머니 두 개를 짓밟아 버렸다.

숱한 전장에서 살아온 한백이다. 구태여 사마중문이 삼매진화를 일으키면서까지 불태우려 했던 이유를 대략이나마 짐작하고 있었다.

그 순간 무려 백여 구에 달하는 강시가 일제히 한 줌의 독수로 녹아내려 버렸다.

"어헝헝!"

위영이 대노하며 필생의 공력을 담아 한백을 공격했다.

그러나 이번에는 한백도 순순히 당해주지 않았다. 도를 회수한 한백은 지혈을 하는 한편, 도강을 일으켜 맞서갔다.

콰쾅—

충돌음과 함께 한백의 신형이 대여섯 걸음 뒤로 밀려났다. 이기어도조차 펼친 한백이다. 본신 무위로라면 위영보다 앞서는 것이 사실이었지만, 한 팔이 잘림으로 인해 오히려 수세에 몰리고 있었다.

하나 그것도 잠시뿐이었다.

수십여 초의 공방을 주고받으며 차츰 공세를 퍼붓고 있는 것은 한백이었다. 그것은 단순히 한백의 무위가 높아서 그런 것이 아니었다.

투기.

무수한 실전을 통한 한백의 기세가 위영을 압박하여 생긴 현상이었다. 위영 역시 무경의 경지를 넘어섰지만 실전을 통하여 이룬 경지와 연공실에서 이룬 경지는 차이가 있을 수밖에 없었다.

서걱—

그렇게 다시 수십여 초가 지나고 어느 순간 위영의 목이 땅바닥을 굴렀다. 무정도 한백, 그의 승리였다.

"나 한백이 이곳에 있다!"

한백은 위영을 죽인 것에 그치지 않고 몸을 날려 힘겹게 제천수호대를 상대하고 있는 수하들을 향해 몸을 날렸다. 문무쌍성의 죽음으로 인해 사기가 바닥에까지 떨어진 제천수호대는 분노한 한백의 도를 막을 수 없었다.

"나의 전우들이여……."

처절한 싸움이 끝나고 한백은 살아남은 청룡단 무인들을 바라보았다.

그들 중 사지가 멀쩡한 사람은 단 한 명도 없었다. 어떤 이는 두 다리가 잘린 채로도 제천수호대를 죽이기 위해 손에서 무기를 놓지 않고 있었다.

"우리가 이겼다. 아니, 너희들이 이겼다."

한백은 그들의 손을 부여잡았다.

제천회에 들어가게 된 것이 친우인 한운천 때문이라면 그 이후 제천회에 계속 머문 것은 바로 청룡단 단원들 때문이었다.

"이러고 있을 때가 아니지 않습니까? 어서 가십시오. 이곳은 우리가 마무리 짓겠습니다."

섬전도 곽상이 피가 철철 넘치는 옆구리를 부여잡으며 한백의 등을 떠밀었다.

어차피 장내의 싸움은 끝나 있었고, 그것은 제천회와 무림맹의 주력 병력이 부딪친 곳도 마찬가지였다. 제천수호대를 비롯한 골수 제천회 무인들만이 아직도 싸움을 멈추지 않고 있었지만, 그 수가 얼마 되지 않아 차츰 제압되어 가고 있었다. 나머지 현무단을 비롯하여 주작단 등은 전의를 상실한 채 두 손을 늘어뜨리고 있었다.

그러나 어찌 되었거나 두 차례 폭발로 인해 사상자가 수천이 넘어갔고, 그 피해를 복구하기 위해서는 반백년도 부족하리라. 적어도 제천회주는 절반 이상의 목적을 달성했다고 해도 과언이 아니었다.

한백은 붕대로 잘린 어깨를 감싼 후 다시 신형을 날렸다.

장내의 싸움은 끝나가고 있었지만 그의 싸움은 아직 끝난 것이 아니었다.

*   *   *

콰콰콰쾅―

제천회주가 뻗은 일검을 막은 한백은 그대로 무려 칠팔 장을 밀려 나간 후에야 신형을 바로 세울 수 있었다. 실로 엄청난 무위가 아닐 수 없었다.

"큭……."

한백은 팔 전체가 시큰거리는 것을 느낄 수 있었다.

가공할 만한 무위. 그동안 제천회주를 보며 무공이 낮을 것이라 생각한 적은 한 번도 없었지만 이 정도일 것이라고는 생각지 못했다.

"두 놈 모두 덤비거라."

제천회주는 두 팔을 벌렸다.

그것은 자신감이었다. 천하 모두가 적이라 할지라도 상대할 수 있다는 자신감, 그것이 제천회주에게는 있었다. 그것은 오만이라기보다 그만한 실력이 뒷받침되어서였다.

"틀렸소. 당신을 상대하는 것은 나 혼자면 족하오."

설무위가 그런 제천회주를 홀로 막아섰다.

"그동안 참은 것은 제천회주이기에 앞서 네 대사형이기 때문이었다. 그러나 이제는 아니다."

제천회주는 다시 일검을 휘둘렀다.

초식이 담긴 것도 아닌 그야말로 횡으로 휘두른 일검에 불과했지만 그 안에 담긴 진력은 설무위라 할지라도 쉬이 볼 만한 것이 아니었다.

콰쾅—

한차례 충돌과 함께 설무위의 신형이 두세 발자국 정도 뒤로 밀려났다. 그러나 제천회주 역시도 한 발자국 밀렸다는 것을 감안했을 때 그리 큰 손해를 본 것도 아니었다.

"그래, 그 정도는 되어야겠지."

제천회주는 이제야 할 마음이 생겼다는 듯 본격적으로 공격을 하기 시작했다.

쿠아아앙—

찬란한 휘광과 묵빛 기류가 제천회주의 몸을 감쌌다.

그것이 바로 광명신공(光明神功)과 구화마검(九禍魔劍)을 동시에 익히면 일어나는 현상이었다.

"받아보거라."

제천회주는 일검을 뻗었다.

종전과는 다르게 검세는 강맹하면서도 또한 패도적이었다. 단천구검의 전형적인 특징이었다.

"단천구검……."

설무위는 이를 악물었다.

제천회주가 펼친 것은 바로 천기문의 세 가지 절기 중 하나인 단천구검이었다.

"틀렸다. 이것은 구화마검이라 한다."

"누가 그러던가! 세상에 구화마검 따위는 존재하지 않는다. 오직 단천구검만이 존재할 뿐이다."

설무위는 단설을 뽑아 들고 제천회주가 펼쳤던 단홍참뢰의 초식을 그대로 재현했다.

콰콰쾅—

고금을 통틀어 구화마검이 세상에 나온 것은 몇 차례 되지 않았다. 그런 구화마검을 당대에는 무려 세 명이나 익히고 있는 것이다.

수십여 초의 겨룸에서 밀린 것은 설무위였다. 그것은 검법이 그의 주 무기가 아닌 이상 어쩔 수 없는 일이었다.

챙그렁.

설무위는 주저없이 검을 버렸다.

집착하는 것은 여기까지였다. 사부에게서 배운 무공이었기에, 그리고 사형에게서 받은 검이었기에 단천구검을 펼친 것뿐이었다.

화아아—

유영비가 펼쳐지며 설무위의 공세가 본격적으로 시작되었다.

극성에 이른 구화마검을 상대로도 신전수는 조금도 밀리지 않고 있었다. 제천회주의 구화마검이 극성의 경지라면 설무위의 신전수 역시 마찬가지였다.

하나 그렇다고 해서 우세를 점하고 있는 것은 아니었다. 망아 성승이 불과 십여 초 만에 죽은 것은 부상을 입어서라기보다 그만큼 제천회주의 무공이 강해서였다.

콰콰쾅—

설무위의 공세가 폭풍우라면 제천회주는 거대한 암벽, 그 자체였다.

제천회주가 펼치는 구화마검은 단천구검과 비슷했지만 또

한 달랐다. 단천구검이 강맹하면서도 또한 빠름을 위주로 한다면, 구화마검은 지극히 패도적이었다.

구화탈혼(九禍奪魂)!

일검이면 빼앗지 못할 목숨이 없다는 구화마검의 절초 중하나가 펼쳐졌다.

그 지독한 빠름에 설무위는 미처 피하지 못하고 왼쪽 옆구리가 갈라지는 부상을 입었다. 스친 것에 불과하였지만 검강이었기에 흘러내리는 피는 적지 않았다. 조금만 더 깊었더라면 내장이 상했을 수도 있었다.

연이어 또 하나의 절초인 구화혈망(九禍血網)이 펼쳐졌다. 소림의 연대구품을 막기 위해 창안된 구화혈망은 설무위조차 쉬이 벗어날 수 없었다.

촤촤촤악!

무수한 검의 그물이 설무위의 전신을 뒤덮었다. 설무위는 만천화우조차 피해낸 산화보(散花步)를 펼쳤지만 검망에 흡사한 구화혈망의 초식을 완전히 피해낼 수는 없었다.

깊은 상처는 아니었지만 설무위의 전신에 대여섯 개의 선혈이 또다시 그어졌다.

위기였다.

무경의 경지를 넘어선 무인들끼리의 싸움에서 수세에 몰리게 되면 그것을 벗어나기란 여간해선 쉽지 않은 일이었다. 설무위 역시 그것을 모르지 않았다. 때문에 그 상황에서 설무위가 택한 것은 부적술의 하나인 백겁화술이었다.

쿠아앙—

지옥의 염화가 제천회주를 향해 몰아쳤다. 이번만큼은 제천 회주도 당황하지 않을 수 없을 터였다.

그러나 제천회주는 제자리에서 무표정한 모습으로 그 염화 를 지켜볼 뿐이었다. 그렇게 염화는 제천회주의 몸을 통과하 여 지나갔고 장내에는 황량한 바람만이 불 뿐이었다.

"본제에게는 어떠한 술법도 통하지 않는다."

제천회주는 오만한 표정으로 설무위를 바라보았다.

제왕의 피.

그것은 선천적으로 타고나는 것이었다. 술법 따위로 이지나 이목을 흐리게 할 수 있었다면 애초부터 황제가 되지도 못했 으리라.

"그것이 오만에 불과하다는 것을 깨닫게 될 것이다."

설무위는 백겹화술이 무위로 돌아갔음에도 크게 신경을 쓰 지 않았다.

어차피 백겹화술을 펼친 것은 시간을 벌기 위해서였다. 그 것이면 충분했다.

술법이 통하지 않는다고?

그것은 어디까지나 제천회주의 생각에 불과할 뿐이었다. 잠 시 후면 그것이 얼마나 잘못된 생각인지 뼈저리게 깨달을 수 있을 터였다.

"이제 내 차례군."

설무위는 건곤신공을 극성으로 끌어올리며 공세를 펼치기

시작했다.

광뢰진기, 분천연환수, 무형권, 이형환위.

한때 천하를 뒤흔들던 개세의 절학들이 신전수와 어우러져 펼쳐졌다.

그 모든 것이 한 사람의 몸에서 펼쳐질 수 있을 것이라고 그 누가 생각할 수 있었겠는가?

콰콰쾅—

무수한 충격파가 터져 나오며 땅이 흔들리고 대기가 요동을 쳤다. 이전과는 다르게 전력을 다한 설무위의 공세는 제천회주라 할지라도 쉽게 상대할 수 없는 것이었다.

치열한 공방 속에서 우세를 점한 것은 설무위였다. 그리고 그것을 가능하게 해준 것은 신전료종과 신전무형의 결합이었다.

천원이분술에 분심보를 접목시킨 것과 마찬가지로, 신전료종과 신전무형의 결합 역시 새로운 경지의 무공을 만들어냈다고 해도 과언이 아니었다.

퍼펑—

옆구리를 가격당한 제천회주의 신형이 비틀거렸다. 그 기회를 놓치지 않고 설무위는 신전불퇴의 초식을 펼쳐 일격을 날렸다.

파괴력에 있어서는 단천구검에도 뒤지지 않는 절초, 그 막강한 기운이 무방비 상태로 노출되어 있는 제천회주의 왼쪽 어깨 어림을 향해 몰아쳐 갔다.

바로 그 순간이었다.

제천회주는 검을 들지 않은 한 손으로 아무렇지도 않게 신전불퇴의 기운을 쳐내 버렸다. 그 모습은 설무위조차 놀라지 않을 수 없는 것이었다.

"너만이 고금십오천무 중에서 여러 개를 익힌 것은 아니다."

제천회주의 손은 어느새 서리와도 같이 투명하게 변해 있었다.

그것은 놀랍게도 여인만이 익힐 수 있다는 십만마교의 절학, 소수마공이었다. 이미 제천회주는 광명신공(光明神功)과 구화마검(九禍魔劍)을 선보인 바 있었다. 거기에 소수마공이라면 제천회주 역시도 고금십오천무 중 무려 세 가지나 익히고 있는 것이었다.

"크큭, 고작 성별조차 없어진 대가로 익힌 것이 이따위 것이라니……."

제천회주는 투명하게 변한 자신의 손을 바라보았다.

여인만이 익힐 수 있다던 소수마공을 그가 익힐 수 있던 것은 바로 황궁에서의 사고 때문이었다. 그로 인해 제천회주는 소수마공을 익힐 수 있었다.

"서로 한 번씩을 주고받았으니 이제는 제대로 해보자꾸나."

제천회주 역시도 검을 버렸다.

설무위가 익힌 주가 단천구검이 아닌 신전수라면 그것은 제천회주 역시도 별반 다르지 않았다.

실제로 십만마교의 절학 중 가장 악명이 높았던 것은 교주만이 익힐 수 있다는 광명신공도, 그리고 구화마검도 아닌 바로 소수마공이었다.

스치기만 하더라도 상대의 뼛속까지 얼려 버리는 마공.

여인만이 익힐 수 있다는 단서 이외에도 팔성이 넘어가면 백치가 되어버려 오직 교주의 명령만을 듣게 되니 어지간한 광신도가 아니라면 익힐 엄두조차 내지 못했다.

손이 투명하게 변하는 것이 구성이 넘었을 때의 특징이니 제천회주는 진작에 백치가 되었어야 하건만 기이하게도 그렇지 않은 상태였다.

"소수마공이라……."

설무위는 종전과는 다른 신중한 자세로 싸움에 임했다.

사부가 남긴 책자에 적혀 있던 내용 중 하나가 천하에서 가장 조심해야 할 무공이 소수마공이라는 것이었다.

그렇게 설무위와 제천회주는 검을 버린 채 두 사람의 진신 절학으로 다시 맞붙기 시작했다.

"자네 말대로군. 과장이 섞여 있다고 생각했거늘, 오히려 부족한 듯싶네."

두 사람이 겨루는 것을 본 한백은 천천히 신형을 돌리며 도를 들어 한운천에게 겨누었다.

우세를 점하고 있는 것은 아니라고 하지만 적어도 쉽게 패

하지는 않을 듯싶었다. 그 정도만 하더라도 실로 대단한 일이
아닐 수 없었다.

스르릉—

한백은 피에 전 도를 한운천에게 겨눌 날이 있을 것이라고
는 생각해 본 적이 없었다. 목숨을 달라면 언제든지 줄 수 있
는 지기가 한운천이었다.

하나, 지금은 하지 않을 수 없는 일이었다.

지금이라도 한운천이 제정신을 차려준다면 좋겠지만 그것
은 요원한 일이었다.

"이제 우리 차례군."

한백은 내공을 극성으로 끌어올렸다.

시간을 오래 끌어서 좋을 것은 없었다. 그러기에는 소모된
내공가 흘린 피가 너무 많았다. 지혈은 했지만 아직도 잘려 나
간 어깨에서는 피가 흘러내리고 있었다.

"오라, 내 목숨보다 소중한 친우여! 이 지겨운 싸움을 끝낼
수 있도록."

한백은 조금도 주저하지 않고 선공을 펼쳤다.

오래전 한백은 북해빙궁에서 겨룬 비무에서 한운천에게 처
참히 패했다.

그 당시에도 한백은 이미 무경의 경지에 근접해 있었다. 그
러나 한운천이 보여준 것은 새로운 경지였다. 단순히 무경의
경지와는 다른 무인으로서의 그 무엇을 보여주었다.

콰쾅—

적색 검강과 묵빛 도강이 부딪쳤다. 암색에 가까웠던 도강은 언제부터인가 짙은 묵빛으로 바뀌어 있었다. 한백의 무공이 또 다른 경지에 이르렀다는 것을 의미하고 있었다.

그러나 그런 무공으로도 한운천을 상대하는 것은 힘에 겨웠다.

한백은 차츰 수세에 몰리는 것을 느끼며 마음속으로 탄식을 흘렸다.

한 팔이 잘리지만 않았더라면… 아니, 내공의 소모만 없었더라면 호쾌한 싸움을 할 수 있을 터였다. 어쩌면 이것이 한운천과 나눌 수 있는 마지막 비무가 될지도 몰랐기에 더욱 안타까운지도 몰랐다.

죽음이 두려운 것은 아니다.

오래전 한운천이 죽을지도 모르는 위험을 감수하고 한빙어의 내단을 내어주는 순간 한백은 목숨을 빚졌다. 목숨의 빚은 목숨으로만 갚아야 하는 것이 강호의 율법이었다.

콰콰콰쾅—

연이은 충돌에 한백의 신형이 비틀거렸다. 단천구검, 아니, 구화마검은 과연 고금십오천무 중에서도 수위에 속할 만했다.

한백은 주위를 돌아보았다.

모두가 하나같이 힘든 싸움을 하고 있었다. 그중에서도 무공이 다른 이들에 비해 처지는 풍도백은 이미 전신이 만신창이가 되어 있었다.

그나마 설무위만이 대등한 싸움을 하고 있었지만 그마저도 시간이 지날수록 조금씩 수세에 몰리고 있었다.

고금제일마공이라는 수식어가 항상 붙어다니던 소수마공. 거기에 십만마교의 교주만이 익힐 수 있다는 광명신공의 결합은 이제 강호를 무너뜨리려 하고 있었다.

한백은 자신이 해야 할 일을 깨달았다.

한때는 연인으로 인해 강호를 저주하기도 했지만 지금은 아니었다. 제천회에 몸담고 있는 동안 그것을 더욱 뼈저리게 느낄 수 있었다.

"이것이 내 운명이라면……."

한백은 도를 횡으로 비스듬히 세웠다.

역천마도(逆天魔刀).

천하제일인이었던 철혈도마가 창안한 무공이지만 그 누구도 익힌 이가 없어서 사장되었던 무공, 고금십오천무에 들지 못한 것은 단지 익힌 이가 없어서였을 뿐이었다.

역천단혼(逆天斷魂).

한백이 펼치려고 하는 것은 그가 아직 익히지 못한, 아니, 정확히 말하자면 익히지 않은 한 가지 초식이었다. 그것은 생명을 담보로 펼치는 초식이기 때문이었다.

"끄윽……."

한운천이 이상한 감을 느끼고 그 자리에 멈춰 섰다.

제정신이 아니었지만 무인으로서의 본능이 이번 공격이 위험하다는 것을 느끼게 해준 것이다. 그렇게 당대의 천하제일도와 천하제일검이라고 할 수 있는 두 무인의 싸움은 서서히 끝이 보이고 있었다.

꽈꽝—

한차례 충격과 함께 설무위의 신형이 뒤로 밀려났다.

제천회주가 소수마공을 사용하면서부터 설무위는 일방적으로 수세에 몰리고 있었다. 제천회주의 말처럼 그 어떤 술법도 제천회주에게는 통하지 않았다.

아무래도 순수한 무력에 있어서는 설무위가 다소 처지는 이상 지금과 같은 결과는 어쩔 수 없는 일이었다. 더욱이 설무위는 한운천을 상대하며 적지 않은 심력과 내공을 소모한 상태였다.

"그것이 전부더냐?"

제천회주는 뒷짐까지 지며 여유를 부렸다.

어떤 공격을 하든 제천회주는 막아내었고, 그때마다 설무위의 몸에는 상처가 하나씩 늘어갔다.

"소수마공까지는 쓸 필요도 없었겠군."

제천회주는 손을 내뻗었다.

그러자 저 멀리 땅에 꽂혀 있던 단설이 허공을 격하고 제천회주의 손으로 빨려 들어왔다.

허공섭물(虛空攝物).

지금껏 제천회주가 보여주었던 것들에 비한다면 아무것도 아닌 일일 수도 있겠지만 검과의 거리가 십여 장이 넘었다는 것을 생각한다면 가히 천외천의 경지라 할 수 있었다.

"그 검에서 손을 떼라!"

설무위는 비틀거리면서도 기세를 뿜어내며 외쳤다.

"경고를 하려거든 그만한 실력을 갖추고 오거라."

제천회주는 검끝을 치켜든 채 그대로 내리쳤다.

구화멸겁(九禍滅劫)!

그것은 구화마겁의 마지막 초식이자 또한 신전만리와도 같이 깨달음을 얻어야만 펼칠 수 있는 초식이었다. 그런 구화멸겁을 제천회주는 너무나도 수월히 펼쳐 냈다.

콰콰쾅—

엄청난 충돌음과 함께 설무위는 피분수를 뿜으며 무려 십여 장을 나가떨어졌다.

피할 수도, 그리고 그럴 틈도 없었다.

설무위가 할 수 있던 것은 오직 전력을 끌어올려 최대한 충격을 적게 입는 것뿐이었다.

"쿨럭……."

설무위는 수차례 울혈을 토해냈다.

지금 이 순간 너무나 안타까운 것은 한운천을 상대하며 소모된 내공과 심력이었다. 그로 인해 쉽게 천원이분술을 펼칠 수 없었고, 그것이 지금과 같은 결과로 이어졌다.

단 한 번. 기회는 오직 단 한 번뿐이었다.

설무위 역시 그것을 느끼고 있었기에 참고 또 참으며 기회를 기다렸다.

그 순간 설무위의 눈에 들어온 것은 철탑흑웅이 염미화를 감싸며 검에 관통당해 죽어가는 모습이었다. 그와 동시에 풍도백 역시 검왕의 검강에 한쪽 다리가 잘려 나가며 바닥에 쓰러졌다.

사해마존 역시도 독왕의 독에 중독당해 얼굴색이 푸르스름하게 변해 있었다.

검왕은 싸움을 끝내기 위해 천천히 풍도백에게 다가가고 있었다. 저항 능력을 상실한 풍도백은 바닥에 쓰러진 채 다가오는 검왕을 바라보고 있었다.

그 순간 풍도백의 고개가 돌아가며 설무위와 눈이 마주쳤다. 그것은 결코 패배한 자의 눈빛이 아니었다.

"아니 되오!"

설무위는 급하게 소리쳤다.

느낌이 좋질 않았다. 풍도백은 지금 그 자신의 생명을 담보로 무엇인가를 하려 하고 있었다.

하나 설무위가 말을 하기도 전에 이미 풍도백은 이미 전신의 잠력을 폭발시켜 권왕을 상대하기 위해 준비해 두었던 절초를 펼쳤다.

콰직—

풍도백의 열 손가락이 터져 나가며 그 살점의 파편들은 자신의 목을 베어오는 권왕을 덮쳤다. 제아무리 권왕이리 할지라도 이런 근접한 거리에서 그 공격을 피할 수는 없는 노릇이었다.

십절혈혼지!

오직 권왕과 함께 죽기 위해 풍도백이 십 년에 가까운 시간을 들여 창안한 수법이었다.

"이것이……."

권왕은 믿지 못하겠다는 표정으로 무수한 구멍이 뚫린 자신의 몸을 바라보았다. 그것이 천하십대고수 중 일인으로 불리던 권왕의 최후였다.

그러나 풍도백 역시 무사한 것만은 아니었다. 그것을 증명이라도 하듯 풍도백의 얼굴에는 서서히 죽음의 기운이 깃들고 있었다.

그것이 끝이 아니었다.

무정도 한백.

목숨의 빚을 갚기 위해서인가?

한백은 풍도백과 마찬가지로 생명을 담보로 한 역천단혼의 초식을 펼쳤다. 검강은 한백의 몸을 가르고 지나갔고, 그와 동시에 한운천의 단전을 관통했다.

"우아아악!"

그것을 본 설무위는 괴성을 토했다.

모두가 죽어가고 있었다. 대체 어째서 이런 싸움을 해야 한단 말인가?

이 모든 일의 원흉은 바로 눈앞에 있는 제천회주였다. 설무위는 그런 제천회주를 죽이기 위해 극단의 방법을 선택했다.

설무위가 선택한 것은 신전만리도, 그리고 천원이분술도 아니었다. 익히지 못한, 아니, 익혔지만 펼칠 수 없던 삼대비술 중 마지막 하나였다.

강신술(降神術)!

실제로 강신을 하는 것은 아니었지만 일순간 그만한 힘을 사용할 수 있었기에 붙여진 명칭.

오래전 환제 위천립 이후 그 누구도 익히지 못했던 술법이 펼쳐졌다. 위천립이 이백 년 동안 공석으로 있었던 천하제일인의 자리에 올려준 술법, 그러나 그 술법을 펼치기 위해서는 그 위력만큼이나 커다란 대가를 지불해야 했다.

몸이 철저히 망가져 다시는 술법을 사용할 수 없게 되는 것이 그 대가였다. 위천립이 그 이후 천하에 모습을 보이지 않았던 것도 그런 이유에서였다.

콰콰쾅—

설무위는 거침없이 제천회주를 몰아쳤다.

구화마검도, 광명신공도, 심지어 소수마공조차 이제 설무위를 막을 수 없었다. 천원이분술을 비롯한 무수한 술법들이 무공과 어우러져 설무위에게서 쏟아져 나왔다.

부수고 또 부수었다.

그 가공할 위력에 제천회주라는 절대의 무인도 맥을 추지 못했다.

백겁화술이 펼쳐지며 제천회주의 전신에 불이 붙었다. 불길은 이전과는 달리 환영이 아니었다. 급하게 호신강기를 일으켜 불길을 끈 제천회주였지만 그와 동시에 쇄도한 신전수의 기운에 가슴팍을 격중당하며 나가떨어졌다.

그렇게 다시 대여섯 번의 공격을 퍼부은 후에 설무위는 이

지겹고 처절한 싸움을 끝내기 위해 마지막 공격을 준비했다.

이미 제천회주의 전신은 피에 절어 있었고, 저항 능력을 거의 상실한 상태였다.

그 모습에 독왕을 비롯한 살아남은 제천수호대 무인들이 목숨을 버리면서까지 달려들었지만 그들은 일초지적도 되지 못했다.

그나마 독왕만이 몇 차례 공격을 막아내었지만 마지막 공격에 피분수를 뿌리며 나가떨어져 움직이지 못했다.

"죽거라. 죽음만이 네가 치를 수 있는 유일한 대가이다."

설무위는 장내를 정리하고 제천회주를 향해 한 발자국 다가섰다.

바로 그 순간이었다.

"되었다. 거기까지만 하거라."

"……."

너무나도 친숙한 목소리. 그 목소리에 설무위는 자신도 모르게 고개를 돌렸다.

단전을 뚫리며 죽었을 것이라 생각했던 사형, 그러나 사형은 죽지 않고 있었다. 무정도 한백, 그는 한운천과 동귀어진 한 것이 아니라 단지 자신의 죽음을 대가로 단전만을 부순 것이었다.

단전이 부서지며 혈귀혼고는 힘을 잃었고, 그로 인해 전화위복이 되어 한운천은 이지를 회복할 수 있었다. 비록 내공이 사라져 병장기를 들 힘이 없어 검을 든 손이 부들부들 떨리고 있었지만 눈빛만큼은 강렬하기 그지없었다.

"이제는 내가 끝내도록 하마."

"사형?"

"그렇게 하게 해다오. 너까지… 이 일에 관여하게 하고 싶지는 않았다."

한운천은 비틀거리면서도 제천회주를 향해 한 걸음 한 걸음씩 나아갔다. 그 모습에 설무위는 어쩔 수 없이 한 걸음 옆으로 비켜섰다.

"황제이시여……."

"크큭, 네가 정신을 차렸구나."

제천회주는 쓰러져 두 손을 늘어뜨린 채 간신히 상체만을 세우고 있었다.

"강호인을 대신하여 사과드리겠습니다."

"사과라… 크하, 크하하하!"

제천회주는 광소를 터뜨렸다.

"이제 모든 것을 끝내겠습니다."

한운천은 울고 있었다.

부평초로부터 제천회주에 대한 모든 것을 들었을 때 한운천은 막아야 한다는 사명감과 함께 안타까운 마음이 교차했다. 그리하여 마지막으로 제천회주를 설득하기 위해 아무도 모르게 제천회주를 방문했으나 복수에 눈이 먼 제천회주는 한운천을 암습하여 부상을 입힌 뒤 문무쌍성을 비롯한 독왕, 권왕과 합공하여 사로잡았다.

치명적인 부상을 입었던 한운천은 기절을 하였고, 그사이 제천회주는 혈귀혼고를 침투시켜 한운천의 이지를 장악했다.

그런 일을 당했음에도 한운천은 차마 제천회주를 원망할 수 없었다.

"내세에는 천자가 아니라 제 대사형이 되어주셨으면 합니다."

한운천은 검을 내려쳤다.

제천회주는 그 검을 뚫어져라 응시한 채 그렇게 제천회주로서의 삶을 마감했다. 천자로서, 그리고 제천회주로서 모든 삶이 끝나는 순간이었다.

"미안하네, 정말 미안하네……."

제천회주의 목을 자른 한운천은 간신히 걸음을 옮겨 죽어가는 한백에게 다가가 그의 손을 부여잡았다.

"쿨럭… 내가 할 말일세. 알아보지 못해 너무나 미안하네."

한백은 피를 토하면서도 웃었다.

검강이 몸을 가르고 지나갔지만 한백의 숨은 아직까지 붙어 있었다. 그것은 삶에 대한 집념이기보다 친우와 단 몇 마디 말이라도 나누기 위한 애착이었다.

서로에게 미안하다는 말밖에 할 수 없는 두 사내의 운명은 너무나도 가혹했다.

이지를 상실하였다지만 그간 한운천이 주위에서 일어났던 모든 일에 대해 모르지 않았다. 그랬기에 한운천은 더더욱 괴로웠다.

"그러고 보니 우리는 술 한잔 제대로 나누지 못했군."

"그렇군."

한백과 한운천의 만남은 빙궁에서가 전부였다.

당시 죽어가는 약혼자를 위해 최대한 빨리 돌아가야 했던 한백은 이별주조차 나누지 못한 채 헤어지게 되었고, 그것이 두 사람이 만난 마지막 기억이었다.

"내세에서는……."

"반드시……."

헤어지면서 했던 마지막 약속. 그것은 삼 일 밤낮 동안 술에 취해 지내보자는 것이었다.

그렇게 강호에 나와 단 한 번도 패하지 않았던 불패의 도객은 친우의 가슴팍 속에서 숨을 거두었다. 후일 생사지교와 불패신화, 두 가지 전설을 남긴 한 도객을 가리켜 강호인들은 그에게 고금제일도라는 칭호를 부여했다.

"훌륭히 성장했구나."

한백의 눈을 감겨준 뒤 한운천은 희미한 미소를 머금은 채 설무위를 바라보았다.

"사형은 너무나 형편없어졌습니다."

"너에게는 미안할 뿐이다."

"처음부터 함께했어야 했습니다. 적어도 사형은 그렇게 했어야 했습니다."

"그래, 네 말이 맞다."

한운천은 여전히 미소를 머금고 있었다.

그 미소에는 너무나도 훌륭하게 성장해 준 사제에 대한 고마운 마음이 담겨 있었다.

"그래도 살아 있어줘서 고맙습니다."

설무위는 한운천을 끌어안았다.

그토록 원망했던 마음도, 그리고 미움도 그리움보다 강하지는 않았다.

"녀석……."

한운천을 그런 설무위의 머리를 어루만져 주었다.

"무위야."

"예, 사형."

"강호는… 사부가, 그리고 내가 사랑했던 곳이다. 그것은 너역시 마찬가지일 것이라 생각한다."

"……."

설무위는 갑자기 이런 말을 하는 한운천을 이해할 수 없었다.

"강호를 지켜주거라."

"사형?"

설무위가 무언가 이상한 감을 느끼고 한운천에게서 몸을 떼려는 순간, 돌연 단전을 통해 폭포수 같은 기운이 쏟아져 들어오기 시작했다.

"이, 이게……."

설무위는 물밀듯이 들어오는 막대한 기운에 저항을 하려 해보았지만 강신술로 인해 피폐해져 있는 설무위의 몸 상태로는 무리였다.

"무공만은 보존할 수 있을 것이다."

한운천은 끌어안은 손을 놓지 않았다.

단전이 파괴된 그였지만 천양신체인 한운천에게는 아직 사용할 수 있는 내공이 남아 있었다. 그것은 심장에 쌓여 있는 열양의 기운이었다. 그 막대한 기운은 점차 막혀가던 설무위의 혈맥을 다시 뚫어내고 있었다.

"사형, 제발… 부탁입니다."

설무위는 안간함을 써보았지만 기운을 밀어낼 수는 없었다.

"내가 그동안 강호에 저지른 짓이 너무 많구나. 죄의 대가를 치러야겠지. 더구나 어차피 내 생명은 달포도 남지 않았다. 천양지체… 너에게는 미안하지만 나는 그것을 완전히 이겨낸 것이 아니다."

"달포도 좋고, 단 하루도 좋습니다. 형수님이라도 보고 가셔야지요."

설무위는 울고 또 울었다.

어차피 한운천이 오래 살지 못할 것이라는 것은 짐작했다. 단전이 파괴되고 혈귀혼고에 의해 몸이 망가진 이상 그것은 당연한 일이었다.

그러나 이것은 아니었다.

이토록 빨리 고작해야 일각도 보지 못하고 헤어지는 것은 절대로 아니었다.

"북리 소궁주에게는 내가 한백의 도에 의해 생을 마감했다고 전해주겠느냐?"

"싫습니다. 저는 이제 사형의 어떠한 부탁도 들어주지 않을 거 것입니다."

"나는 너를 안다. 네 녀석은 그 누구보다 마음이 여리지."

한운천은 고통스러웠지만 입가에서 미소를 지우지 않았다.

그것은 설무위가 자신의 웃는 모습만을 기억해 주길 바라는 마음 때문이었다.

"잊지 말거라. 너만은… 세상을 웃으며 살거라."

그 말을 끝으로 한운천의 신형이 서서히 무너져 내렸다.

설무위가 그런 모습을 보지 않기 위해 한운천을 끌어안고 놓지 않았다.

그러나 설무위의 그런 바람에도 한운천의 몸은 점점 차가워져 갔고, 설무위는 비통한 대성을 터뜨렸다.

"사형, 사혀어어엉!"

적무악을 비롯하여 살아남은 종리무외, 염미화가 차마 그 모습을 보지 못하고 고개를 돌렸다.

"자네 사형의 마지막을 헛되게 할 생각인가?"

반 시진 동안 한운천의 몸을 놓지 않고 있는 설무위를 보며 종리무외가 다가왔다.

"무외……."

"한백과 자네 사형의 싸움은 끝이 났네. 그러나 자네 싸움은 아직 끝나지 않았네. 저기를 보게나."

종리무외는 한곳을 가리켰다.

그곳에서는 혈전에서 살아남은 무림맹 무인들이 다가오고

있었다.

강호를 말살시키려는 자.

그것은 제천회주만이 아니었다. 당대의 천자인 영락제 역시 그 중심에 있었고, 지금 이 시간에도 강호인들은 죽어가고 있을 터였다.

"끄으윽……."

설무위는 비통한 울음을 참아내며 천천히 사형의 몸을 뉘여주었다.

강호는 없어져서는 아니 되었다. 사형의 부탁 때문이어서가 아니다.

강호가 앞으로 존재할 수 있는 이유.

강호인들은 살아남아 그 이유를 기억해야 했다. 그것이 바로 고금을 통틀어 가장 강했고, 가장 무인다웠던 한 검수 때문임을.

"가세나."

설무위는 사형의 시신을 뒤로하고 걸음을 옮겼다.

사형을 아직 묻을 수는 없었다. 사형이 편히 눈을 감을 수 있도록 이 모든 싸움이 마무리되는 날, 그날 설무위는 이곳에 다시 와서 사부에게 했던 것처럼 삼년상을 치를 생각이었다. 역대 천기문의 문주가 모두 그러했던 것처럼…….

疾風歌

終章 그리고 사 년 후

질풍가

강호말살지계.

전대의 황제였던 건문제와 당대의 황제인 영락제의 합작으로 인해 시작된 계획. 그 계획은 제천회라는 거대한 세력에 의해 성공하는 듯싶었다.

장강연맹의 전선들은 수군에 의해 불타올랐고 일만에 달하는 금군들은 변방에 위치한 문파들을 멸문시켰으며, 중원 한복판에서는 제천회가 구파일방을 비롯한 명문정파들을 무너뜨려 가고 있었다.

실제로 호북을 제외한다면 더 이상 장강이북에 무림문파는 존재하지 않는 상황이었다.

장강이남에 철기보가 있다지만 그들은 오히려 황제의 편에

서서 사천의 남은 문파들을 공격하고 있었다. 영락제는 그간 이권 다툼만 하는 무림문파들과 다르게 왜구를 막으며 민초들을 보호해 온 철기보만은 남겨두기로 마음먹고 장군부라는 이름으로 그들을 회유한 것이다.

그러나 그런 말살지계는 제천회가 하나로 모여든 무림맹 무인들을 모두 죽이지 못함에 따라 금이 가기 시작했다.

설무위를 중심으로 강하게 뭉친 무림맹 무인들은 금군과 군부, 동창의 공세를 끈질기게 버텨내며 장기전으로 싸움을 이끌었다.

전력을 비교하자면 이미 정기가 크게 상한 무림맹이었기에 상대가 될 리 만무했지만, 살아남고자 하는 그들의 집념은 그 모든 것을 뛰어넘었다.

그리고 하나의 노랫소리.

강호를 질타하는 바람의 노래는 금군을 상대로도 멈출 기미가 보이지 않았다.

무려 삼천에 달하는 금군이 몰려 있었음에도 단 한 명의 무인을 막지 못해 대장군이 죽고 진영이 와해되었다. 그 이후 바람이 부는 날이면 금군은 모두가 두려움에 떨며 고개를 들지 못했다.

동창 수석 당두를 비롯한 수백여 명이 포위하였음에도 유유히 빠져나가 동창 제독의 목을 베었고, 심지어 철기보의 무적 철기대마저 일인에 의해 무너졌다.

무적신창의 창이 부러지는 것과 동시에 영락제는 관과 무림

은 앞으로도 영원히 불가침이라는 조약을 선포했다. 철혈의
제왕이라는 그가 굴복한 것이다.

그렇게 황제와 강호의 전쟁은 이 년여에 걸친 싸움 끝에 종
결이 났다.

"이게 마지막 잔이로군요."

무당산에 위치한 이름도 지어지지 않는 작은 봉우리.

그곳에서 한 인영이 두 개의 무덤을 향해 술을 따라 주고 있
었다.

"마음껏 드십시오. 그토록 두 분이 원하는 술이 아니었습니
까?"

인영은 바로 설무위였다.

설무위 앞에 지어진 두 개의 무덤은 한백와 한운천의 것이
었다.

"형수님께서도 따르시겠습니까?"

"아니에요. 그분은 항상 제가 주는 잔은 받지 않으셨어요."

북리신원이 고개를 내저었다.

한운천은 성혼을 하기 전에는 여인이 외간남자에게 술을 따
르는 것은 아니라고 하며 술을 받지 않았다.

"지금은 받으실 것입니다."

"…그럼 저도 한 잔 따르지요."

북리신원은 술병을 받아 들고 두 개의 무덤에 부었다.

"이제 어디로 가실 생각인가요?"

북리신원이 고개를 돌리며 물었다.

이제 삼년상은 끝이 났고 더 이상 설무위가 이곳에 머물지 않을 것이라는 것을 북리신원은 느낄 수 있었다. 바람은 그러한 존재이기에……

"모르겠습니다. 바람이 흐르는 곳으로… 그렇게 무작정 가볼 생각입니다."

"다시 볼 수 있을까요?"

"물론입니다, 형수님. 언제든 제가 보고 싶으시면 말씀하십시오. 바람이 저를 형수님에게 인도할 테니까요."

"그래요. 부디… 보중하세요."

"형수님도 보중하십시오."

설무위는 고개를 숙인 뒤 신형을 돌렸다.

이번이 삼년상을 치르는 두 번째였다. 그때도 발걸음이 떨어지지 않았거늘, 이번 역시 마찬가지였다. 그러나 이곳에 남는 것은 헛된 미련이라는 것을 알기에 설무위는 산 아래로 몸을 날렸다.

질풍가(疾風歌)!

바람의 노래는 아직 끝난 것이 아니었다.

『질풍가』終

潛行武士

잠행무사

김문형 新무협 장편 소설

"흑랑성에 들어간 사람 중에
다시 강호에 나온 이는 없다."

서장 구륜사와의 결전을 승리로 이끌며
중원무림에 홀연히 나타난 문파 흑랑성(黑狼城).
그러나 흉흉한 소문이 사실로 드러나
무림맹으로부터 사파로 지목받고 멸문당한다.

그로부터 일 년 뒤.
강호의 은원을 정리하고 금분세수를 하려는
청위표국의 국주 송현은 마지막으로 무림맹의 의뢰를 받아들인다.
그것은 바로 금지 구역 흑랑성에 잠행하는 일.

송현은 무림에서 외면받는 무사 네 명을 선출하여
소림승 진광과 함께 흑랑성에 들어간다.
흑랑성의 비밀이 하나씩 드러나면서 밝혀지는 진실은
그들을 목숨을 건 사투로 끌어들여 가는데…….

액션스릴러로 만나는 무협
잠행무사!

유행이 아닌 자유추구 -
WWW.chungeoram.com
Book Publishing CHUNGEORAM

용호상박

龍虎相搏

청풍 新무협 판타지 소설

하늘이 점지(?)한 극강의 앙숙,

"포악하고 단순무식한 호랑이군단"
강남의 패자 남흑천(南黑天).

"빤듯하고 고리타분한 용의 후예들"
강북의 패자 북백림(北白林).

만나기만 하면 으르렁대는 그들로 인해 되려 강호는 평화롭다.
한데 그 평화의 틈바구니를 비집고서
두 앙숙의 코앞에 슬금슬금 닥쳐온 운명이 있었으니.

뇌성벽력이 요동을 치던 바로 그날 밤,
무림사 초유의 황당무계한 대사건이 터지고 말았다.

강호무림의 장래를 좌지우지할 운명의 장난!
그것은 '두 장의 부적과 한마디의 주문'으로부터 시작되었다.

개봉박두, 용호상박(龍虎相搏)!

그림자도 찾기 힘들고[無影],
가히 대적할 자도 없다[無雙]!
강호의 절대고수 무영무쌍!

청설위국의 위사 진세인,
그를 찾아오는 수많은 사람들.
그를 원하는 수많은 세력들.

김수겸 新무협 판타지 소설

거대한 음모의 소용돌이 속에서
그는 그를 버렸던 용부를 지켰고,
그에게 검을 겨눴던 무림맹과 십만마교를
구해냈다.

모든 것을 가졌던 황제가
끝까지 갖지 못했던 단 한 사람!
위사 진세인과
동료들의 강호행이 시작된다!

유행이 아닌 자유추구 —
WWW.chungeoram.com
Book Publishing CHUNGEORAM

潛行武士
잠행무사

김문형 新무협 판타지 소설

"흑랑성에 들어간 사람 중에
다시 강호에 나온 이는 없다."

서장 구륜사와의 결전을 승리로 이끌며 중원무림에
홀연히 나타난 문파 흑랑성(黑狼城).
그러나 흉흉한 소문이 사실로 드러나 무림맹으로부터
사파로 지목받고 멸문당한다.

그로부터 일 년 뒤.
강호의 은원을 정리하고 금분세수를 하려는 청위표국의 국주 송현은
마지막으로 무림맹의 의뢰를 받아들인다.
그것은 바로 금지 구역 흑랑성에 잠행하는 일.

송현은 무림에서 외면받는 무사 네 명을 선출하여
소림승 진광과 함께 흑랑성에 들어간다.
흑랑성의 비밀이 하나씩 드러나면서 밝혀지는 진실은
그들을 목숨을 건 사투로 끌어들여 가는데……

액션스릴러로 만나는 무협
잠행무사!

유행이 아닌 자유추구 -
WWW. chungeoram.com
Book Publishing CHUNGEORAM

無影
無雙

무영무쌍

김수겸
新무협 판타지 소설

그림자도 찾기 힘들고[無影],
가히 대적할 자도 없다[無雙]!
강호의 절대고수 무영무쌍!

청설위국의 위사 진세인,
그를 찾아오는 수많은 사람들.
그를 원하는 수많은 세력들.

거대한 음모의 소용돌이 속에서
그는 그를 버렸던 용부를 지켰고,
그에게 검을 겨눴던 무림맹과 십만마교를 구해냈다.

모든 것을 가졌던 황제가 끝까지
갖지 못했던 단 한 사람!
위사 진세인과 동료들의
강호행이 시작된다!

유행이 아닌 자유추구 -
WWW.chungeoram.com
Book Publishing CHUNGEORAM